离鹿 著

时间尽头的酒店
THE TIME HOTEL

420

607

造纸街16号

北京联合出版公司
Beijing United Publishing Co., Ltd.

图书在版编目（CIP）数据

时间尽头的酒店 / 离鹿著. —北京：北京联合出
版公司，2017.10
ISBN 978-7-5596-0810-9

Ⅰ.①时… Ⅱ.①离… Ⅲ.①短篇小说—小说集—中
国—当代 Ⅳ.①I247.7

中国版本图书馆CIP数据核字（2017）第190838号

时间尽头的酒店

作　　者：离　鹿
总 策 划：杨　意
策划编辑：毛　丹
责任编辑：郑晓斌　徐　樟
营销编辑：孙　敏

北京联合出版公司出版
（北京市西城区德外大街83号楼9层　100088）
北京联合天畅发行公司发行
北京新华印刷有限公司印刷　新华书店经销
字数150千字　880毫米×1230毫米　1/32　9.75印张
2017年10月第1版　2017年10月第1次印刷
ISBN 978-7-5596-0810-9
定价：40.00元

目录 | CONTENTS

楔子

时间尽头的酒店位于造纸街16号。

造纸街一带曾是德国工业区，迷宫般的厂房和砖墙总让人想起机器的轰隆声，还有那几座佛塔一样的烟囱。千禧年后，荒废的工业区改建为艺术群落，大批艺术家、设计师、出版人蜂拥至此，画廊、艺术空间、书店和酒吧如雨后春笋般出现，松节油的气味飘浮在空中，后现代作品悬挂在大大小小的厂房里，整片工业区重新焕发出生机，唯独造纸街依旧荒芜。

可能是这里地处偏僻，无人问津，也可能是他们被吓怕了。附近的艺术家晚上遛弯的时候，总能看见忽明忽暗的路灯下，有一伙人在赤膊斗殴。后来路灯也被毁了。停靠在街边过夜的汽车，无一例外被敲掉玻璃，扎破轮胎，车主们几次报警，都无济于事。警察在这里设置监控录像，摄像头报废；派人整夜盯梢，却无功而返。有人在地上捡到过谜一样的名片，上面写着：造纸街制皂公司，欢迎成为太空猴子。

最初人们以为这是恶作剧，或某位行为艺术家的杰作。后来他们发现，没人愿意在这里创作，没人对这里感兴趣。造纸街的传说演变为都市怪谈，随着时光流逝，被人淡忘。

也好。就算漆黑一片、杂草丛生，也总好过上班途中有人蹦出来冲你朗诵诗歌，或为你讲述他最有潜力的艺术项目。我真是烦透这帮人了。不管曾经砸车毁灯、赤膊斗殴的是什么人，"造纸街制皂公司"和"太空猴子"是什么玩意儿，我都由衷地感谢他们。

"酒店服务于时间旅行者，本身游离在时间之外。"

每当有人携带邀请函到来，我都要说出这句话。这是阿曼达教给我的，她是酒店经理。

阿曼达拥有着明星气质，待人亲密而不失威严，品位独到无可挑剔，虽然已经年过三十，却充满活力，浑身散发着迷人的青春气息。客人们总会为她的魅力折服，将她比作酒店的女王。

总之，阿曼达就是酒店的负责人。她一直住在酒店，虽然有时候给老板发送邮件，但是工作了将近一年，我都没见过真正的酒店老板，甚至一度怀疑是否确有其人。

子夜时分，我绕过艺术区，来到造纸街16号，推开锈迹斑驳的铁门，进入时间尽头的酒店。大堂的吧台里有只酒桶，桶身的龙头滴滴答答，总也拧不紧，正好用来计时。一进入酒店，我就在龙头下放一只酒杯，等杯中酒盛满，工作时间也差不多结束。通常，下班后我会找地方喝一杯，不过也有心情不好的时候，比如遇上旅途归来需要安抚的客人，或者本身就很糟糕的房客。那样的话，我就直接回家睡觉。

造纸街16号

——毫不在意地挥霍时间，无所事事四处游荡，
等待奇迹发生在你身上。

001.

周五晚上，我正准备离开，有个女孩拖着行李箱闯进酒店。

女孩大概二十岁左右，一身观光客的打扮，似乎刚从某座海岛度假归来。她一头短发，画着眼影，相貌甜美可爱，身材娇小玲珑。虽然看上去有些疲惫，但是一举一动仍然隐藏着无穷活力。我别有意图地看着她，微笑着打声招呼。刚喝下的酒在血液中沸腾。

她环视四周，长出一口气，最终目光落在我身上。而我正等着和她四目交接的一刻。

"你好，欢迎来到时间尽头的酒店。"

她上下打量我，捂着嘴轻轻一笑："你是谁呀？"

我请她出示邀请函，然后说出那句已经重复过上百遍的话。

"酒店服务于时间旅行者，本身游离在时间之外。"

她涂着梅色的唇彩，脖颈上缠绕着黑丝绒项圈。

"有意思。"

她从随身的包里掏出邀请函，上面写着名字：丽川。

"喂，你叫什么？"

"尹陆。"

"来这里多久了？"

"大概一年吧。"

她穿着牛仔短裤，两条腿搭上沙发扶手，麂皮短靴外侧垂着一串流苏。

我问她想要前往什么时代，说话的时候，眼睛忍不住滑向那两条腿。

"有意思。"她向酒店大堂里面张望，"好久没人问过这样的问题了。"

"你说什么？"

"我刚从法国回来。那些法国人就爱问各种各样古怪的问题。"

怪不得。我重新打量她。这姑娘简直像是莫迪亚诺[1]小说里的女主角。

丽川说了句法语。我听不懂，问她什么意思。

"二十年代的巴黎，"她说，"我想回到二十年代的巴黎，向可可·香奈儿学习时装设计。"

又是一位想回到黄金时代巴黎的人。在酒店工作以来，我已经遇到好几位这样的客人。作家、舞者、摄影师，都是具有黄金时代情结

1 帕特里克·莫迪亚诺（Patrick Modiano 1945—），法国小说家，是法国评论界公认的当今法国最有才华的作家之一，其代表作有《暗店街》《八月的星期天》等。

的一类人。时至今日，巴黎仍具备吸引这些人的力量。

你永远不知道大多数人会选择回到什么时代，获得邀请函的毕竟是少数。这些幸运儿拥有生命中唯一一次时间旅行的机会。而我要做的，就是尊重他们的选择。

我问她准备什么时候出发。就在这时，走廊深处传来清脆的高跟鞋声响。

酒店的女王穿着黑白拼接上装，在吧台站定，两臂在胸前交叉，绽露微笑。

"让她歇歇吧，小陆，你没看出来她已经累坏了吗？"

阿曼达步履轻缓，走到丽川面前，"你好，我是酒店经理，阿曼达。"

两个女人握握手，相视一笑。阿曼达挑出一把钥匙："房间在二层。"

丽川拖起行李箱，我要过去帮忙，却被阿曼达拦住了。

"平时帮我搬东西，怎么不见你这么主动。"

丽川回眸一笑，背影消失在走廊深处。

"很漂亮哦。"

阿曼达抿着嘴，突然来了这么一句。

我突然想起一件事，内心蠢蠢欲动。

"前一阵子，你买的海鲜是不是还没吃完？"

"你想吃了？"

她望着龙头底的酒杯："但是你该下班咯。"

我走到吧台，一口气喝干杯里的酒。曾经的我也是这样，不管什么酒，都敢一仰脖倒进喉咙，期盼酒精烧尽野草，驱散内心的躁动不安。

"好了好了，给你做还不行吗？但是，我必须问一个问题，"女王将手轻搭在我的肩膀上："我们是不是该邀请丽川哪？"

002.

我跟在阿曼达身后，走进地下餐厅，看着她拿出龙虾、螃蟹和那些奇奇怪怪的贝类。她把我推出厨房，叫我在餐厅等她，"别添乱了，乖乖等着。"

我拉过一把椅子，在空荡的餐厅坐下，稍过片刻便觉得枯燥无趣。我按下吊扇的按钮，拿过餐台上的烟灰缸，点了根烟，抬头呆望着扇叶不断旋转，逐渐化为一个圆点。

没过多久，阿曼达推开厨房的门，手里端着美味佳肴。我一声不吭地坐在那里，眼瞧着她把海鲜大餐一样样摆在我面前，直到铺满整张方桌。她冲我微微一笑，夺过我手里的烟，吸了一口，掐灭在烟灰缸里。

我站起身，想去叫丽川。

阿曼达拦住我，让我去吧台拿酒。

"还是我去叫吧。你这猴急的样子，说不定会吓到人家。"

从一开始，她就知道我在想什么。

听着高跟鞋上楼的声音，我冲回大堂。琳琅满目的洋酒摆在酒柜里，我一时挑花了眼，暗骂自己平时不讲究饮食，沉迷于一场又一场啤酒加羊肉串的聚会，现在连一瓶佐餐的酒也选不出。最后，我抄起两瓶最贵的威士忌，顺手拿了两根白色蜡烛，跑进地下餐厅。

酒摆好。蜡烛点燃。站在飘香的餐厅里，好像这一切都是我的杰作。

两位女士走进餐厅，见到这幅景象，都笑了。

阿曼达偷瞧我一眼，拿起两瓶威士忌，摇头轻笑。

"我去换酒，你们俩先吃吧。"

丽川坐下，说了句法语。我说我听不懂。

"聊聊你的事。在这里工作有意思吗？"

"还行吧。经常会遇到有意思的人。"

"那你觉得我有意思吗？"

她语速飞快，吐字清脆，不像阿曼达那样慢条斯理。

"你紧张什么？脸都红了。"

丽川拿出烟纸和烟丝，将烟丝填进烟纸，卷好送到嘴边，粉红的舌头舔舔烟纸，手指轻轻一捻，动作娴熟，嘴角挂着一丝难以察觉的浅笑。

餐厅里顿时变得闷热。我后悔不该灌下那杯酒。

"能帮我卷一根吗？左岸少女。"

"这支送给你，脸红青年。"

这一回合交锋结束的时候，阿曼达提着两瓶红酒回到餐厅。她说："看来你们已经是好朋友了。"

"我想让他讲讲自己的故事，他太害羞了。"

阿曼达微微一笑："你要是不说，我可揭秘了啊。"

003.

抛开时间尽头的酒店，我的故事，实在没什么可说的。

进入酒店以前，我一直以某种残忍、一无所有、报复自己的方式过活，时常与混在一起的狐朋狗友，聚在南城的酒吧。那里到底发生过什么，我已忘得干干净净。

我只记得最后一次去那家酒吧的情景。长夜漫漫，一伙人坐在路边，边喝边在路灯下号叫，杀猪似的唱起一首儿时的歌谣。街对面有一家闪烁着粉灯的成人保健，玻璃门一推，走出两位女郎，指间夹着烟，瞧瞧我们，露出一抹甜美的冷笑。

"毫不在意地挥霍时间，无所事事四处游荡，等待奇迹发生在你身上。"[1]

——平克·弗洛伊德[2]的这首歌，好像在说那时候的我。

直到后来，遇到那个人，他将藏在衣服里的邀请函给我，把我引到时间尽头的酒店。

"算了，过去的事，没什么好说的。"

两个女人相视一笑。

丽川掐灭了烟，开始品尝桌上的佳肴。她对阿曼达的厨艺赞不绝口。而我向来对食物不在意，加上此刻心有旁骛，根本没心思把注意力放在乱七八糟的海洋生物身上。

"你是在法国读书吗？"

"旅行。就算为读书做准备吧。"

"法国菜吃得惯吗？"

"挺好的。上一顿我还是在马赛吃的，普罗旺斯鱼汤。"

"法国南部，蔚蓝海岸？"

"你还挺在行呀。"

"小陆也是去过不少地方、读过不少书的人呢。"阿曼达说。

---

1 出自Time -《*The Dark Side of the Moon*》-Pink Floyd

2 平克·弗洛伊德（Pink Floyd）是摇滚史上最伟大的乐队之一，风格是迷幻摇滚，对西方文化有深远的影响。最著名的专辑有《月之暗面》（或译《月影》）（*The Dark Side Of the Moon*）和《迷墙》（或译《墙》）（*The Wall*）。

造纸街16号

"哪里有你厉害。只身前往古希腊，和半神搅在一起。我可不敢回到任何战乱的时代。"

"你瞧，我还没揭穿你，你倒先急了。"

她向丽川使眼色："今晚他要是溜到你房间，可别给他好脸色看哟。"

我闷头吃东西。海鲜的外壳很难剥，我忍不住咬碎，嘎吱声遮掩了尴尬的沉默。

丽川站起身："我吃饱了。谢谢阿曼达，手艺一点不逊于法国大厨。"

她伸出食指，抹掉嘴边的油，探进嘴里吮吸两口。

"我要回房间了。"

她走到餐厅门口，忽然停住："今晚要是有人找我玩，最好提前想清楚聊什么话题。"

阿曼达为我倒酒，嘴角勾起："想什么呢？她可是酒店的客人。"

"可你是酒店的女王。"

"坏小子。"她轻轻一笑，拿出两粒胶囊摆在我面前。一粒红色，一粒蓝色。

"这一颗，"阿曼达拾起红色胶囊，"撒在酒里，让她喝下去，你一定如愿以偿。"

"这一颗，"她拾起另外一颗蓝色胶囊，"是你自己吃的。如果她对你有好感，也能如愿。那就要靠你的本事咯。"

她直勾勾地看着我，眼神里闪露出笑意。我最害怕她使出这种眼神。这是你能在娱乐圈、时尚杂志和名流辈出的鸡尾酒会上看到的眼神。暧昧而挑逗，透着点点星影，波动间轻舞飞扬，足以令绝大多数男人遏制不住，为她赴汤蹈火。

"小陆，你想要哪一颗？"

004.

我手里提着一瓶红酒，来到丽川的房间。

这姑娘像是一直躲在门后。我敲了一下，房门立刻开了。

她轻轻一笑："就知道你会来。"

"我想听你在法国的经历，还想和你分享这瓶酒。"

丽川关上房门，绕过我回到床边，侧身躺下，一只手枕着脑袋，手指探进头发。

"你们这些男孩子，真是幼稚得可怕。"

"既然觉得我幼稚，为什么躲在门后，这么快开门？"

"也许我想听听，你打算怎么取悦我。"

她脱掉外套，扔在一边。肩膀的弧线平滑地漫延。

我递给她一杯酒："不如就从它开始。"

丽川看看酒，又看看我，接过去抿了一口。

"说到酒，你知道吗？在法国有很多男人请我喝酒。他们有的比你高，有的比你帅，有的嘴巴灌满蜜糖，泡妞的手段比你高多了，但是我一个都看不上。你知道为什么吗？"

"可能是你太难取悦吧。"

"因为所有男人，不分年龄，不分国籍，好色心起精虫上脑的时候，都一样蠢。傲慢自大，急不可耐，女人稍有什么动作，就觉得是给你们的暗示，脑子里除了想和她睡一觉，再也想不出别的。"

她忽地站起身，脸上变了色。

"你不愿意说你的故事？好，我来猜猜。你自幼被母亲养大，你爸是酒鬼，也许在你还是孩子的时候就离开了。你有姐妹，也许不止一个，这让你自以为对女人很了解，没有睡不到的女人，没有到不了手的姑娘。你有一群狐朋狗友，和你一起挥霍青春，混沌度日，只有和他们在一起的时候，你才能找到自信。你读过一点书，去过几个地方，所以自命不凡，谁都瞧不起。你从不锻炼，唯一的社交在酒桌上。最重要的是，你恨自己这副德行，却一直逃避，不肯做出行动改变。"

丽川面色冷峻，语速越来越快，声调抑扬顿挫。

——这姑娘终于露出本来面目。

我脸上青一阵红一阵。酒彻底醒了。

也许我应该恼羞成怒，甚至有一刻，扇她一巴掌的念头浮现在脑海里。但我只是攥紧酒杯，听她高谈阔论，然后一口气，喝掉杯中深红色的液体。

这番话，字字戳到我的痛处。

"你还有什么想说的吗？"

"没有了。你说得对，我的确幼稚得可怕。那么，晚安。"

丽川的脸色变得很难看，她轻喘了两口气。

我转身向门外走去，突然听见她干呕两声。

"你怎么回事？"我停住脚。

"有点不对劲。"

她冲进洗手间，对着马桶一阵呕吐。

对我来说，这幅景象太眼熟了。食物伴随酒精的混合冲刷，在胃里不断翻涌，最后像下水道里的排泄物一样，随着一道水箭，哇哇地，一摊黄绿可人。

我蹲在她身旁，拍拍她的后背。丽川扭过头看我，脸色苍白，几乎晕倒。

真是刻薄又麻烦的女人。我拽着她的胳膊，背起她，跑向酒店大堂。

"阿曼达！阿曼达！"

"怎么回事？"

看见丽川半死不活，她顿时愣住了。

"怎么搞成这样。你做什么了？"

"我什么都没做！给她拿一件外套，去医院。"

"在酒店门口等我。"

我背着丽川，站在空荡荡的造纸街上。她轻轻喘着气，温热的鼻息轻佛着我的脖颈。

"喂，你别以为说完那些刻薄的话就没事了。我可是一字不差地记着呢。"

她在我耳边含混不清地说了句话。我没听清，刚想问她，阿曼达跑出酒店。

"我们走吧。艺术区附近有家医院。"

整片艺术区灯火通明，唯独造纸街一片漆黑，寂静无人。

我背着丽川，向光线明亮的地方奔跑，那里近在咫尺，却仿佛无限遥远。

我暗自苦笑，早知道这样，就该喝完酒回家睡觉。

005.

一路上，丽川在我背上吐了两次。

医生说，是轻微食物中毒，应该没有大碍，建议在病房待一宿。

我清理掉衣服上的呕吐物，走进病房，感觉身心俱疲。

阿曼达坐在病床旁边，轻抚丽川的额头。

丽川睡着了。她依然脸色苍白，嘴唇没有半点血色。

"她都跟你说什么了？"

"狠狠骂了我一通。"

阿曼达看着我，扑哧一笑。

"是不是海鲜变质了？"

"你就没想过，可能是我给你的那两颗药？你可是都拿走了。"

我从兜里伸出手，摊开掌心。两粒可爱的小家伙躺在手心里，完好无损。

"刚想还给你来着。"

阿曼达露出欣慰的笑容："为什么没用？"

"我本来打算回家喂金鱼的。"

"胡说，那是你没机会用。"丽川醒过来，瞪着我。

"不是这样的。"阿曼达说，"小陆有的是机会。"

听到这话，我顿时一愣："什么考验？"

"我和丽川打赌，你会用哪颗药。红色胶囊什么用也没有。要是服下蓝色胶囊，你今晚就会出尽洋相，那时候我俩就有好戏看了。"

我如梦方醒，坐在地上长出一口气。

幻灭感涌起，浑身直冒冷汗。完全被耍了。

"从你进酒店我就该想到，你们俩认识……那你又是怎么回事？"

"可能是普罗旺斯的鱼汤有问题吧。"

阿曼达轻轻一笑："这算是个教训。以后不许再打客人的主意了。"

我无奈地点点头，瞥了一眼丽川。

她勉强挤出微笑，"无论如何，谢谢你背我来医院。那番话，你别往心里去。"

别往心里去？恐怕我这辈子也忘不了。

"不管怎样，小陆都算是通过考验了。"女王站起身，朝我伸出手，"尹陆，恭喜你一年实习期满，正式入职时间尽头的酒店。丽川也是酒店的员工，以后你们会一起共事。"

我犹豫着和她握手，忽然打了一个冷战。

当晚，阿曼达在医院陪伴丽川。我回到造纸街，进入酒店。酒桶的龙头仍在滴滴答答，龙头下的酒杯即将盛满。我端起酒杯，看见吧台上有一封邀请函，它躺在那里，不动声色地注视着今晚的闹剧。

有人推开酒店的大门。

我放下手里的酒。

"你好，欢迎来到时间尽头的酒店。酒店服务于时间旅行者，本身游离在时间之外。"

青 年 导 演

——度人是佛教徒的任务，不是电影人的。

006.

　　每个人一生都有一次时间旅行的机会，只要你收到我们的邀请函。有的人接到邀请函就立刻动身，有的人却为此准备数月甚至数年时间，这样的人多半会选择住在酒店里，毕竟在这里不会浪费时光。那位青年导演就是其中一个。他的作品在国外屡获大奖，却因为个人色彩极其强烈，影片风格激进张扬，从未在大陆公映过。我第一次见到他时，刚来时间尽头的酒店工作不久，那时恰逢他拍摄第四部影片，因为拍摄过程中与投资方存在创作分歧，不愿意向外行妥协，最后闹得不欢而散。后来他对外宣称，这部影片无论结果如何，都不算是他的导演作品。自那以后，没有人再肯为他的电影投资。在圈子里，他也被贴上"新锐""实验"等愚蠢的标签。

　　在那之前，我从未看过他的片子，甚至不知道国内导演中有他这么一号人。这人留着光头，一脸疲态，眼角向下耷拉着，黑眼圈很严重，甚至还有点驼背，看起来似乎是被某种无形的力量压得喘不过气来。进门的时候，我还以为他是个中年经理人，或刚从投行、创业公司这样的地方辞职。他上身穿了一件海魂衫，下身工装裤、运动鞋。与其他人不同，他并没有四处打量酒店大堂，而是直接走到前台，把邀请函扔到我面前。

"您好，这里是时间尽头的酒店。"

"我知道。我需要在你们这儿待一段时间。"

我捡起邀请函，打开一看："原来您是导演。"

"我不像吗？"他忽然提高音量，"赶快给我准备个房间。"

"您的旅行目的？"我尽量显得语气平和。

"这属于我的个人隐私吧，和你们有什么关系？"

"您也可以选择离开，以后再也不会收到邀请函。时间尽头的酒店对您来说，永远不存在。"

我抬头凝视他，本以为他会发怒，骂我两句然后摔门走人，但他并没有，反而回答得很利落："有一位前辈，我的偶像，前一阵子刚刚去世。我想回到他的时代，与他探讨一下电影。"

他的视线左右游移，显得举棋不定，似乎对他来说，这是艰难的抉择。

这反而勾起了我的好奇心，想弄清他的偶像到底是谁。

"请跟我来。"

007

自那以后，青年导演就住在酒店里。他每隔两三天就出去一趟，其他待在酒店的时候，不是闷在房间里，就是在公共区域阅读、看电影，从不主动说一句话。我原以为他脾气不好，后来才明白，他不太懂得如何与人交流。每次与我擦肩而过，他都会点头示意，初入酒店时的戾气消失得无影无踪。我一直以为，他是在专心研究偶像的作品，为时间旅行做足功课，但偷偷观察了几次，才发现他的阅读和观影并没有特定方向。书籍方面，他从名著到网络小说、从成功学到名家笔记都有涉及；观影更是杂乱无章，有一次，我竟然撞到他在看一部风靡一时的庸俗肥皂剧。毫不夸张地说，当时他脸上的表情，俨然像在看吉姆·贾木许[1]的片子。

也许是我还年轻，对这位青年导演的好奇心愈发强烈，于是私下找到他的片子，看过之后大为震惊。这位其貌不扬的客人，在作品中展现的才华，绝不输于国内同生代的任何一位导演。在一部作品里，他借角色的喉舌，将自己比喻成一条野狗，在都市的白夜游荡。瞬间，我想起森山大道[2]那幅野狗的照片。

我决定试着和他接触一下。

夏夜的傍晚，我坐在酒店门前的台阶上吸烟。造纸街空无一人，蝉鸣与蛐蛐的叫声混杂在一起，草丛里闪着萤火虫的微光。晚风拂在脸上，有点痒。我熄灭烟，走进酒店，找到青年导演，问他要不要喝杯啤酒。

他抬头看看我，显得很诧异。

1 吉姆·贾木许（Jim Jarmusch 1953—），美国演员、导演、剧作家、摄像师、制片人，主要电影作品有：《不法之徒》、《神秘列车》、《离魂异客》、《破碎之花》（Broken Flowers）、《地球之夜》（Night on Earth）、《帕特森》等。
2 森山大道（Daido Moriyama 1938—），日本摄影师。目前已是获得世界性承认的重要摄影家，以其风格凌厉的黑白摄影著称于世。

我到吧台接了两杯酒，叫他把书撂下，和我一起坐在外面喝。

"我前两天看了你的片子，很喜欢。"

他说了句"谢谢"，脸上并没露出任何喜悦的神色。

"你喜欢那样的色调？"他问。

"他们都这么说？"

"本来就是小众的片子，很少有人看过。"

我仰头喝了口酒："人物非常有张力。"

他苦笑两声，瞟我一眼，问："这话是从哪本书上学的？"

我与他谈起电影，他说自己在圈子里混了几年，得出的结论是，没什么人有自知之明。有些人觉得自己洞察力非凡，既能看清形势，又慧眼识珠，仿佛天下大事尽在掌握。另一些人没有坐而论道的气魄，倒是顽固得可怕，坚信自己那一套就是绝对真理，这类人往往假意请教，其实引蛇出洞，再反戈一击。没有人留意过自己的动机，没有人觉得自己可能并非善类。他皱起眉头，说话的样子像刚刚二十岁出头、迷茫无助的年轻人。

我忽然觉得他非常孤独。

"你的偶像呢？他是什么样子。"

"我以为你知道。你看过我的电影，应该能看出来。"

"我只是个观众。"

"你把猴子放在摄影机后面，它都能在一天之内学会怎么当导演。"他眼睛睁得雪亮，瞳孔里闪烁着疯狂的光芒，"但没人承认自己是外行。"

"他前一阵子去世，我应该去看看，但是没来得及。"说起自己的偶像，他突然变得踟蹰不定，仿佛那人的灵魂就站在身后，飘荡在虚空，每一句话都听得一清二楚。

"我想知道，他的生活是什么样子的。"

"他是很有名的导演吗？"我问。

"有名不是什么好事。"

他语气凝重，看着我说："它能将一个人彻底毁灭。"

吊扇疲劳地转动着，湖绿色的墙纸反射着暖色灯光，显得有些抑郁。我和青年导演面对面坐着。方桌正中央的烟灰缸里有半支点燃的烟，火光忽明忽暗，烟雾盘旋上升。青年导演掏出手机，点亮屏幕递给我。手机的背景是一位中年人的黑白照片。照片里的人板着一张饱经风霜的脸，不苟言笑，双眼直勾勾地盯着镜头，眼神犹如冷血的爬行动物。

原来是他，我心想，怪不得。

我没发表任何评论，只是默默把手机还给他，担心哪句话说错，触动他敏感的神经。

"我想，我已经准备好了。"青年导演说。

"我并没看到你研究他的作品。"

"老头子的东西，我早就倒背如流了。每一个镜头，都刻在这里。"他伸出手指，敲敲自己的脑袋，"我，就是他的作品。"

"期望太高，容易失望。"我尽量语气缓和，留有余地。

"所以我才要调整自己。按我以前的脾气，谁脸上都不好看。"

后来我再与他讲话，他都是随口应和，有时候陷入沉思，也不答话。我不想自讨没趣，于是端起酒杯，回到酒店大堂，把剩下的酒倒进水槽。青年导演在那里待了好久，起身问我："现在几点了？"

"这里游离在时间之外，出门的话，你会回到初入酒店的那一刻。"

我以为他在酒店待过一段时间，早就熟悉了。

"该死，"他脸色很糟糕，"我还要再出去一趟。"

青年导演穿过大堂，推开酒店的门，走了。没过两分钟，我也走出酒店。

夜色缓缓地流淌在造纸街上。

008.

第二天上班时，阿曼达告诉我，那位导演已经离开了酒店。那天清晨，他旅行，归来，离开，迅速而突然。我心里多少有点遗憾，就问阿曼达，他回来的时候是什么样子。她向来对这人不屑一顾，觉得他格外无聊。

"他回来的时候，失魂落魄的，脸都花了，好像刚大哭一场。"

"是吗，这样啊。"我想来想去，发现自己没什么可说的，似乎早已预料到了结果。

"你知道他去看谁吗？"

"我不清楚，可能也是搞电影的吧。"

"噢。我没太在意，这人以前就疯疯癫癫的，怪得很。"阿曼达眼睛一闪，目光落在我身上，"我知道他让你挺感兴趣。可是有一件事，我得告诉你。大概一个月前，他央求我做他新电影的女主角。这不是开玩笑吗？我哪里会演戏，直接拒绝了。可他一而再再而三地恳求，我就说，总得让我先看看剧本吧。他说没有剧本，什么都没有。这人太奇怪了。我就问他，就算没有剧本，我总该知道，这是一个什么样的故事吧。"

"然后呢？他怎么说。"

青年导演

"他就那样沉默着，一声不吭地走开了。自那以后，他就不怎么跟我说话了。但是，这事还没完，有一天，丽川告诉我，他也求她做电影女主角。"

我想起丽川挖苦人的样子，摇摇头苦笑。

"那纯粹是自讨苦吃。"

"可不是嘛。丽川说，你容我考虑一下。当天晚上，她找到那导演以前的电影。当时就气炸了。"

无论是题材还是尺度，青年导演的片子的确令一般人难以接受。我甚至能想象，丽川在看他的电影时满脸通红的样子。

"第二天，他又缠着丽川。丽川倒了杯水，直接泼在他脸上。"

阿曼达说："丽川虽然有点脾气，但是不会无缘无故发火。那家伙一定是哪里冒犯她了。于是我也看了他以前的片子。太可怕了！那都是什么东西啊。这人价值观黑暗、扭曲，整部片子简直就是对女性赤裸裸的侮辱。"

我没说话，用眼睛告诉她，我不同意。

阿曼达猜出了我的心思，手搭上我肩膀："过不了多久，你就会把他忘得一干二净。"

009.

还没等我把青年导演忘得一干二净，他的新电影就要上映了。

影片主打爱情轻喜剧，男、女主角均是年纪轻轻的当红明星。距院线上映三个月前，相关宣传铺天盖地，无论是网络、电视、灯箱广告，还是百货大楼的银幕、写字楼的电梯间，都能看到宣传团队嗑药一般的造势。相比宣传团队，制作团队更是作风高调。青年导演带着演员和整个剧组，在全国各地召开发布会，参加访谈、娱乐综艺节目，却对电影情节闭口不谈。他声称所有相关人员都签了保密协议，如有泄密，必遭严惩。众家媒体频频追问，像被骨头吊起胃口的狗一样伸出舌头，摇尾乞怜。偶尔，微博上会传出有关情节的泄露，但没过多久，就被自称"内部人士"的网友辟谣了。直到电影上映一周后，男、女主角与电影片名依然高居微博搜索排行的前三名。

票房大卖，神功已成。青年导演声名鹊起，高朋满座。他频频上镜，解答媒体的重重疑惑。镜头前的他，红光满面、精神焕发，比初来酒店时胖了不少，只是笑容依然很僵硬。

影片上映一周左右，我约丽川去看这部爱情轻喜剧。她几度拒绝，朝我翻了数十次白眼后，终于勉强同意。整场电影下来，我俩没说一句话，也没笑出一声。电影结束，我望着制作人员的字幕，隐隐有种被针扎的感觉。

丽川轻轻叹了口气："走吧。"

走出电影院，丽川从我兜里掏出烟盒，抽出一根塞在我嘴里。她知道我的心思，不想听我废话。我点燃烟，忽然想起那位有着冷血爬行动物眼神的导演，不知如今留在青年导演手机背景上的，是何许人也。

影院门口熙熙攘攘，约会的情侣耳鬓厮磨，商量一会儿要去哪里吃晚餐。我与丽川伫立在影院正门的台阶上，彼此漠视着。

丽川说："我该去上班了。"

我应了一句，声音还没传到耳边，就消逝在喧闹的人群中。

针扎的感觉让我浑身发麻。

丽川说，她曾看见那位导演独自在造纸街游荡，低着脑袋，目光迷离，始终注视着自己的脚尖。她泼他一脸水的时候，本以为这人会恼羞成怒，但他只是抹了把脸，后退两步，说了句抱歉打扰，连愣神的间隙都没有。后来再见到她，导演只是怯生生地打声招呼，擦肩而过，再也不跟她多说话。看样子是习惯了。

"反倒是你，在胡思乱想什么？"她问我。

"我在犹豫，该不该祝贺他。"

丽川冷笑："别骗自己了，中庸并不能掩盖你的无知。"

我瞟了她一眼。真是讨厌的女人。

010.

最后一次见到青年导演，是在电影上映半年后，一处意想不到的地方。

当时我受策展人邀请，到上海参加一场展览。策展人是我的童年好友，原计划由他领我观看整场展览，到了上海，他却临时有事，丢下我一人不管。

我在偌大的展馆里游荡，周围是三三两两的艺术家、收藏者和艺校的学生，唯有我独自一人，像是陌生的闯入者。就在我觉得无聊、想要离开的时候，一个熟悉的身影出现在眼前。

他头上多了一顶渔夫帽，帽檐压得很低，眼睛藏在阴影下，但我还是第一时间认出了他。本来没想跟他打招呼，打算悄悄走掉，他却在背后叫住了我。

"嗨，好久不见。"

"好久不见。恭喜你了，票房大卖。"

他似乎没察觉到我的语气，甚至没认真听我说话，反而眉头紧皱，把我拉到一边，含含糊糊地说："你有时间吗？我请你吃饭。"

"有事直说吧。"

经过针扎的感觉，我已经对他失去好奇心了。

"我还是请你吃饭吧。咱们现在就走，全上海的馆子任你挑。"

"吃饭就免了。要是真有事，找家咖啡馆吧，请我喝咖啡就好。"

他领我来到老静安一处僻静的咖啡馆，还没坐稳就迫不及待地说："听着，有一件事，希望你能帮我。"

"时间旅行的机会只有一次。"

他顿时愣住了，张口结舌："你……你怎么知道我要问这个？"

"不止你一人这样问。"

"那我如果强行跟你进去呢？我知道你们就在造纸街。"

"你可以试试。以前也有人这样做，没人知道他们去哪里了。"

青年导演摘下渔夫帽扔在桌上，似乎陷入了绝望。这时我才看出，他仍然有很严重的黑眼圈，新长出的头发乱蓬蓬的，像一堆干枯的杂草。

"你想去做什么？我以为你已经不需要了。"

"我和公司签了卖身契。不瞒你说，是他鼓励我这样做的。"

他掏出手机晃了晃，屏幕一亮，背景还是老导演那张黑白肖像照。

"我知道你不喜欢这片子，你喜欢我之前的东西。我拍完这部电影，很多从前的朋友都说我变了，甚至有人问我是不是误入迷途，劝我回头是岸。嘿嘿，这些人真是有意思。电影难道不就是工业文明的产物吗？难道不应该是所有人都看得懂的东西吗？难道不是一种视觉娱乐媒介吗？指望一部电影成为精神寄托，洗涤灵魂？太高估它了吧。

"那时候我很坚定，我知道只要坚持走下去，一定能看见曙光。但是几年来四处碰壁，差点闹得整个电影圈封杀我，没人愿意投资，

青年导演

也没人愿意跟我合作。那时候我落魄成什么样子，你那两位同事肯定都告诉你了吧？别说体面，连最起码的尊严我都没有。如果有人告诉我，这是一条正确的道路，那么再多艰难险阻，我也不怕。但是，如果它是一条死路呢？到时候大伙就会跳出来说，这家伙，不见棺材不落泪啊。我就成了所有年轻人的反面教材。

"你以为，除了创作者以外，真有人在乎一部电影吗？对于有钱的老板来说，这只是再普通不过的投资项目，跟开矿、搞房地产没什么区别。这无可厚非，商人就是要赚钱的。对观众来说，电影不过是周末晚上的消遣。他们更在乎的是电影结束后，决定前往的餐厅够不够浪漫，红酒够不够高档，酒店的房间隔音好不好，大床舒不舒服。有什么样的观众，就有什么样的电影。

"我能力不够，没有话语权，没法教化观众。"

他眼神黯然，说："度人是佛教徒的任务，不是电影人的。"

青年导演告诉我，当初他没法相信任何人。拿到邀请函以后，他立刻就想到回到过去，当面问问那位老导演该怎样做。"如果他给我一点鼓励，告诉我，你这样做没错，小伙子，继续走下去，"他说，"那我就义无反顾地走下去。"

"结果呢？"我问："这位前辈告诉你，要掉转方向？"

他告诉我，老导演住在北京南三环一处破旧的老小区，环境破败，满地垃圾。那地方北面是商业街，南面是一片新建的公寓住宅，老小区夹在中间，尴尬得像汉堡里的酸黄瓜。老导演和一条名叫大黑的狗住在一起，房间里凌乱不堪，窗子是破的，风从窗缝灌进来，但屋里还是充满了臭味。书桌和茶几上都是手写的剧本，字迹歪七扭八，墙上还有几张他与国际大导演的合照。

没人照顾老导演，没人在乎他年轻时留下的杰作，他就像是退役的金牌运动员一样，空有一身荣耀，却永远无法兑现。他彻底被时代遗弃了。

"他患了帕金森，两手颤颤巍巍，说话含混不清。社工每天来一次，喂他吃饭，换尿布。看见他这副模样，我想请教他的问题顿时都噎在心里，半句也讲不出。"

青年导演打电话叫来一桌饭菜，想喂老爷子吃顿饭。结果一顿饭的工夫，老导演喷了三次。米粒溅到盘子里，菜汤混着口水，沿嘴角流下来。社工手边的餐巾纸用完，直接抄起茶几上的剧本，垫在饭桌上。他红了眼，夺过那张手搞，瞪着社工说："你知道这是什么！"

社工白了他一眼，嘟囔着："留着有什么用，反正也是等发霉。"

青年导演说："以前我无论如何也想不到，他的境遇竟会糟到如此地步。要是这部电影早些上映，我起码能花得起钱，供他进一所好点的养老院。"

临走以前，他把身上所有的现金都给了社工。那位社工说，这些钱只够老爷子换一个月尿不湿。这话令他羞愧难当。

"倘若我继续这样下去，就会走上他的道路，结局你已经知道了。最终我也不得不离开，陪在他身边的，只有那条老狗。等他死了以后，那些电影圈的大咖，整日把艺术挂在嘴边的投资人，还有电影学院的学生们，终于想起这样一号人，纷纷在网上哀悼。"

"那些剧本后来到哪里去了？"

"恐怕被烧掉了吧，那些字迹恐怕只有他自己看得懂。"

他喝了一口咖啡，整个人靠在椅背上，叹了口气。

"我可不想沦落到那样的境地。"

"那你为什么还想要时间旅行？"

青年导演

　　"我和公司签了卖身契！"他突然加重语气，脸上的肌肉轻微扭曲，目光聚焦，散乱的双眸深深凹陷进眼窝，依然一片漆黑。

　　临别的时候，已然日落黄昏。青年导演想送我回酒店，但我执意要自己走一段路，于是挥手告别。我看见他的背影沉浸在夕阳里，消瘦的轮廓镶了一层金边。

　　那张刻薄的黑白肖像仍然是他的手机背景，只要屏幕一亮，他就像照镜子一样，看得清清楚楚。

　　我突然这样想。

| 第3话 |

假行僧

——我好像从没飞出过笼子，而是拼命撞开铁索，冲进另一个笼子。

011.

我花了好长时间才认出他。

面前这人大约三十岁年纪，精瘦，皮肤黝黑，胳臂上的青筋时隐时现。他穿了一件皱巴巴的汗衫，一条洗得发白的工装短裤，配上满是尘土的运动鞋与褐色长袜，简直令人忍不住发笑。还有那贴满时代符号的帆布背包，死沉沉地垂在他肩上，我打赌已经用过十年了。

他刚要打招呼，看见我，瞬间愣住了。

"你……你是尹陆吧？"他显得很激动，"不认得我了？"

"你忘记咱们在博卡拉的时候了？"

原来是他。想想也真是好笑，上回见到他，还是五年前。

这人是我同系的学长，大学里的传奇人物，没毕业就离开学校，独自闯荡，攒够路费就立刻出发。既不停留，也无人相伴，就连学校的肄业通知单也没能将他召回北京。当初在学校，我只闻其名，从未与他正面接触过。直到毕业那年，我前往尼泊尔，在博卡拉见到了他。

直到那时，我才知道他已经结了婚，还有孩子。

回想起来，那正是我意气风发的年纪，看见博卡拉的湖光山色，喜马拉雅山群峰如刃，横贯天际，就兴奋得不能自已，跟随一帮欧美老嬉皮挥霍度日，欢天喜地。直到快离开，才碰巧遇到他。

那天晚上，我们一伙人远足归来，月照银山，夜色撩人，老城郊区静悄悄的，神庙与石碓也陷入沉睡。走到半途，我们听见远处传来奇怪的乐器声，好奇心起，就往声音的方向走去。一座供奉婆罗门神明的小庙亮着微光，庙里的八臂神明样貌丑恶，宝相庄严。几个僧侣模样的人聚在小庙门前，拨弄乐器，迎声起舞，还有四个东亚人坐在一旁，闭目冥想，对我们这伙闯入者不闻不问。

众人随地坐下，围成一圈，讲起五湖四海的趣事。有人在背后问我："你是不是在北京念书？"突如其来的中文吓了我一跳。我回头看他，没头没脑地说了句，我还以为你是日本人或者韩国人。

他哈哈大笑，伸个懒腰，像是刚刚返回这世界。

他接着问我在哪所大学、什么学院、哪一届毕业，然后哈哈一笑，报出自己的名字。

我立刻想起，他就是那位传奇人物，学院老师嘴里的反面典型，声名狼藉的"假行僧"。

"我到博卡拉两个星期，哪里也不去，每天就待在这里。"

"待在这里做什么？"我说。

"通过冥想，接触主宰，感受造物。"

他故意摆出一种冷静的姿态，仍然掩饰不住眼神因兴奋而激动发出的亮光。我上下打量他一番，果然和传说中一样，有点走火入魔。

"盘腿坐好，像我一样。"他拍拍我的后背，拇指顺着我的脊梁向下捋了两遍。

"深呼吸，放松，感受自己体内的能量。"

比起冥想，我对他的故事更感兴趣，于是问他离家有多久了，想没想过回去生活，安定下来。

他说："我的故事说来话长，你得有点耐心。现在，闭眼。"

我闭上眼睛，盘腿坐在他身旁。

夜色阑珊，旷野的风袭来，一刻也不停歇。

012.

他说，我从二十一岁起就开始断断续续地游荡，如今已是第五年了，刚开始在国内，后来逐渐到国外，我不懂你说的安定下来是什么意思，我现在就很安定。又或者你指的是结婚，然后养孩子吗？我倒是结过婚，有过孩子，可惜孩子不是我的。

"你结过婚？"我有点难以置信。

"我和前妻几乎是闪婚，认识两个月就领证了。后来我不断出门，撇下她一人，行踪不定，终于把她激怒了。她想尽办法不让我走，甚至趁我睡着，把我锁在家里，现金、钥匙、银行卡统统带在身上，还把我的护照撕了。现在想想，也不能怪她，换成任何一个女人都无法忍受吧。后来她告诉我，自己怀孕了，以自杀来威胁我，如果我再离开北京，她就和肚子里的孩子一起了断。"

"这是抱着必死的决心哪。"

他苦笑两声，拍拍我的肩膀，说："兄弟你还年轻，不懂女人。她们为什么要拿你的错误去惩罚自己？一个每天出门都要化妆、站在镜子前挑衣服、抱怨自己腹部赘肉的人，你相信她会自杀？”

"怀孕也是假的？"

"当时我以为是。"他轻叹一声，"我坚决不信她怀孕了。家里没有任何医院检查的单据，她在我面前也没有任何反应。闹僵的时候，她连出门都不告诉我去哪里，我怎么能知道是真是假？"

"所以你还是逃出来了？"

"不错。我无法忍受那种生活，有点难以理解吧？"他抬起头仰望夜空，继续说，"家里老人信佛，总去自由市场一笼一笼买麻雀放生。我小时候不懂事，喜欢养点小动物，就央求家里老人，不要都放生掉，留下十几只养起来。老人疼孩子，不忍心拒绝，就留下十来只关在笼子里，放在阳台养起来。结果呢，我眼睁睁看着那些麻雀，不停地往笼子上撞，撞得头破血流，羽毛掉得满地都是，浑身血污，直到死掉为止。它们个头虽然小，性子却刚烈得很。从那以后，我再也不养宠物了。受不了。"

"就这样走掉，没有逃避责任的愧疚感吗？"

"不光是她，还有我的朋友、家里人，都觉得我是个无耻混蛋。但是呢，责任这东西，得活着才能给予吧，那样子我活不下去。要说愧疚，那是当然。整整一趟下来，我心不在焉，在外面漂了不到一年就回去了。结果到家的时候，孩子已经出世了。"

"孩子不是你的？"

"她那时候很冷静，说孩子不是我的，与我无关。我火冒三丈，又觉得自己没什么资格指责她，满腔的悲愤、懊恼，像是有人往我脑子里打了一针，有东西蹿进泪腺，又酸又辣，眼泪顷刻就崩出来了。她冷冷地看着我，一句话不说，眼神都是漠然。我一气之下走了，下定决心再也不回去了。"

"她在报复你。"

"没错。她很久以前就计划好了。"他摇摇头，长吁一口气，"不过我已经不在乎了。这五年在路上，我经历过不少人，也遇到过不少人，大家身上都有点麻烦事，别那么纠结。与造物和主宰相比，人类简直太渺小了。"

他滔滔不绝地讲起那些怪事，满腔都是神秘主义的论调。我听得心烦意乱，就谎称有事，与他挥手告别，第二天离开了博卡拉。

没想到，一别又是五年。

如今的他，看上去比那时候更落魄了。

我有意嘲弄他一下，说："还以为你再也不回来了。"

他听出我话里的意思，尴尬地笑了笑。

"我之前还回来过一趟，不为别的，就想看看母子俩。"

013.

"假行僧"告诉我，一周前他得到这封邀请函，他坚信这是命运的馈赠，让他拥有重新选择的机会。他开始重复那些牛鬼蛇神的调调，眼神闪着漆黑的亮光。

"自由意志是万物的本源，主宰与造物都不可干涉。"

"够了，"我打断他，"你想回到什么时候？"

"回到我儿子出生那天，明早启程，可以吗？"

他的眼神立刻变了，整个人像是回到了现实世界。

"我记得你说，那孩子不是你的。"

他坐下，长出一口气，说："是我的。我一眼就能看出来。"

当年，离开博卡拉后，他又去了几个地方，大概半年以后，回到

假行僧

北京。那时他在外漂泊五年，没有接受过媒体采访，没在网上发布过任何文字和照片，更没有出书的想法，但是，在路上遇见的同类，说他已经成名，至少在圈子里小有名气。回到北京一周，有媒体陆续找上门。

"那不是很好吗？混出名堂了。"

"地狱的第七层到了，这层关押的是媒体人。不好意思，这层已经满员了。"

那是伍迪·艾伦一部电影里的情节。他学得惟妙惟肖，逗得我哈哈大笑。

"很有意思对不对？地狱里放着摇摆爵士，活脱脱一个大派对。他爸是犹太人，受到永恒的苦难，被宽恕后不想上天堂，只想去中国餐馆。想想看，如果在中国，地狱的最底层会关着什么人呢？"

"战争狂和民族主义者。"

"碰瓷的和道德绑架者，也许还有逃票的。"

他告诉我，那趟回京的唯一目的是看看前妻，结果发现，她身边已经有人了。那人是券商，西装笔挺，看上去比他好太多了。他像跟踪狂一样，尾随两人整整三天。曾经歇斯底里的前妻在券商面前变得小鸟依人，注视他的时候，眼睛里盈满了笑。

"那种眼神，我与她结婚后就再没见过。当时我真心觉得，那人比我更能给母子俩带来幸福生活。我就不要打扰了吧。"

不知是前妻的原因还是什么，他在北京待着难受，于是赶紧上路，这一去又是五年。

"好像有一只手在后面推着我，一停下来，就要使出浑身力气对付它。时至今日，我已经十年漂泊在路上了。你知道吗？我三十岁生日是在火车上过的，那趟车空空荡荡，整个车厢也没几个人。我冲了一桶泡面，望着窗外飞驰而过的旷野，特别想大声为自己唱生日歌，还幻想有个陌生人走过来，微笑着祝我生日快乐。"

我隐隐听见他一声叹息。

"从那一天过后，事情就变味了。我好像从没飞出过笼子，而是拼命撞开铁索，冲进另一个笼子。以前很享受的事，如今变成了折磨。然后，我梦见那孩子，梦见他跌跌撞撞朝我走过来，梦见他哭笑，梦见他一边玩一边把东西打翻。直到梦见有一天，他变成我，变成一个我在路上遇到的陌生人——我突然惊醒了。冥冥中有什么东西将我推向归途，于是我回来，想亲眼看看那孩子。

"就在一周前，回京当天，我给她打电话，约在一家咖啡馆见面。我找了好久才找到。北京变化太大了，我在路上的时候方向感一流，可回到这里却分不清东南西北。她穿得很漂亮，像动物园里的孔雀。两人面对面坐下来的时候，我觉得跟陌生人也没什么区别。聊了几句，我问她那个券商怎么样了。她说，早就把他踹了，那人控制欲太强，无论她做什么都束手束脚，还是自己带着儿子舒服快活，更何况她现在富裕了，干吗非得有个男人不可。

"我跟她没什么可聊的，就谈起孩子。她挺自豪的，说孩子现在学习好，会弹钢琴，运动天赋也不差，就是有时候爱乱跑，害得她提心吊胆。母子俩出去逛街，她看上条裙子，转眼的工夫，孩子就跑到别处，自己玩去了，说过多少回也没用。现在的孩子普遍腼腆认生，不敢跟陌生人说话，他完全相反，逮着谁都想凑上去搭讪。

"我听完这话，浑身像雷劈了一样。我小时候就是那样，没少挨大人的骂。于是我问她，孩子到底是不是我的？她满脸嘲讽，说你现在倒关心起来了？可惜，我们已经不需要你了。

"我后悔。如果当初没赌气，一走了之，可能也不会有这样的结果。我跟她说，想见孩子一面。她看了我半天，说要去接孩子放学，我可以和她一起去，但只能站在远处看，不能见面，更不能说话。等我亲眼看见那孩子的时候，我确信无疑，因为他长得跟我小时候一模一样。"

之后他沉寂许久，突然说："我想现在启程，一刻也不想等了。"

他出发的时候，我看见门的另一边，一道几乎透明的绿光转瞬即逝。

014.

两周后，他回到酒店。我很诧异，以为他会留在那里。毕竟，只要他愿意，就可以一直待在那里，直到初入酒店的那天。

他告诉我，抱起孩子的瞬间，他浑身发颤，激动得泪流满面。这样狂喜的情绪，反倒令他想起自己的第一趟旅行。那时候他对漂泊的生活充满向往，以为自己能永远年轻，永远热泪盈眶。然而这样的情绪持续不到三天。"我以为自己过够了风餐露宿的日子，渴望宁静的生活，"他说，"但是宁静意味着一潭死水，毫无波澜。我能想象到，一旦我留在那里，后面将会发生什么。"

而曾经歇斯底里的妻子，显得异常平静，说："你要走，现在就走，别熬着。"

他错愕地看着妻子，不敢相信这是她说出的话。

"我知道早晚有一天你会熬不住。"

他告诉妻子，自己知道真相，孩子就是他的。

"那又怎样？你现在温情脉脉地看着他，一年以后呢？三年后呢？你还是你，不会有丝毫改变。我不需要你，孩子也不需要隐形的父亲。既然敢把他生下来，我就敢把他养大。而你既没有做父亲的资格，也没有做父亲的勇气。快跑吧。"

那天夜里，他始终没睡着，独自在阳台吸烟。直到鱼肚发白，他回到屋里写下一封信，塞在孩子的枕头底下。小家伙的手指微微一颤，像是察觉到了异样。

"谢谢你们，我无数次梦见的场面，终于亲眼得见了。"

我问他是否觉得后悔。

"江山易改，本性难移。那样活一辈子，说不定我会更难受。"

他走后，阿曼达从内堂款步而出。我问她为什么一直躲在里面，她说自己最讨厌那样的男人。她说："这人浪迹天涯，满脑袋都是虚无的东西，整天神神道道，没有一点正事可做，假装自己境界很高，无所不为。其实路上十年，不过是逃避十年而已。"

真有这么糟糕吗？我问她。

那你觉得呢？阿曼达反问。

我想，不过是无家可归的人罢了。

| 第4话 |

被逼婚的浪子

——我从没想过跟任何人天长地久，只要她们想忘也忘不了我。

015.

没有收到邀请函的人，这辈子都没机会经历时间旅行。这听上去有些残酷。毕竟，什么人能收到邀请函没有统一的标准，或者说我不清楚。唯一的共同点，就是他们都不简单。

于是，我以为他理应收到邀请函，结果差点铸成大错。

他是苏州人，比我小两岁。我们在南城一家地下俱乐部认识，后来每年见两三次面。这家伙比我高、比我帅，总戴着一副斯文的眼镜，假扮正人君子。俱乐部的活动结束后，我与他之间就再没什么交集，他喜欢足球和电子游戏，而这两样我都不感兴趣。别人也纳闷，我们俩是怎么成为朋友的。

也许，我们都懂得如何令女孩子伤心。

他有位青梅竹马的女友，大学毕业后，两人携手来到北京，同居在一起。俱乐部的活动结束后，女友总是在门外等他，两人手牵手离开，柔情蜜意羡煞旁人。去年年底，他还跟我说，来年就要订婚，筹备终身大事了。

谁想到了今年，不仅婚事毫无进展，就连人影也见不着了。他很久没在俱乐部出现，每次我打电话，都说自己不在北京。直到一个月前，他叫我一同去云南，我才知道究竟发生了什么。那天我俩在地铁站匆匆见面，我问他怎么想起去云南。他说，最近一年，每月去一次。

"周五出发周日回京，就一个周末，你想去哪儿随便，我就待在昆明，哪里也不去。机票、酒店和吃喝算在一起，五千起吧。"

我被他搞得莫名其妙，这家伙虽然薪酬不低，但也没到这样挥霍的地步。

"你到底去昆明做什么？"

他说，我去会朋友。

会朋友是假，约姑娘是真。但是有谁能让他朝思暮想，每月都去一趟？我很清楚，这人虽然拈花惹草，风流成性，但没一个能长久，除了他青梅竹马的女友，剩下的女人都是睡过一次就不再见面了。

他说，你要是不去，就下回见面再告诉你，今天有事，忙得很。

说罢，他冲我挥挥手，走进人潮汹涌的地铁站。

016.

大约一周后，我接到一个女人的电话，是他青梅竹马的女友。她似乎很焦急，说话来不及客气。在此之前，她从不主动和我说话。

"尹陆，你跟我说实话，他在不在你那里？"

"他为什么会在我这儿？"

被逼婚的浪子

我问她有没有打电话到公司，她突然叫嚷起来。

"你以为我傻吗？你是不是还想说，也许他出差忘跟我说了？他的电话、他爸妈家的、他公司的电话，我都快打爆了！我现在正按他的手机通讯录挨个儿打电话！"

"你怎么有他的手机通讯录？"

"这你别管。他到底在不在你那里？"

"不在。请你别再打给我了，谢谢。"

啪的一声，电话挂断了。

我给他打过去，出乎意料，他立刻接了电话。我把事情告诉他，问他到底在哪里。这家伙从容淡定，说自己就在北京。

"回头见面聊，我现在有点忙。"

我隐隐听见，电话里有女人的声音。

"她有你的手机通讯录，可能正在挨个儿打电话。"

对面一声轻叹，沉默片刻，说，我知道了，然后挂掉了电话。

造纸街四下无人，我孤零零地站在路中间，将手机塞进裤兜里，点燃支烟，感觉内心躁动，欲望像野草一样疯长，辗转反侧，最终还是选择直接回家，上床睡觉。

那天夜里，我梦见他青梅竹马的女友。她背对着我，回过脸，竟然是丽川。她行走在时间的尽头，我追不上，只能远远眺望。她的脸随着时间变化，分不清本来面目，离我越来越远。

017.

两周后，他约我在一家韩式烧烤店见面吃饭。烧烤店装潢复古，干净整洁，但我受不了服务员一副韩国人的腔调。生肉端上来的时候，我想把整盘肉直接倒进烤炉，他却伸手制止我，拿过盘子和长筷，将肉一条一条夹进烤炉，像排队一样码放工整，然后举起酒杯，说："做事要讲究。"

生肉卷曲起来，在炉壁上嗞嗞作响。烟雾遮住他的脸。

"我每月去一趟昆明，就是为了见她。"

他拿出手机，晒给我一张照片。里面的女人长发直垂，笑容清爽，摆的姿势显得自信十足。

"我和两个朋友一起，白天基本不出门，就待在酒店里打牌，看电视。晚上找一家酒吧喝酒，喝得差不多了，去KTV唱歌，在那里我遇见她。她那时候是短发，坐下的时候竟然问我有没有吃的，说自己一天没吃饭了，饿得难受。我觉得这姑娘有点可爱，就陪她出去吃饭。她的普通话很标准，和我聊天没有障碍，提起苏州的时候，还一副心驰神往的表情。那顿饭我俩吃的就是烧烤。她问我在昆明待几天，我说只有一个周末，她问我，要不要后两天都由她来陪我。"

"我猜这五千块钱里，包含她在内了？"

他伸手冲我比画个数字，得意地笑了。

"吃完烧烤，我俩直接回到酒店。她小时候练过体操，在床上就像一条活鱼，翻来覆去，一直折腾我到天亮。童子功啊，真是不可小觑。"

"这种事就不必说了。"

"我俩本来已经说好，第二天要在昆明市区逛逛，结果一直睡到下午。我关掉手机，待在房间里，光着身子和她聊天。她很健谈，讲起中学时代的经历，兴奋得手舞足蹈，聊激动了就做爱，然后吃饭睡觉，睡醒接着聊天。晚上一起吃饭的时候，我那两个朋友一直埋怨我，说他们找的都是丑八怪，一位有口臭，一位睡觉打呼噜。我怀里

被逼婚的浪子

搂着她，根本懒得理他俩。她说，自己从来没跟任何一位客人讲过那么多话，我是唯一。"

"你相信了？"

"我假装很感动，其实那时候并不相信。逢场作戏嘛，谁也别驳谁的面子。直到临走的时候，她哭得稀里哗啦，把电话号码留给我，告诉我一定要回去找她，各种话吐出一大堆。你明白吧？就是姑娘们都爱说的那一套，不要忘记她什么的。"

"然后，你就开始每个月去找她？"

他轻蔑地笑了笑。

"怎么可能。我留给她的号码是假的，她给我的号码，我根本没存。那时候根本没想过以后还有可能见面。后来，我去天津、南京、武汉、成都，每一趟都和昆明没什么区别。"

"发现没一个人比她更让你流连忘返？"

"当时没觉得，直到我第二次去昆明，第二次遇到她。我们没去之前那家KTV，换了一家，结果一排姑娘走进来，她站在第一个。我愣在那里，浑身发麻，像被雷劈了一样。那晚我没喝多少酒，可是她一进来，我就觉得口干舌燥，一股火在嗓子里烧。她呢，脸上本来挂着笑，你知道——就是那种假惺惺的职业微笑，一看见我，脸色立刻就变了，直接冲我走来，坐在我怀里吻我，眼睛里含着泪花。和上次一样，她说饿，叫我带她去吃东西。我二话不说，拉着她就走了。我们随便吃点东西，她直接就把我拽回了家。"

"她家？"

"嗯，我也没想到。她家的墙面是粉色的，储物架上的东西码放得整整齐齐，梳妆台上的化妆品能摆满一床。当然，这些都是我之后发现的，当时眼里除了她，我什么也看不见。身体是最好的交流媒介，用不着废话连篇。"

他拿起桌上的烧酒，倒满一杯，仰脖一饮而尽。

"完事，我们俩就坐在床上。她翻出相册，给我看她小时候的照片。在我遇见过的女人里，她不算最漂亮，连前三名都排不上，可是照片里，中学时代的她真是漂亮得出奇。自那以后，我每月去找她一趟，直到两个星期以前，你给我打电话那回，她来北京找我了。"

"她知不知道你有位已经订婚的女友？"

"当然。她说自己没想那么多，如果我不愿意见她，就在北京玩几天，然后回去，没什么大不了。她这人从来不寻死觅活的，除了第一次我临走时哭过一鼻子，其余的时候都很开心。这姑娘也从不自找麻烦，问我和其他女人的事情。"

"那你打算怎么办？"

"维持现状，婚期拖后。"他把手指伸进酒杯搅了搅，放进嘴里吮了一口，"我还不想那么早走出森林。"

"这姑娘还在北京吗？"

"在呢。人家用不着我陪。"他露出诡秘的笑，"要不要带出来，你见一面？"

"用不着。祝你好运吧。"

018.

事情当然没他想得那么顺利。婚期的拖延遭到强烈反对，青梅竹马的女友开始怀疑他，对他步步紧逼。从电话查岗到翻阅手机，继而时常出现在他公司门口，声称要接他回家。只要找不到他，她就给他通讯录里的人挨个儿打电话，像私家侦探一样打探行踪——两个月

被逼婚的浪子

内，光是我就接到这位女侦探的三次审讯，其中一次在下午两点，另外两次都是凌晨。

夏末的一个傍晚，他突然来电话问我，能不能在我家住上一晚。

进门的时候，他一脸疲惫，眼圈发黑，两只眼睛深深陷进眼眶。

"她快把我逼疯了！我以前从没觉得她这样可怕。我真不明白，女人为什么都这样期待婚姻？婚姻有什么可神圣的？难道结了婚就万无一失了？男人就不会出轨了？世界就太平了？"

"没错——肥皂剧就是这么告诉她们的。"我不想推波助澜，可现实的确如此。

"昨天，她管我要银行卡和各种密码。我表面拒绝，想试探一下她有什么反应。结果呢？她竟然拿出一沓纸，上面是我近三个月的信用卡消费记录！"

"她是怎么拿到这些东西的？"

"我不清楚。我现在不敢跟她睡在一起，怕她夜里一刀捅过来。"

"她有暴力倾向？"

"咬人的狗不叫。"

他言之凿凿，仿佛回到家就会立刻被捅死——那表情让我有点幸灾乐祸，心想这是自作自受，刚忍不住要发笑——电话响了。

我俩盯着他的手机，屋里的空气都要凝固了。

他按下免提，什么话都没说，女友的声音像冲锋枪一样响起。

"我知道你在尹陆家，别骗我说不是。我不管你们在做什么，或者屋里还有其他什么人，你——现在——马上给我下楼，跟我回家。我就在楼下，给你三分钟时间，从我挂电话开始计时——"

"你到底要干什么？"

"我不干什么。如果你不下楼，我就上去。够清楚了吗？"

"我受够了，滚你妈的吧！"说罢，他将手机摔出去。

这件事的结果是，女友没找上门来，而是直接回到苏州，向双方父母哭诉。双方父母立刻启程，连夜坐飞机到北京，召开一场家庭批斗大会。当着所有人的面，女友摆出他频频出轨的证据，哭得梨花带雨，不给他任何辩驳的机会，最终表示，她仍然爱他，爱得死心塌地，想跟他结婚。两家当即决定，年底举办婚礼。

019.

再有他消息的时候，北京已经步入深秋。他给我打电话，说要离开北京，临走之前想再见一面。我问他怎么突然做出这决定。他说，这城市让他有点难过。

"该死的家庭批斗大会。中国人结婚从来就不是两人的事，而是两家父母聚在一起的控制欲狂欢。这该死的陋习不知道什么时候才能被毁灭。"

他无论如何也想不到，自己的父母竟然会向着女友——这时候应该改称未婚妻了。强横的父母以断绝关系相要挟，让他当着大伙的面，删除那姑娘的所有联系方式，保证再也不与她见面。可就算这样做，未婚妻还不满足。她可怜兮兮地称，只要还待在北京，就难保他不出轨。谁知双方父母立刻同意，决定在苏州为他们购置婚房。

自始至终，他都没有丝毫发言权。

"走就走吧，这里也没什么可留恋的。"他说。

"从那以后你就再没和那姑娘见面？"

"我所有的银行卡、手机、电脑密码都在她手里。我怎么见那姑娘？他妈的，仗着我爸妈两个老糊涂给她撑腰，她现在为所欲为，简

被逼婚的浪子

直不拿我当人看。我现在后悔，当初不该那样拖着，就该果断分手。现在的日子连畜生都不如。"

"你想她吗？"

"想也没用，我不知道那姑娘在哪儿。她直接给我换了手机和卡号，所有联系人都经过她的过滤。我现在在每趟出门，都必须经过她同意，告诉她时间、地点，要见的人，百分百查岗。"

"这样真能结婚吗？"

"我先顺着她，过一年半载再说。至于那姑娘，我早晚会去找她。既然有缘分，迟早还会遇见。"

他脸上露出绝望的阴影，我怀疑他能否撑得过一年半载。

"跟我来。"

我决定带他前往时间尽头的酒店。

我领他前往造纸街，让他在酒店门口等着。进门以后，我直接找到阿曼达，问她能不能给我一份邀请函。虽然她不负责分发邀请函的工作，但是我知道，她手里一定有这东西。

阿曼达很诧异，因为我从没提过这样的要求。

"你知道规矩的。"她双臂交叉在胸前，看着我。

还没等我回话，她就吐出两个字："求我。"

真是酒店的女王。

莫名的屈辱感刷过心头，"我求——"

话音未落，我看见她嘴角露出隐隐的笑意。又被她耍了。

阿曼达回到房间，拿出一份空白的邀请函。我刚要接过，她手一缩："下不为例，听见没？"

我拿过邀请函，跑出酒店大门。

他在酒店门口来回踱步，正在给一个女人打电话。

瞬间，我有点犹豫，可是邀请函已经递到他手里了。

等他放下电话，我问："如果再给你一次机会，你会怎么做？"

他把玩着手里的空白邀请函，漫不经心地说："怎么做？当然是偷偷留下她的电话号码了。我当时太傻了，竟然没找张字条藏起来，做个备份。"

"你从没想过跟她来往吗？"

他露出鄙夷的眼神，好像我的话无比荒谬。

"跟她来往？你指什么？跟她结婚吗？别逗了，我还不至于为女人同父母决裂。再说，跟谁结婚对我来说都一样。我未婚妻、那姑娘，还有其他女人，我从没想过跟任何人天长地久，只要她们想忘也忘不了我。

"我只是觉得，如果以后都见不到她，多少有点遗憾。"

他露出轻笑，问我："这东西是做什么用的？"

我一把夺过邀请函，掏出打火机烧掉，幽绿的火光闪耀在造纸街上。

"废纸一张，什么用也没有。"

| 第5话 |

朋 克 和 尚

——信仰这块蛋糕，说大也不大，所以竞争特别激烈。

020.

古时候，人们把喝酒吃肉、嬉笑怒骂的和尚称为疯僧。他们既不念经，也不躲在山门里，而是走上街头，到处乱窜，嘲笑那些还不如自己洒脱的凡夫俗子。

时过境迁，受国产影视剧影响，很多人依然觉得，僧人过的是劈柴烧火、世外桃源般的原生态生活，以至于看见僧人下馆子、用手机都要调侃一番。但是——

当一个和尚与你聊起绩效的时候，你会想什么？

当你亲眼看见他玩一款你最中意的手机游戏呢？

甚至当他说，朋克也是禅的一部分。

这家伙是假和尚，不然一定是疯了。

特别是，他眼珠子滴溜儿转的时候。

初雪过后，造纸街结冰，整条街就像一条又脏又滑的泥鳅。我被阿曼达委派铲雪除冰。不知道她从哪里找出一把铁锹，递给我，把我推出酒店："辛苦啦，等你干完活，咱们吃火锅。"

她伸手一挥，给我一个飞吻。我刚要说话，酒店的门砰的一声关上了。就在我抡起铁锹的时候，一位身着藏青色套头长袍的中年人出现在视野中，他用连衣帽遮住脸，在造纸街上缓步前行。这人步态威仪，看上去沉着内敛，一直走到我面前，褪下连衣帽，露出一张马脸，瞪着眼问："施主，这里是时间尽头的酒店吗？"

我脚底趔趄，差点摔一跤。那张马脸又瘦又长，两只眼睛像一对灯笼，圆不溜丢，精光暴涨。

"是是是，里面请吧。"

我俩一前一后走进酒店。阿曼达看见他，愣了半分钟没说话。我接过他的长袍，掸掸雪，挂在一边，问："还未请教法师名号？"

"施主不必客气。师父叫我春生。"

他有一种奇妙的幽默感，说话越认真，越叫人忍俊不禁。

阿曼达看看我，我看看她，笑得前仰后合。

马脸和尚摸了摸光头，也笑了："其实我真名叫冬至，因为是冬至那天生的。不知道为什么，师父给我起了这样的法号，弄得我告诉谁，人家都笑话。"

他将邀请函递给我。

阿曼达问："大和尚，你是在哪里遇到邀请人的？"

"谁是邀请人？"

"就是给你这份邀请函的人。"

"噢，就在我长大的那座破庙的废墟旁。他好像在等我，知道我一定会回去。"

　　我与阿曼达相对一视，问他："破庙在哪里？"

　　"不必问了。我回来的时候，庙已经被拆了。可惜我还有一件宝物留在庙里，也不知道落在哪位大仙的手里了。如果可以，能不能让我回到拆庙之前，拿回那件宝物？"

　　"能不能问问，是什么宝物？"

　　"于我极其重要，于他人分文不值。"

　　阿曼达说，她在酒店遇到过两位和尚，一个想回到古印度，亲眼见证释尊说法；一个想回到大唐，听玄奘讲经。

　　和尚嘿嘿傻笑："我对经书没什么兴趣，谁讲我都打瞌睡。"

　　"好吧。我先为你准备。"阿曼达走向前台，"小陆，快去继续铲雪，火锅我都准备好了。等丽川到酒店，咱们就开涮。"

　　春生法师凑过来，眼珠滴溜儿一转，嬉皮笑脸地说："吃火锅能不能加我一个？"

021.

　　我们仨眼睁睁看着他吃光了摆在面前的牛羊肉。

　　他吃得不快也不慢，但时刻不停歇。筷子夹住肉，浸在锅里转两圈，蘸满麻酱和香菜扔进嘴里，边嚼边说："火锅这东西，看上去肉是主角，其实不然。再细腻的牛羊肉，如果没有作料，也失了味道。入口以后，酱汁才是正主。"说罢端起空碗，摆出一副试探性的样子，极其认真地说："能再来一碗麻酱吗？"

　　阿曼达接过碗，盛上满满一碗她自调的麻酱，撒上香菜、葱花，递给他。

　　丽川说："大师云游四方，想必吃过不少美食吧？"

他将肥牛填进嘴里，一本正经地回答："就是改不了好吃懒做的毛病。"

"看出来了。"我瞪着面前的空盘子，"吃完赶紧上路。"

"不急不急。"他抹抹嘴，抑扬顿挫地说："待贫僧晓梦迷蝴蝶。"

"说人话。"

"消化消化，睡一觉再说。"

饭后，阿曼达让我把丽川送回家，她来收拾桌子。临走时，春生大师已然躺下睡着了。我跟丽川说，这多半是蒙吃蒙喝的骗子、假和尚。丽川瞥我一眼，叫我别那么刻薄。

等我回到酒店，他正趴在大堂的复古沙发上，手托着腮帮子，饶有兴致地阅读一本四格漫画，两脚翘起来，上下晃悠，不时发出咯咯的笑声。

阿曼达捂住嘴，极力克制住自己，到后来还是忍不住笑弯了腰。我让她回去歇着，这里我来处理就好。时间尽头的酒店女王，看着一位和尚笑得前仰后合，成什么样子？

我坐在大堂前台，也不理他，拿出手机看漫画。那段时间，我迷恋伊藤润二的恐怖漫画，看得十分入神。再抬头时，发现他正趴着前台的大理石长桌，探着脑袋偷窥我的手机屏幕。我愣了一下，问他："你看什么呢？"

他反问我："你看什么呢？好像特别有意思。"

"不告诉你。"我有意逗他，伸手挡住手机屏幕，故意挡住他的视线，就像小时候不让同桌看到自己的考卷一样。

"切。小气鬼。"

他退回去，盘腿坐在沙发上，竟然玩起手机游戏来，听声音像是某种夺宝闯关的游戏。

"大师，你不用念经的吗？"游戏的声音搅得我有点烦。

"心中有禅，处处是经文；心中无禅，抄一百遍经也是白费功夫。"

"你可是刚吃完牛羊肉。"

"入我口者得度。开了光的。"

我差点被气乐了："那你喝酒吗？"

他眼睛一亮："你有酒吗？"

我有一种幸灾乐祸的奇妙感觉。一方面想看看他究竟有多疯；另一方面隐隐觉得，即使他屡屡破戒，跟我也没关系。我反正不信鬼神。

酒送到嘴边，他突然一声长啸，自言自语：

"踏南天，碎凌霄。"

"若一去不回……"

"便一去不回！"

我叉着腰站在吧台后面，冲他说："大师，你这样会吓到别人的。"

他递过空酒杯，傻笑："不好意思，太激动了。再来一杯。"

我冷眼看他，接过酒杯，心底竟然有一种说不出的嫉妒。

发现这想法的瞬间，连我自己都吓了一跳。

022.

当天晚上，春生法师回到拆庙之前。那是当地文物保护者的最后一次努力。他们据守在庙门前，阻挡拆迁队和当地的乡民。带头的是个四十多岁戴眼镜的学者，痛心疾首。文物保护者们神色坚毅，誓死保卫身后的古刹。他们嘴里吐出种种专业名词，说这古刹应该属于第几批国宝，里面的砖墙、塑像分别属于什么朝代，一草一木都雕刻着历史的痕迹，牢记历史，才能造福子孙万代。

拆迁队和当地的乡民打心眼里觉得，这帮人就是在扯淡。把这座占着茅坑不拉屎的破庙拆掉，建起学校才能造福子孙万代。归乡企业家的捐款已经到位，上级领导也全力支持，唯独这帮老顽固一而再再而三地阻挠。前些日子，他们本来想半夜趁着没人来拆庙，谁知这些人竟然轮流把守，简直成了钉子户。

拆迁队的头头实在不耐烦了，嚷道："你们说这破庙是宝贝，有证据吗？把有关部门的证明拿出来瞧瞧。"

文物保护者根本拿不出证据。他们恳请有关部门关注这座古刹，为它验明正身，证明它不是野鸡建筑，可是多少次泣血上陈，结果都石沉大海。

"我们都是几十年的专家学者，每一位都能证明这座古刹的历史文化价值。"

"关我屁事。"

"你们这些没文化的暴民！拆了这座庙，你们要遭报应的。"

"关你屁事。"

"好了，别跟他们废话了。上吧。"拆迁队的头头一招手，推土机吭哧吭哧地前进。

就在这时，一道耀眼的绿光在破庙里绽放。片刻后，一位身着藏青色长袍的中年僧人从庙里缓步而出。两拨人顿时目瞪口呆。

"菩萨显灵啦！"乡民中有人顿时跪倒。

"说什么呢，菩萨是女的，这分明是男的，是罗汉下凡了！"

拆迁队和乡民呼啦啦跪倒一大片。文物保护者们面面相觑，有人作势要跪，看见己方多数都没动弹，假装掸掸腿上的土，若无其事地直起腰来。

跪着的乡民嚷道："你们见了罗汉不跪，才要遭报应的！"

春生走到近前，分别问两拨人："你们是守庙的？你们是拆庙的？"

文物保护者们得意扬扬，纷纷应声，好像眼看恶人受到惩罚，自己就要得到嘉奖。再看拆迁队和乡民们，个个惶恐不安，汗流浃背。

"噢，继续吧。"

文物保护者们一愣，为首的中年学者拦在他面前，小心翼翼地问："您到底是何方神圣？"

"我是这庙里的最后一个僧人，离开好久了。"

乡民听到这话，交头接耳刚想站起来，忽然觉得不对，他说自己是庙里的最后一个僧人，可没说是自己是什么时候离开的，没准是几百年前呢！于是又纷纷跪瓷实了。

"你既然是这庙里的僧人，就有责任守护这座古刹。"学者挥舞着手臂，语气强硬。

"僧人在哪里，哪里才是庙。这不过是一间放着泥塑的破房子而已。"

"亏你还是出家人，怎么能说这种话！"

"看砖护瓦与出家人何干。"

学者还要说话，春生已经转身走进破庙，伴随一道绿光消失了。

023.

"他们真烦人。"春生说。

"可你在那庙里长大，真的一点也不惋惜吗？"我问。

"庙里已经没人了。我惋惜什么？守护一堆泥塑和残垣断壁有什么用？更何况，那庙里唯一的宝物，我已经取回来了。"他拿出随身的旧布包，递给我。

我打开布包，里面有一摞用油纸包着的书。

"是经书吗？"

"不是。随便一座寺庙都能找到经书。"

我有点好奇，翻开层层油纸，竟是十几本线装连环画，儿童彩图版的《西游记》。

"我小时候常听师父讲《西游记》，这就是我的经书。后来师父死了，我就把它藏在塑像底座的夹层里。这么一大摞，带着上路也不方便。"

这样的旧版连环画在旧货市场遍地都是。我心里这样想，却没说出口。

"师父从来不逼我读经书。那时候，师兄弟们念经打坐，我就坐在院子里的树下看《西游记》，后来等我看了真正的《西游记》，却发现并没有小时候看过的连环画好看。手笔虽然大，废话也太多了。降妖除怪取真经，跟游戏闯关夺宝也没什么区别。"

"现在，"春生拿过连环画，"我要把这些重读一遍。请不要打搅我。"

024.

他重读完那些小儿书的时候，酒店外面已经是深夜。我抽烟回来，发现那摞连环画已经拿油纸包好，整齐地码在他身边。而他闭

朋克和尚

目盘腿，似乎正在冥想。

"太无聊了，太乏味了。"春生突然感叹，"没想到，这种粗制滥造的连环画，竟然陪伴了我的整个童年。"

"玩具最终都是要被抛弃的。"

他睁开眼："还有酒吗？"

"这种事用不着借酒消愁吧？"

"我想回忆一下顿悟的感觉。"

"你还顿悟过？"我把酒递在他手里，学着他的语气，假装严肃地说，"和尚，能用普通人的语言形容一下顿悟的体验吗？别说禅语，不然我拿酒泼你一脸。"

他换个很随意的坐姿，几乎瘫倒在沙发上，叹道："感觉就好像变身Wi-Fi一样，大脑连接整个世界，思维无限广远。而且思考的速度极快，从拨号连接瞬间升级到超级光纤。"

"你不是触电了吧？"

"不是不是。那是两年前，我在旅途中发现了一个很美的小村子，就决定暂住下来。大概有半个月吧。每天清晨我都沿着土路上山，在半山腰一块没人的地方静坐冥想。直到有一天，天气晴朗，万里无云，山风吹得人很舒服。我决定脱掉上衣，赤裸上身坐在那里，浑身的毛孔都张开了，呼吸着，感受微风吹拂，就在那时候，它毫无预兆地发生了。那些耗费我很多年都琢磨不透的问题，瞬间全解决了。现在回想起来，那是极其普通的一天，那天发生其他的事情，我都想不起来了。唯独那瞬间的感觉，太棒了。"

他说话的样子真叫人认真不起来，但我相信他没开玩笑。

"师父临死前对我说，春生，应该出去看看，别守着这破庙。那时候，师兄弟们已经散尽了，有的去做生意，有的出国了。我答应了他老人家，给他办完后事，就再也没回去。那些年，我走遍四方，遇到很多人，没想到最叫人失望的反而是同类。"

"佛教徒？"

"不错。在常人看来，出家人淡泊名利，其实大多数将名声看得很重。派别之间的辩论永不停歇，大乘批判小乘，又有别的禅师批判大乘，就像无限循环的怪圈。还有最伟大的灵性导师、宗教领袖，他们总是说完一段话以后，紧接着又批判自己。"

"我不懂这其中的区别。"

"简单。小乘叫人脱离自我的幻象，大乘叫人贪图无欲。"

"你是哪个流派的？"

"我什么都是，也什么都不是。我坚信一个道理，要想看得更多，就必须站得更高。一路上我不只接触佛教徒，也有西藏的大仙、天主教的牧师、在尼泊尔遇到的印度教的苦行者，还在终南山上隐居一年。奇怪的是，外国的天主教徒对其他宗教很宽容，我们往往对人家挑三拣四。比来比去，最终的结论都是佛教胜过了天主教。"他耸耸肩，"何必呢？"

"同行是冤家，从舆论上打压竞争对手。"

"说得对。信仰这块蛋糕，说大也不大，所以竞争特别激烈。让我印象最深刻的，是那些藏族的村落，那简直就像吸引汉人的信仰游乐场。村落之间相互竞争，拿出建学校和医院的捐款修缮金碧辉煌的寺庙，坐等泪流满面的信徒到来。越是贫穷的地方，越是如火如荼地建设宗教设施。更别提那些活神仙了。"

他坐起来，模仿西藏的大师现场表演了一段。我笑得眼泪直流。

"我早就跟丽川说过，你这家伙是假和尚。"

"也许你说得对。哪里的庙都容不下我，他们三言两语就套出

朋克和尚

我是个异端。幸好我活在现代，顶多就是被踢出来，不至于被活活烧死。究其原因，可能是我觉得，释尊并不独一无二，跟其他的精神领袖，没什么区别。不同教派的人，信仰的其实是同一个东西。他们站在世界不同的角落，给它起了不同的名字。没有人知道这位神明到底叫什么，甚至连它自己都不知道。一旦你给它起了名字，你就自动被划分到一个教派，落了下乘。无论是谁，也无法理解神明的语言，因为我们居住在不同的次元。就像一个摇滚乐手无法理解为什么有人甘愿卑躬屈膝地在华尔街每天工作十二个小时一样。"

我已经分不清自己脸上的表情是在假装严肃，还是真的。

"你理解吗？春生大师。"

"我可是拿连环画当经书读的。"他郑重其事地拿过那摞书，说，"这些送给你了。我打赌，每个到你们这里的人都会留下点什么。"

"我以为这书对你很重要。"

"不再重要了。谢谢你听我说话。很少有人愿意听我说这些乱七八糟的东西。"

酒店外面已是天明。他站起来，穿上那破旧的藏青色长袍，准备离开。

"下一步去哪儿？"

"走过的路再走一遍，遇到的人再看一眼。"

"带瓶酒上路？"我说。

"好主意！"他笑。

| 第6话 |

族 谱

——别为叫嚷忠义的强盗，牺牲你唯一的人生。

025.

首都机场人山人海。我拖着行李，送丽川离开。她即将奔赴里昂，久居他乡，不再回国。

前往机场的途中，她始终冷着脸，一语不发。我想安慰几句，却不知该如何开口。

毕竟，同样的事永远不会发生在我身上。丽川始终觉得，我无法真正理解。

我问她是否会想念这里。她说，绝不。

这里是她的伤心之地，多少时间尽头的酒店也没用。

有机会去法国找你，我说。她看我一眼，冷笑着说，好啊，请你喝普罗旺斯的鱼汤。

她还记得我俩第一次见面发生的事。其实在那以后，我俩还发生了很多事，现在都没时间说了。相比她遇到的坏事，它们也显得无足轻重。

我说，你离开酒店，阿曼达有些遗憾。

她说，是你遗憾吧？遗憾还没睡到我。

丽川就是这样，平时不说话，一张嘴就冷嘲热讽，出口伤人，我没少遭她奚落。

以前我不明白，现在想想她的家人，也不奇怪了。

丽川爸说她忤逆不孝，她妈说她是害人精，至于她那位要结婚的哥哥，恨不得丽川彻底消失。

说起这一切的罪魁祸首，恐怕要数她家那份族谱。

026.

丽川的父亲是军人，结婚以后，一直想要男孩，结果丽川妈生下她。父亲一家很不高兴，丽川的奶奶公开表示，必须再要个孩子，过继、领养都算。根据族规，没有儿子的人不许进祖坟，是族谱上的耻辱。

这事成了难题。父亲想再要孩子，可是一来政策不许，二来丽川妈不干。生下丽川已经毁了她的容貌和身材，她脸上开始长雀斑，皮肤不再紧致光滑，以前的漂亮衣服统统不能穿了。想要过继，其他两个兄弟分别只有一个儿子。夫妻俩就领养问题吵过好几次，丽川妈觉得没必要，凭两个人的收入也养不了两个孩子。丽川的父亲却不这么想，他是个孝子，老太太说的话必须算数。

丽川的奶奶开过好几次家庭会议，三姑六婆凑在一起给丽川妈做工作，劝她再要一个孩子。就算超生被罚，还有丈夫的两个兄弟，三家一起背罚款。丽川妈不这么想，她宁可一个孩子也不要。容颜是女人最重要的财富，何况一辈子就年轻一回，不为自己活就太不值了。

看着小丽川一天天长大，父亲愁眉不展，他时常嗟叹："要是男孩子有多好。"

丽川小时候不懂这话的意思，总想做到最好，让父亲引以为傲。

世上总有努力也改变不了的事。

丽川七岁那年，家里住进一位不速之客。

父亲年轻时有一位战友，两人是过命的交情。战友早逝，父亲经常周济母子俩。那一年孩子的母亲再婚，男方不愿意添累赘，她就恳求父亲收养这孩子。丽川的父亲巴不得有儿子，何况还是战友的孩子。于是跟丽川的奶奶商量，老太太眼见亲生的无望，便一口允诺，条件是孩子改姓叫爸，编入族谱。孩子的母亲才不管这么多，满口答应，二话不说，跟着情郎奔广州而去。第二天，孩子顺理成章地住进丽川家。父亲拉着两个孩子的手，让丽川管他叫哥。七岁的丽川想象不到，这将成为一场怎样的灾难。

这里必须提到丽川的母亲。丽川姥爷家有钱，母亲在外面吃喝玩乐，各种花销不用丽川爸掏钱，也不跟他废话。高兴了就带丽川去吃麦当劳，不高兴的时候，连续几天不回家。因此家里凭白多一个孩子，她也懒得管。

丽川爸出身一般，当兵也是因为家里穷。他虽然嘴上不说，但是在丽川妈面前，始终觉得自卑。斗嘴斗不过媳妇，就拿她是城里人说事，说城里人花花肠子多，自以为有文化就瞧不起人。他觉得闺女不爱说话，像媳妇一样令人捉摸不透。反倒是领养的儿子更像自己。这小子一贯胆大狂妄，没心没肺，在外闯祸，在学校挨处分。——这些在丽川爸看来也没什么。

"淘气是男孩的天性，不淘气的男孩没前途。"

——这话成为丽川他哥的护身符。养父常年惯着，导致他不知天高地厚，二十出头的时候跟人打架，被人打伤左腿，住了几个月的医院。后来，腿伤虽然好了，但留下病根，不能跑不能跳。直到现在，走路稍快点，还是一瘸一拐的模样。

丽川爸家里的亲戚经常给他吹耳边风。他们劝他别相信生儿生女都一样那一套，儿子比闺女好养活，嫁出去的女儿泼出去的水，好不容易养大，一出嫁就伺候别人去了，老了还得靠儿子。

听进这些话的可不只丽川爸，还有她哥。他入了族谱，在一家人眼里，和亲生的没有区别。听说丽川要出国，他才看出自己和妹妹的差距，于是在各种场合讽刺挖苦她。去年夏天，他找了女朋友，打算今年结婚，当着各种人的面说，嫁出去的女儿泼出去的水，以后家里的事情还得由儿子说了算。——这番话丽川本来没放在心上，谁想他是打着如意算盘的。

于是就有了这出闹剧。

027.

半个月前，丽川爸召集全家，商量儿子结婚买房的事。按他的规划，老两口将现在的房子卖掉，给儿子购置婚房，如果能凑齐首付最好，凑不齐的话，剩下的钱儿女俩各掏一半。房子卖掉，老两口搬到丽川那里，理由是儿子新婚燕尔，他俩搬过去不方便。

这是丽川爸一家的习惯。谁有能力谁就多出力，出力是应该的，没有人表示感谢。

不管以前帮过多少，只要拒绝一回，就会遭到记恨。

丽川虽然不喜欢这位半路杀出的哥，但毕竟一起长大，而且根据她的估算，卖掉老房子换新房首付，根本不需要再掏多少钱。

真正惹毛丽川的，是父亲后面的话。

父亲让她背负新房的贷款，理由是儿子没有偿还能力，等过两年情况好了，她结婚的时候，再让儿子出钱出力。

丽川脑袋一热，还没等老头说完就发飙了。

"等他情况变好？他的信用卡都刷爆多少回了，现在还是你给他垫付！让他给我出钱出力，做梦吧！没钱就别买房别结婚，贷不起款跟瘸不瘸腿没关系！"

我能想象丽川发火的样子，平常出口伤人尚且叫人不寒而栗，怒火上涌滔滔不绝，恶毒的话肯定不只这一句。

瘸腿是丽川家不能提起的大忌。父亲怒不可遏，伸手就要打她，手僵在半空生生停住。他知道这一巴掌下去，儿子的婚房就没戏了。

老头长叹一声，讲起儿子的身世，说他命苦，亲爹死得早，当妈的远走高飞，不拿他当回事，这么多年杳无音讯。好不容易长大，飞来横祸折了腿，走路一瘸一拐。他扭脸看丽川妈，想让她帮着说话，可丽川妈根本懒得理他。

他把话说绝了，见丽川软硬不吃，就痛斥她忤逆不孝，翻出那本族谱，证明两个孩子都是家庭的一员，既然是家庭的一员，就要互相帮助，为家庭出力。于是又提起陈年旧账，到最后还不忘饶上丽川妈，说："你怎么生出这么冷血的东西！"

丽川妈听到这话，顿时发火。她骂丈夫是废物，骂丽川是冷血的害人精，说父女俩吃饱了撑的将她卷入这场闹剧。说罢一甩手，摔门走了。

后来丽川才知道，父亲最开始求她妈，想管丽川的姥爷借钱，结果被骂得不轻。

讲到这些的时候，丽川说："我真心觉得，我妈其实恨我们这一家子。"

028.

据我所知，丽川始终没有下定决心，直到父亲绝食，发动亲戚们说服丽川，美其名曰，亲情的力量一定能感化她。那天，她怒气冲冲地闯进酒店，站在门口，手里拿着电话。

"是的，他们愿意搬过来和我住，我没意见，但是休想让我为我哥的婚房掏一分钱。"

我接了杯水，走到她面前。她看了看我，突然将额头靠在我胸口上。

"你们省省吧，无论谁跟我谈都没用，族谱在我眼里就是一张废纸。他也不是第一次这样做，我知道他身子骨硬朗，少吃两顿没什么大碍。"

她胸口起伏不定，浑身轻轻颤抖。

"我奶奶要是活着才不许你们这样欺负我！"她突然挂掉电话，抓狂似的尖叫。

丽川掩面，躲在我怀里泣不成声。我将她扶进大堂，问她究竟怎么回事。

舆论压迫，这招太愚蠢了。我心想，如果是个软弱的姑娘，可能真会就此妥协。可是对丽川，这种招数只能将她推得更远。然而，至少有一点丽川爸说对了，她更像她妈。

"可惜他的如意算盘打错了。在我眼里，那些亲戚猪狗不如，分文不值。"

"一不做二不休。你明早跟我走一趟。"

她的脸颊还挂着泪痕，眼里已是一番傲然的神气。

晚秋的造纸街格外清冷，每走一步都是落叶破碎的声音。我点燃手里的烟，抽了半支，另一半被风无声无息地吹走了。烟头扔在地上，火星四溅，随风洒了一地。

那晚，丽川直接睡在沙发上。我回到酒店，在储物间找到一条毯子，想给她盖上，走近时发现她在做梦，脸上仍依稀挂着泪痕。

睡梦中的丽川会看到什么呢？

不必犹豫，希望睡梦中的你也一样坚毅，像平常那样冷言冷语，挺直身子对抗整个世界。忤逆之徒遭人唾骂，但迎难而上争取自己应得的权利，也值得称赞。别让懦弱的骨血代代相传，别追随先贤的脚步，拱手奉上自己的命运，别为叫嚷忠孝的强盗，牺牲你唯一的人生。

姑娘，我们可是在时间尽头的酒店。

029.

我和丽川各自换上一身二十世纪九十年代的打扮，走到大堂的瞬间，相对一视，差点没笑岔气。

绿光退散的瞬间，一幢爬满藤蔓的六层居民楼出现在我面前。

"跟我走，"丽川说，"我奶奶去世后，族谱一直放在我大伯家里，除了他自己，没人知道藏在哪里。所以必须回到我小时候，拿到族谱，烧了它。"

"烧掉族谱？他们没有备份吗？"

"这个年代，普通人家里可没有打印机。何况那东西一直被当作传家宝，代代手写，没有复制一说。"她打开帆布包，递给我一支笔、一个线装笔记本，带我上楼，边走边说，"没想到奶奶家的楼道这么窄，小时候一点没觉得。"

丽川在一扇深绿色的防盗门前停下，深吸一口气，按下门铃。

大约两分钟后，防盗门后的木门缓缓拉开，一位面目慈祥的老太太探出头，上下打量我俩："同志，找谁呀？"

"阿姨您好，我们是报社的记者。您的儿子在部队受到表彰，我代表报社来采访英雄的母亲。"

老太太满脸疑惑："我儿子没跟我说呀？"

丽川话锋一转："是这样的。这表彰还没公布，现在还是秘密。甭说您了，您儿子恐怕到现在还不知道呢。我们想等到表彰公布，给他一个惊喜。您可千万别告诉他，不然惊喜就没了。"

"噢，是这样。赶紧进来吧。"老太太满脸欢喜，打开防盗门。

我心里一惊，这也太容易了吧。

"阿姨，给您介绍一下，这是我的助手。稍后主要由他负责采访您。我呢，到屋里拍拍照，记录一下英雄母亲的生活，您看行吗？"

"没问题没问题，快进来坐。我给你们沏茶。"

我俩跟在老太太身后进入门厅。我拽了拽丽川的衣角，冲她使眼色，意思是，我哪里会采访？丽川假装没看见，掏出胶卷、相机，直奔卧室去了。

"闺女，你咋知道我家的卧室在那边？"

"阿姨，这整栋楼户型都是一样的。我有小学同学就住在二层，我去过她家，就知道您家的卧室肯定也在同一位置。您甭担心我啦，专心回答问题吧，这篇采访可是要上报纸头条的。"

我伸手接过老太太递来的茶，坐在老太太对面。

"老人家，您有几个孩子啊？"

"三个，老大、老二都不行，就老三最出息。唉，就可惜他没儿子，生了个闺女。"

我心里咯噔一下，突然明白为什么丽川要我来采访她奶奶。

"老人家，重男轻女的思想可不好，不符合改革开放的时代潮流。"

我想起小时候居委会大妈常说的话，拿捏着腔调，语气抑扬顿挫。

"我知道。我也挺疼孙女的，就是这心里，不是那么回事。祖宗有规矩，没儿子入不了祖坟。你说我那老三这么出息，怎么能——"老太太说到这儿，竟然抹眼泪了。

"您别伤心。咱们今天可是聊高兴事，采访英雄母亲，怎么能说哭就哭呢。先说说您家老三平常的生活吧。"

"老三平常工作忙，没什么闲工夫。娶个漂亮媳妇啊，人人都夸，唯独他不知道疼。到了周末也不说陪陪，还是成天忙工作。我骂他犟驴脾气、榆木脑袋。我也明白，他看着老大、老二都有儿子，唯独自己生个闺女，心里苦闷，可也不能因为这就冷落媳妇和孩子啊。我那儿媳妇，很开放，家里有文化，跟我们不一样。我告诉他，你得理解人家，夫妻俩多谈心，不能晾着人家。想再生儿子，不还得指着人家吗？这老三就是不听，我跟他俩嫂子轮番给他媳妇做工作，想让他俩再生一个。媳妇最后松口了，就差他这一关了。结果他一回家，竟然摆起谱来，指责媳妇太自私，不为大家庭考虑。给我气得！"

老太太捶胸顿足，唉声叹气。

"老人家，您也别着急。常言说得好，家家有本难念的经。"

丽川站在门口，眼泪围着眼圈打转。我知道，不能再继续下去了。

"拍好了吗？"

"胶卷不够了。阿姨，我们先去买趟胶卷，这就回来，采访可没完呢。"

老太太连声答应，一直送我们出楼道。

丽川和我躲在一棵大树下，她望着奶奶的背影，眼泪止不住地滑落。我问她："东西拿到了吗？"

就在这时，两个中年妇女牵着一个小女孩走过来。我一眼就认出，那是童年的丽川。尽管脸上尽是稚嫩与懵懂，眼神却写满冷漠，和长大后的丽川一模一样。

"那是你小时候？"

"不错。旁边那是我两个伯母。"

丽川躲在树后，冷眼看着她们。

此刻，两位中年妇女一唱一和，对小丽川说教："女孩上到高中就不行了，不如干脆读中专，读书太多反而不好嫁人。到了二十岁，趁年轻找到好男人套牢。俗话说，干得好不如嫁得好，辛辛苦苦工作，不如找个有钱的人家。等到嫁人有了孩子，那才算是完整的女人。"

我站在丽川身旁，听得目瞪口呆。

丽川告诉我，这些陈词滥调伴随了她二十多年。

"你没有反驳过她们？"

"她们是我的长辈，"丽川说，"一直拿所谓的人生经验压我。"

"她们可不是我的长辈。"我甩下这话，满脸堆笑走向三人。

"你干吗去？！"

"待在这里别动。"

我走到丽川两个伯母面前，面露微笑，"请问您二位，孩子还这么小，你们对她说这些合适吗？"

两位中年妇女上下打量我，立刻变了嘴脸："你谁啊？我们教育自家孩子，你管得着吗？"

小丽川抬眼看着我。

我微笑着朝她打招呼，挥拳砸向两位伯母的嘴巴。

两人惊叫倒地，嘴里淌血，破口大骂："你敢打我们！跟你拼了！来人哪，打人了！"

我蹲下，手搭住小丽川的肩膀。

"你要是想活成她们那样，就照她们说得做。不然，就别听老年人的话。"

小丽川瞪大眼睛看着我，轻轻点头。

两位伯母揪住我的衣服和头发，指甲抓挠我的脸。我一把推开她们，跑向丽川。

"你疯了！"

"不用谢！快走。"

我拉着她的手狂奔，一道绿光转瞬而逝。

030.

我帮丽川毁掉了族谱，却没能改变她离开的决心。这就像一次人性的试探，丽川对家人心灰意冷，打碎的亲情无法复原。她坚决辞掉酒店的工作，久居他乡，不再回国。

这里是她的伤心之地，多少时间尽头的酒店也没用。

同样的事永远不会发生在我身上。丽川始终觉得，我无法真正理解。

那天，我们回到荒无人烟的造纸街。丽川告诉我，其实她明白，族谱可以毁掉，家人脑袋里的东西没法改变。我说，其实我们错了，应该再回去一趟，打折你哥的另一条腿。

丽川瞪我一眼，知道我在开玩笑，松了口气，说了句"谢谢"。

我拿出打火机递给丽川，问她是否想好了。

她哽咽着，点燃那本陈旧发黄的族谱，喃喃低语："奶奶，请原谅我，该去的就让它去吧。"

火光熊熊，我看见五千年的谎言，伴随野草和垃圾，化为灰烬。

| 第7话 |

爱 是 永 恒 的 摇 滚 乐

——"她就是你念念不忘的人。"

——"不，她是我的黛西·布坎农。"

031.

摇滚演出开始了。

这是城堡酒吧最后的时刻，死刑判决书贴在墙上，殷红的字体毫无幽默感，字里行间尽是无情的嘲讽。天黑得早，姑娘们三五成群，烈焰红唇，在出租车里叽叽喳喳，嬉笑着奔向鼓楼大街。摇滚青年喝得烂醉，从街边的脏馆子里探出脑袋，勾肩搭背东倒西歪，嘴里叼着烟，怪笑着拥向鼓楼大街。拥堵的车流中，几位脱下西服的中年人，坐在车里仍在用手机回复邮件，听到司机一面鸣笛一面抱怨，他们干脆推门下车，没入人潮中，步履沉重，犹如缓慢移动的岛屿，漂向鼓楼大街。

我想避开人海，却在拐角一条胡同的酒馆里遇见李巍。这个臭名昭著的摇滚明星正搂着一个姑娘，讲他年轻时候的脏故事。姑娘不时被他逗笑，粉拳砸落，笑得前仰后合。这种事情在鼓楼时有发生，本不值得稀奇，就怪我离他太近了。

爱是永恒的摇滚乐

李巍是个叛徒，许多摇滚青年如是说。他二十五岁背离地下，单飞上岸，三十岁被誉为最富潮流气质的摇滚艺人。果儿对形式没有信仰，她们不管那么多，李巍阴郁而低迷的气质使她们沉醉，配上他撩人的歌声，就能让她们狂热。两年前，我曾看过他的演出，那阵势堪比韩国偶像的演唱会。

"给你看一样东西。"李巍说，"前一阵子，我在这儿附近喝酒，遇到个怪人给我这玩意儿，不知道是真是假。"他倾斜身子，从裤兜里掏出一样东西，是时间尽头的酒店邀请函。啪嗒一声清响，钱包与邀请函一起跳出裤兜，跌落在我脚边。

他冲我比画一下："兄弟，麻烦了。"

我弯腰捡起钱包，瞥见里面夹着的拍立得。

照片上的女人，竟然是阿曼达。

李巍问我："你认识她？"

我说："是啊。她是我上司。"

他斜拧着身子，凝固两秒钟，忽然绽露笑容，对身边的姑娘说："亲爱的，实在对不起，我今晚还有正事要做，不能陪你了，改天一定补偿你。"

那姑娘好不容易逮到他，哪肯轻易放过，拽住他的胳臂不依不饶。李巍向酒保要了支笔，将她的电话号码写在手心里，并且承诺，一定主动给她打电话，下次见面的时候，还会为她弹一首自己珍藏的作品。温存许久后，姑娘才悻悻离开。

李巍邀请我跟他坐在一起，与我握了握手，说："李巍。幸会。"

"尹陆。我看过你的演出。"

"我请你喝杯酒？"

"我可不跟你睡。"

李巍的眼睛有一种特殊的力量，一旦注视就无法转移视线。对女人来说，他眼睛里反射的是鲜花和小动物，让她们心生怜爱；对要上战场的士兵来说，他们情愿把后背交给他。

他笑着拍拍我的肩膀，要了两杯掺水威士忌，问我："今晚来看演出吗？"

"是啊。听说是城堡最后一场。"

"最后一百场还差不多。"他耸耸肩，一仰脖喝干杯里的威士忌，说，"他们就喜欢这样。谎话说一百遍还是有人买账。"说罢站起身，冲我一挥手，"我们走吧。"

城堡人满为患，像一座围城。酒吧已经禁止观众继续入场，可还有大批人聚集在门外。李巍问我，要不要他打声招呼，叫人放我们进去。我知道里面现在是人山人海，寸步难移，上百人穿着衣服蒸桑拿。"算了吧，我还是回家睡觉得了。"

李巍拽住我，说："兄弟，不如去我那里坐坐。离这里不远，宽敞。"

我笑："我比漂亮姑娘还吸引你？"

"我……"他踌躇不决，磨叽半天才说，"我想问你些事情。"

我站住，凝视着他。这位浪迹天涯的摇滚明星，此时支支吾吾地说："我……想打听一下你上司的情况。"

032.

李巍的家就像专为音乐人设计的聚会馆。穿过走廊，迎面就是吧台和酒柜，工业复古式的吊灯随处可见，还有一台七十年代的老式点唱机。延绵不绝的唱片架尽头是一架黑色的钢琴，琴上摆着一瓶威士

爱是永恒的摇滚乐

忌，玻璃杯里剩着残酒。大厅中央是环形下沉的沙发，周围铺满克什米尔地毯。墙面尽是摇滚乐手的海报和专辑封面，令人眼花缭乱。西首有一座小舞台，上面摆着架子鼓和麦克风，舞台两侧分别是音箱、调音台和十二把电吉他。据李巍说，这些吉他一些演出的时候用，一些仅供珍藏。

他把大衣扔在沙发上，走到吧台后面，洗了两个杯子，问我："喝什么？"

我坐在他对面的高脚椅上，还在张望他的客厅。

他似乎司空见惯，轻轻一笑，直接给我兑了一杯威士忌。

"兄弟，还没问你，你是做哪一行的？"

"就是你裤兜里的那张邀请函上面写的，时间尽头的酒店。"

他愣了愣，掏出那张皱巴巴的邀请函："你是认真的？"

"就在造纸街，艺术区后面。"

他盯着我，不确定我是不是在耍他。我耸耸肩："爱信不信。"

李巍掏出钱包，看着阿曼达的照片问："这么说，她也在那地方？"

"是时间尽头的酒店。她一直住在那里。"

"怪不得我一直找不到她。"

阿曼达和照片里一模一样，没有丝毫衰老的痕迹，我想告诉他，可话到嘴边发现没什么必要。

"你一人住在这里？"

"总有些朋友什么的。前妻不习惯，离婚后带着孩子回上海了。"

"所以，这些年你一直是……"

"她还好吗？"他打断我。

"她和十年前一样年轻漂亮，在酒店也很开心。"

"噢,是吗?"他好像突然被什么东西蜇了一下。

李巍给自己倒了杯酒,冲我招呼一声,两人坐在客厅中央的沙发上。环形沙发中间是一张圆形茶几,上面摆满乱七八糟的零碎摆设。他把酒放在茶几上,扑通一下躺倒,身体牢牢陷进沙发里。

"十年前,我是摇滚乐手,不是摇滚明星,不像现在这样。她是娱乐记者,成天穿梭在各种明星、大佬之间,张嘴闭嘴都是人脉、资源。我们俩相遇以后,她为我设计海报和专辑封面。后来她想要房子,想要孩子,我想要自由。"他轻轻叹息,说,"现在我自由了。有跑车有房子,想吃就吃,想玩就玩,没什么东西得不到。最终发现,我只想要她。"

他神色黯淡,仿佛陷入无底的深渊。我打赌,就算所有的吉他都被砸掉,烈酒流进下水道,音箱短路,唱片折断,整幢房子夷为平地,他也毫不在乎。物质毒药的耐受性已经降到冰点。

"你不是结过婚吗?还有孩子。"

"不然你以为这些东西都从哪里来的?"他看着我,好像我的话幼稚至极,"我老丈人是搞房地产的,明白了吗?一旦你成名,赚钱简直太容易了,但在那以前,必须要有扶持你的金主。音乐、艺术、文学、体育,哪样不得靠金主包养?"

他翻身跃起,一口喝光玻璃杯中的威士忌,转身从冰箱里拿出两瓶啤酒。

"梁朝伟的爱好是坐飞机去巴黎,在战神广场喂鸽子,我也可以。我更喜欢去柬埔寨,端起冲锋枪扫射牲畜。你试过那种感觉吗?"他端起无形的冲锋枪,一脚踏上茶几,面目狰狞,冲我狠狠扫射。

见我毫无反应,他失落下来。

"这些都是玩具……"他说。

爱是永恒的摇滚乐

　　李巍坐在黑色钢琴前，脸上闪烁着绝望的疯狂，指尖敲响黑白键，边弹边唱。歌声仿佛有人走在暴风雨前潮湿阴冷的小镇里，没有灯火和欢笑，汗水打湿衣襟，脚底泥泞不堪，镇民躲在窗后与阁楼的阴影中，低语嘲笑时隐时现。

　　我记得很多年前去看他的演出，雷鸣电闪的灯光中，乐器的演奏交叠成网，李巍的呐喊冲破牢笼，从舞台上迸出，巨大而癫狂，遇墙而撞，在密闭的空间肆意回荡，以震耳欲聋之态，击碎所有人的防线。此刻琴音不断，歌声却变成咒骂："不舔流行乐的屁股，很了不起吗？他妈的，摇滚乐的屁股很香吗？"他端起整瓶威士忌，琥珀色的液体滑入喉咙，化为整片火海。

　　事情发生得有点突然。我还沉浸在钢琴曲中，李巍手里的酒瓶滑落在地，摔成碎片。他胸口剧烈起伏，身体像失掉重心的玩偶，从凳子上歪倒在地。我跑到他面前，他双手不停地颤抖，指着裤兜。我摸出一瓶硝酸甘油，倒出三粒，掐住下巴，塞进他的嘴里。

　　李巍面色惨白，冲我勉强挤出笑容。

　　"你有心脏病？"

　　"地狱派对又在呼唤我了。"

　　我扶他靠墙坐下。他推开身旁的电吉他，掏出钱包，凝视阿曼达的照片，说："这才是我的生命之光，我的欲念之火。我的罪恶，我的灵魂。"

　　"她就是你念念不忘的人。"

　　"不，她是我的黛西·布坎农[1]。"

---

1 出自《了不起的盖茨比》，是主人公杰伊·盖茨比心心念念的追求对象。

033.

我在造纸街给丽川打电话。

不远处的艺术区灯火通明，诗人、画家与出版商觥筹交错。造纸街一片漆黑，寒风肆意横行，卷起地上的枯叶和垃圾，光秃秃的树木好像犯了关节炎的病人，咿呀呻吟着。我把烟扔在地上，双手塞进大衣兜里，不停地跺脚，浑身止不住颤抖。

"你给我打电话做什么？"

"想跟你聊两句。"

电话里很吵闹，好像在熙熙攘攘的街头。丽川的声音透着冰冷，沉默许久说："听着，尹陆，我们俩之间是不可能的。你根本不懂我是什么样的人。"

"这话可太残忍了。里昂是不是比北京更冷？"

"你和我根本不是同一类人。别以为我不知道你过去的事。尹陆，你是个无耻混蛋。"

我闹不清这突如其来的指控，心里头一次憎恨时间尽头的酒店。

"你怎么能这么确定？你看过我的未来吗？"

"我——没——空。"她说，"如果我们在一起，你知道会是怎样的灾难吗？"

"我不知道为什么会是灾难。"

"这就是我们俩的问题。"说完，丽川挂掉电话。

真是个冷酷无情的女人。我转身走进酒店，第一次觉得，这里面的一切都如此荒谬。

我和阿曼达聊起丽川的事，她轻轻叹息，拍了拍我的肩膀。

爱是永恒的摇滚乐

"对她来说那是正确的选择。"她靠近我，双手捧住我的脸，说，"尹陆，没有人能永远留在时间尽头的酒店，没有人能永远逃避这一切。"

我注视着她二十岁的脸，说："那你呢？你在这里不是为逃避李巍吗？"

她怔了一下，随即说："这与他无关。无论他说怎么爱我，那都是他幻想出来的。他们这些人总是善于夸张，不是吗？"说这话的时候，她脸上没有丝毫涟漪，没有瞬间的刺痛与紧张，从头到尾都是从容淡定，轻松得像与餐厅侍者之间的对话。

"我猜他愿意抛弃一切，只为跟你在一起。"

"那又怎样？我猜他和十年前一样，本性难移。"

"他十年前什么样？"

"可爱，热情，真诚，善于倾听，在音乐方面天赋过人；同时自私、幼稚，不想负责任的时候就拿自由当借口，像迷失在森林里的孩子。但是，人都是要长大的，我比他先长大，厌倦了，所以我离开了。"她站起身，"好啦，我得去工作了。你好好的，别胡闹。"

说完，她冲我微微一笑，摆了摆手，走了。

034.

李巍开门的时候，眼睛红得像泼了蛇血。

"嗨，我的救命恩人！"他怪笑着给我一个拥抱。

"你身上是什么味道？"

"把门关上，快进来坐。"他转身扑向沙发，却栽到地上，被摔得嗷嗷直叫。

"我去鼓楼，顺道来看看你。"

"太好了。我这里随时欢迎你，今晚要住在这里吗？房间多得是，你随便挑。兄弟，我得说，有人陪着真不容易。"他抱着靠垫坐在沙发上，像只哈巴狗一样伸出舌头。

"我以为陪你的姑娘多的是。"

"那不一样。"

他瞪着我，哈哈大笑，突然跳起来，抄起一把吉他，疯狂地扫弦，身体胡乱摆动，似乎正站在幻想的舞台上。我懒得理这疯子，走到吧台前抄起一瓶酒，自顾自地喝起来。

"等等，兄弟！"他扔下手里的电吉他，冲我走过来，假装严肃地说，"听我一句，别喝这些烂货。这些东西，包括所有你能在酒吧和夜店里买到的酒，统统是烂货，就像在演出现场第一排大喊大叫的女粉丝，永远是最丑的那伙！丑到叫人想吐！真正的漂亮女孩都藏在阴暗的角落里呢。"他露出神秘的笑容，凑到我耳边说："我有蛇血！真正的眼镜蛇血！你要不要？"

"那是什么味道？"我问。

"让我想想……哈！血浆在五脏六腑炸开的感觉，从头顶到脚趾，统统炸开！把你撕成碎片，脑浆、血液和精液溅得遍地都是，然后蛇血将它们凝固，每块都龟裂成眼镜蛇身上的纹路，就像摔在地上的酒瓶子！哈哈哈！"

"你真是嗨大了。"

"是啊！我绝对是嗨大了，告诉你一个秘密——"他刚要说下去，门铃响了。

李巍跑到门口，冲猫眼瞟了一眼，顿时冷静下来，回头冲我说："是姑娘！快帮我清醒一下，把酒瓶子都收起来。"他在水池前洗了

爱是永恒的摇滚乐

把脸，将酒瓶扔进垃圾桶，缓了口气，微笑着开门。

我躺在沙发上，看见那姑娘搂住他的脖子，两腿来回摩擦。两人对话的声音极小，但我还是听得一清二楚："宝贝，今天真的不行。我发誓以后一定补偿你，好不好？"他在她额头上亲了一口，接着说："我怎么会耍你呢？你这么聪明，这世上哪有男人耍得了你？我怎么会不想要你……"

片刻后，门撞上了。李巍缓缓走过来，躺倒在沙发上，闭着眼睛，满脸懊丧。

"为什么要这样？"

"世上每个女人都独一无二，她们都是小精灵。我虽然是无耻混蛋，可对待她们的时候必须像个绅士，至少装成绅士的样子。"说完睁开眼，冲我笑了笑。

"那她呢？"

"如果我十年前知道这个道理，也许她就不会离开我。"他坐起来，眼睛里布满血丝，脸色难看得近乎恐怖，喃喃地说，"这些年我一直在噩梦中度过。这样说或许不对，因为每次都是她和我在一起的美梦，醒来发现怀里不是她，那才是真正的噩梦。时间久了，我倒希望现实和梦境颠倒一下。

"那样我就期待着有一天突然惊醒。她走进房间，摸摸我的头，替我擦掉头上的冷汗，问我做了什么噩梦。我说，这个梦漫长真实而残酷，在梦里我们俩终究没能在一起，因为一些不起眼的假象，如儿戏一般耗费光阴，若干年后彼此面对，尴尬得像一盘冷掉的晚餐。就在这时候，孩子跑进来，拿给我们看他满分的考卷，得意地告诉我们，他以后会有多么了不起。她亲了孩子一口，夸他说的一定会实现。我也亲了她一下，心里有点害怕：万一这不是现实，而是一场噩梦那该怎么办？她看出我有心事，问我在想什么。我告诉她我害怕这是一场梦，她凑过来紧贴着我的脸，坐在我怀里说，傻子，就算是梦，也是一场美梦。我嘴里说对，心里却想，那可怎么办好？我是个不知足的人，一万个美梦也不如一个短暂而美好的现实。倘若有一天醒来，发现你真不在我身边，我怀里搂着的不是你的身体，只是个没有温度的枕头，那该有多么孤独冷清。恐怕醒来的那一刻，我会哭的。

"我就这样一次又一次地重复做着关于她的梦，半夜回到现实，都会感到沮丧而麻木。倘若梦境不能成为现实，我宁愿抛弃现实，永远浸泡在那粉红色的梦境里。

"我宁愿让梦里的我杀了我，宁愿变成一个幽灵，飘荡在黑暗的虚空中，注视着自己与她的美好生活，宁愿割舍这泥潭一般的丑陋现实，宁愿叫全世界毁灭，这一切重新来过。

"我唯一的罪恶，就是胆小懦弱，没能在半夜醒来，鼓起勇气，一枪崩了自己。想想看，那也不是什么难事。可我毕竟有过千百次机会，懊恼地坐在床上，拖着自我厌恶与幻灭感，希望有个人突然闯进来了结我。

"但我始终没能那样做，而是窝囊地捶胸顿足，拖沓前行，就像是一捆湿淋淋的柴草，既无法点燃，也滋生不出希望，分不清假象，也难辨美丑。失去了她，就像失去平衡的支点，幻想中完美林立的高楼大厦，就像乐高积木一样轰然倒塌。每一片碎片，都映照出我一脸的麻木，映照出这一切的毫无意义。

"这些年我一直在想，也许人的存在只是为了让某个人满意自己。当这个人不满意时，要么毁灭自己，要么毁灭世界。最令人懊恼的，就是踌躇满腹，淌着半夜醒来的沮丧，在生活的泥潭中打转。"

爱是永恒的摇滚乐

他双手捂着脸，整个人坠向深渊，声音低沉得令人窒息："只有爱是永恒的摇滚乐。其他的一切，都是虚无。"

035.

"够了。跟我走，拿上你那该死的邀请函。"我把他从沙发上拽起来，说，"这些话你应该说给她听，让她知道你心里想什么。快起来！"

"干吗？"他从沙发上跳起来，躲开我，骂道，"我还没醉得蠢到在姑娘楼下表白。更何况，你根本不知道我做过多少混蛋的事儿，我和她好的时候到处拈花惹草，说好和她结婚后来又反悔，直接跑掉。你再看看我现在这个鬼样子，我的生活一团糟。"

"少废话。"我揪住他的衣服，"她知道。她觉得你没那么糟，只不过太孩子气了。"

"这话是她说的？"李巍忽然愣住。

"就在几天前。快去换身衣服，别像个娘娘腔一样。"

"既然她这么说，"他的胸口起伏不定，僵持了将近一分钟，终于下定决心，"好吧。"

李巍匆忙换身衣服，和我一道钻进出租车，前往时间尽头的酒店。我们在艺术区的入口停住，他买了瓶烈酒，边喝边走向造纸街。

"这里就是时间尽头的酒店？这破地方，看上去像十年没用过的厂房。"

"别废话了。快跟我进去。"

"等等！"他左右踱步，不停地灌酒，"她真的不恨我吗？"

"听着，"我走到他面前说，"别放弃。如果她爱你，她会原谅你。"

"好吧，你说得对。"他怪笑两声，仰脖灌下一口烈酒，说，"我现在看着怎么样？衣服上有褶子吗？发型乱不乱？眼睛还红吗？"

"放松，兄弟，你棒极了。快把最后一口酒喝完，我们进去。"

他露出放肆的笑容，回头遥望着黑暗的造纸街，喝下最后一口烈酒。

我有点不耐烦，刚要点燃一支烟，就听见酒瓶碎在地上的声音。

李巍双膝软倒，扑通倒在地上。

"靠！"我跑过去，在他的兜里找那该死的硝酸甘油。什么都没有。这家伙出门的时候太着急，脑子里乱成一片，换身衣服却忘了拿保命的东西。

"李巍！"我慌了神，不停地拍打他的脸，一遍又一遍叫他的名字。

"阿曼达，阿曼达！"我喊到声音嘶哑，始终无人回应。

黑暗冰冷的造纸街，只剩下我一人。

036.

我把李巍说过的话转述给阿曼达。

她听完后，沉默了好久，淡淡地说，她会去看他的。

我告诉她，自己不想再在这里待下去了，想出去走走。阿曼达点点头，表示理解。她从房间里拿出一沓信封交给我，说我一定能胜任这份工作。

那是时间尽头的酒店邀请函。

这里随时欢迎你回来，她说。

爱是永恒的摇滚乐

　　鼓楼大街依然喧嚣，年轻的血液向这里朝圣，啤酒花绽放，野蛮生长的噪声比围墙内的枪声更响。我坐在遇见李巍的酒馆里自斟自饮，等待下一位时间旅行者出现。

　　临走的时候，我问阿曼达，为什么要一直待在时间尽头的酒店？

　　她没回答我，对我说，爱是永恒的摇滚乐，那是李巍最喜欢的一首歌。

　　我看着她，好像突然明白了李巍为什么如此爱这个女人。

　　然后应了一声，推开门，走了。

| 第8话 |

朝 圣 者 的 噩 梦

——越这样想，就越有一种复仇的快感，
那种快感滑遍全身，就像灌了蜜一样。

037.

晁彦坐在操作台前，手里的活儿刚完，转过身来说："虎子是我
小时候养的一条狗。"

他留着圆寸，穿着一件白色的背心，脖子上挎一条银链，上面镶
着绿松石，下身工装裤。我头一次见到他时，还以为他有四十多岁，
结果竟然与我同龄。

离开酒店后，我本以为再也不用跟人解释："我们服务于时间旅
行者，本身游离在时间之外。"谁知阿曼达大手一挥，给我一沓邀请
函，让我挑选合适的时间旅行者。

每个人一生都有一次时间旅行的机会，只要你收到我们的邀请
函。

"我还没上中学，虎子就被我爸领回家。那时候每天必做的一件
事，就是写完作业带着虎子下楼遛弯。我从小比较内向，不太爱跟爸

妈说话，有什么心里话，就偷偷讲给虎子。它好像能听懂我说话，看我心情不好，就往我怀里钻，不停地舔我。只要我说，虎子，我要写作业了，别打扰我，它就自己溜到一边玩去了。等我从写字台前站起来，伸个懒腰，它就摇着尾巴凑过来，叫我陪它玩。"

他的头发有点灰白，双眼深陷眼眶，黑眼圈很严重，坐在那里驼着背，说话的时候，仿佛精气神都被抽走了。

晁彦是一名银匠，据说在西藏待过十年。

"十七岁那年，我高考，爸妈望子成龙，我压力很大。不知道为什么，虎子那年特别反常，总是成宿叫唤，搞得街坊四邻都不得安宁。我妈觉得是家里进了脏东西，还请来高僧，结果无济于事。其他邻居倒还好，只有我家楼下那户，隔三岔五就找上来打架。因为他家儿子与我同一年高考，虎子半夜叫唤，吵得人家睡不着觉。那个阿姨也可能是更年期，常堵在我家门口骂街，我家八辈儿祖宗不知道被她照顾了多少遍。我爸妈自知理亏，也不还嘴，尽给她道歉。倒是她，自己气得不行，有一次喘不过气来，差点叫急救车送进医院。"

"没想过把狗送走吗？"我问。

"送给谁都是麻烦。再说，我们根本不知道虎子为什么那样叫唤。"他点燃一支烟，将打火机轻轻放在桌上。我注意他那双粗犷的手，手背上青筋毕露，骨节凸出，指间尽是老茧。

"她家一儿一女，女儿与我同校，比我小两岁，学习成绩好，总是颐指气使的，谁也瞧不起。在学校里碰见的时候，我主动和她打招呼，她从来都不理，反而扬起头假装没看见。"晁彦苦笑，"后来我才知道，那姑娘不把任何男人放在眼里，无论学生还是老师。女孩有这样的性格，多半是因为父亲懦弱无能。"

"再加上有个极端强势的母亲。"我补充道。

"对。那个阿姨年轻时很能干，嫁给她爸以后，总是抱怨自己虚度人生。她对儿女的期望，可比我爸妈对我的期望高多了。她本来就有高血压，加上更年期，成天抱怨、生气，弄得头发花白，人老得像六十多似的。"

"这恐怕也有别的原因吧？"

"她儿子不争气，眼看就要高考，还成天逃课去网吧。"

"怪不得。"

"就是那家伙，把虎子打死了。"

"故意的？"

"故意的。有一天我在楼下遛狗，他说这狗十恶不赦，逼得他妈高血压犯了，该死！话还没说完，就从地上捡起一块板砖，往虎子脑袋上狠砸过去。虎子呜咽两声，倒在地上，蹬了两下腿，就不动了。血淌了一地，顺着虎子的脑袋流到我脚边。我当时傻了，脑子里一片空白，也顾不得去追那家伙，蹲在地上不停地摇晃虎子，指望它能醒过来。"

他掐灭了烟，喉咙里发出低沉的叹息。

"爸妈告诉我，叫我好好考试，别再多想，虎子的事情交给他们，他们一定会为它讨回公道。可是我知道，无论怎样讨回公道，虎子也回不来了。那段时间我咬牙忍耐，白天去上学，假装什么事情也没发生，但老师讲的课一点也听不进去。

"直到有一天，我上完晚自习回家。途中路过一条胡同，看见那家伙的妹妹，就是那个颐指气使的女孩被一群混混儿围住。她大喊救命，可当时已经很晚了，那是一条死胡同，就连白天也没什么人。我路过的时候，她看见我了，大叫我的名字，还朝我招手求救。我停下来看她，满脑子都是虎子被打死的惨状，心里有个声音说：罪有应得，该死，该死！越这样想，就越有一种复仇的快感，那种快感滑遍全身，就像灌了蜜一样，好像虎子在天之灵终于可以安息，我也终于可以把这事放下了。于是，我骑车走了。"

我陷入沉默。

"那条胡同不远处就是派出所，可我就连叫警察的念头也没动过。当晚，楼下一家人报案了，一直折腾到第二天，那女孩再也没回来。"

晁彦面色苍白，显得更老了。

"这就是我噩梦的开始。"

038.

"我每天关注那女孩的消息。虎子的叫唤声没了，取而代之的是楼下的哭声。那不是低声啜泣，而是撕心裂肺的哀号，每天都要持续好久。就是那种哀号，和女孩求助时看我的眼神，深深烙在我脑海里，夜里一闭眼就是那情景，挥之不去。"

"后来你也没告诉过警察？"

"我害怕连我一起抓走，就谁也没说，连父母都没告诉。"

"这案子最后不了了之了？"

"没有目击证人，附近没有相似的案件发生，排除熟人作案，生不见人死不见尸，警察想要破案太难了。"

"但是它一直纠缠着你？"

"我本来以为时间会冲淡这件事，可结果没有。楼下的哭声渐渐地停了，可我脑海里的声音没停。每天夜里，只要我闭上眼睛，就能听见那哭声，仿佛有人压在我胸口，使劲掐我的脖子，叫我喘不过气来，浑身动弹不得。"

"这就是传说中的鬼压床？"

"有点类似吧。我不懂什么叫鬼压床，这十年，我一直靠安眠药才能睡着。"

"高考也不理想？"

"何止是不理想，简直一塌糊涂。我去了一所三流大学，每天浑浑噩噩，过得人不像人、鬼不像鬼。你没有长时间失眠噩梦的经历，可能不太理解。睡眠这件事，对人太重要了。老师以为我有自闭症、嗜睡，身边的人也不理解，觉得我在瞎胡闹，劝我想开点儿，就连当时的女朋友也觉得我是在折腾自己玩儿。"

我想说，你这种状态，能交到女朋友真不容易，可话到嘴边还是收回去了，反而问他："女朋友后来怎么样了？"

他苦笑："分手了。她带我去她家，我发现她爸是个警察，差点没立即逃走。她受家里人影响，正义感很强，要知道我见死不救，肯定也会跟我分手。"

我问他为什么这样确信，他摇摇头，眼神好像在说，兄弟，你还太年轻。

"因为这种事分手，肯定很不甘心吧。"

"我当时连自己都顾不过来，哪里还顾得上她呢？她追求浪漫，可我当时根本不懂什么叫浪漫，你懂吗？我告诉你，女人要的浪漫，就是无数物质在合适的时机精准地进入她们的生活。"

"你想过去看心理医生吗？"

"没有。我从小就对心理医生有抵触情绪，觉得去看心理医生的都是神经病，心理医生也都是拿着执照的江湖神棍。但是，我选择了另一种方式。"

“去西藏。”

“我上大学的时候，去西藏的潮流刚刚兴起。天涯上无数热帖，讲述文艺女青年如何用三位数的路费搭车穿越川藏公路，各种西藏能洗涤心灵、净化人格的文章如潮水一般。有太多人想去西藏朝圣，旅行者、冒险家、摄影工作者、登山爱好者、厌倦人生的企业高管，还有无数心驰神往的学生，我也成为其中之一。”

“所以，治好噩梦了吗？”

“就算是吧，身体上的折磨的确能减轻心理的痛苦。每天喘不过气来，也就不太在意夜里睡觉做噩梦了。”

039.

“我在藏区一待就是半年，看见巍峨的雪山，万丈蓝天，无数念经祷告的僧人和转神山、转圣湖的藏民。恶劣的环境迫使你产生对自然的崇拜，因为不经历苦难，就见不到那些神奇的风土。也有一些金碧辉煌的寺庙，就是为了迎接泪眼汪汪的朝圣者，坐在里面的活佛一面收钱，一面假装为你指点迷津。还有那些藏区的孩子，小孩子天真无邪是这世上最大的谎言。我曾和一帮游客去过一个藏族的村庄，其中一个年轻貌美的女教师见到两个孩子，兴奋得不得了，又搂又抱可劲拍照。两个孩子眉开眼笑，藏在她怀里说悄悄话。后来领队告诉我，他俩在谈论她的胸。”

“但是，你显然没白去。”

“我在途中遇到一位独自朝圣的僧侣，当时车队正在休息，他路过我们，好像根本没看见。车队休整完毕，继续出发，没过多久就超过他，我透过车窗，看见他远远落在后面。车上有人拿出相机，冲他照相，但没人提出要搭他一段，我们就这样绝尘而去。等到第二天车队启程，我们竟然在半途又撞见了那位僧侣。他盘腿坐在玛尼堆旁边休息，不理会任何一个擅自拿出相机拍照的游客。你要知道，车队的速度比徒步不知道快了多少倍，我不清楚为什么会再次撞见他，唯一的解释就是冥冥中注定。"

我表示怀疑，这件事听上去多少有点超现实的成分了。

"是啊。如果不是亲眼看见，我也不敢相信。我叫司机停车，说想要休息片刻，领队答应了。我下车就冲他走过去，打声招呼，问可不可以坐在他旁边。他冲我微笑，还从布包里掏出一块馍，递给我。我接过那块干巴巴的馍，两手发颤，从眼眶到鼻腔尽是酸楚，一种倾诉的冲动驱使着我，它掐着我的心脏冲我大吼，错过了就再也没有机会了！于是，我把所有的秘密都告诉了他。"

向陌生人倾诉心中的秘密，恐怕每个人或多或少都曾有过。

"我说着说着就忍不住号啕痛哭，他转过身面对我，用僧袍的袖子擦我的眼泪，手掌按在我的额头上，等我说完，他将这串项链戴在我的脖子上。"他轻轻抚拭那串镶嵌绿松石的项链，声音变得更低了，"我至今也不清楚，他到底懂不懂汉语。"

"但是这不重要。在那以后，我决定回家，用实际行动来赎罪。结果发现，一切都太晚了。"

"女孩的尸体被发现了？"

"那倒不是。她哥哥故意伤人，蹲了监狱。"

"这倒是不出意料。"

"那家伙太冲动，早晚都会惹出事。后来我知道，那家伙其实一直活在妹妹的阴影下。妹妹学习好，人也长得漂亮，相比之下，他特别不招父母待见。听我爸妈说，官司判完，受害者一方还隔三岔五找

朝圣者的噩梦

上门来，又哭又闹，要求追加赔偿，两口子再没一天安生日子。就在我回家之前两个月，女孩的爸出了车祸，那个年轻时精明能干的阿姨当时就中风瘫倒了。一个普通的四口之家，就这样家破人亡。就算如此，我还是下定决心，到公安局去自首。"

"自首？"

"见死不救，和帮凶无异。"他质问道，"你难道不觉得是这样吗？"

我犹豫半天，没回应。他说："警察记下笔录。直截了当地告诉我，破案的可能性不大，除非凶手再次作案。于是我决定，自己当诱饵，引诱那群人上钩。犯罪者总是贪婪成性，只要有机会，他们就会再次行凶。"

我没听懂："你怎么自己当诱饵？"

"我男扮女装，每天夜里在那条胡同附近徘徊。周围灯光昏暗，别人也看不太出来。这样持续了一个月，连凶手的人影都没瞧见，倒是有两个片儿警，以为我是站街的小姐，把我逮进派出所。我失望透顶，回到家后，噩梦再度来袭。我妈有病乱投医，竟然给我找来一位大师，对着我念咒、泼水、贴符，还说我家风水不好，屋里的布局应该怎样变动。我实在受不了，就把那家伙轰了出去。我妈急了，问我到底想怎么办。我说，我回西藏。"

"这次在西藏待了十年？"

"你听谁说的？那是假的。我在西藏只待过一年，在一家青年旅舍落脚做义工。后来遇上一位白族的老银匠，就跟着他到甘南，在夏河学习藏银的手艺，两年后辗转到康区，在昌都待了五年，其中还有一年待在嘎玛。"他见我一脸迷惑，解释道，"从昌都出发，沿扎曲河逆流而上，沿途是各种银匠村、铜匠村、画匠村，穿过一百多公里的扎曲河谷，就是嘎玛——专门锻造佛像的地方。"

"你还会锻造佛像？"

"就算是机缘巧合吧。锻造银饰让我内心平静，但是噩梦依然没有消散，我想赎罪，于是就学了锻造佛像的手艺。雕刻佛像的时候，罪恶感也在一点一点消散。昌都、那曲、日喀则，还有甘孜和阿坝，都有经过我手的佛像。但是，罪恶消散的同时，迷惑渐长。我发现，佛像不都是庄严肃穆的，更多的是喜怒哀乐。金刚菩萨们法力无边，可他们也有办不到的事，也有哀愁和痛苦。这些佛，不能帮我解决问题。

"去年年底，我爸生了一场大病，于是我赶回北京。再见爸妈的时候，他们的头发已经全白了。我妈哭着求我别走了，情绪激动得差点给我跪下。"

040.

晁彦深深吐出一口气，站起身说："现在，我的事讲完了。快把那该死的邀请函给我吧，我不想再做噩梦了。"

"你想回到那个晚上？"

"当然。我不仅要救那个女孩，还要杀了那几个混混儿。如果不是他们，我也不必经历这十年的痛苦。"他冷冷地说，"真是讽刺，连佛都解决不了的事，你竟然能帮我解决。"

听完这话，我迟疑了。

"你在干什么？快点给我那邀请函，然后带我去时间尽头的酒店。"

我盯着他，说："如果我不给你呢？"

朝圣者的噩梦

他的眼神立刻变了，双手揪住我的衣领，说："见死不救，和帮凶无异！如果你不给我，那就和那帮混混儿同罪。"

我一动不动地看着他。晁彦意识到自己的失态，松开了手。

"可你是要去杀人的。"

"那帮人难道不该死吗？那女孩，还有她一家，我的父母，我失去的女友，还有我这十年的噩梦，一切的始作俑者，就是他们！"

"如果你杀了他们，就会变得和他们一样。那可就不是十年的噩梦了。你在藏区待了那么久，造过那么多佛像，还不懂得这些吗？"

"别跟我说这些废话，佛不能解决问题！"

我不知道该怎样说服他，沉默许久，说："抱歉，邀请函不能给你。如果想解决你的噩梦，还是去看心理医生吧。"说罢，我站起来要走。

他伸手拽住我的胳膊，手臂上青筋暴露。

"不给我邀请函，你别想走。我要改变过去，让这一切都不再发生……"他的话没说完，我就一拳砸向他的下巴，趁他头晕眼花之际，连续三拳击中他的腹部。我暗自侥幸，就凭他的臂力和手劲，如果正面对抗，我肯定不是他的对手。

"你别走！"他倒在地上叫喊，"我想惩治那帮暴徒，难道有错吗？"

"别再找我了。你永远得不到邀请函。"说罢，我离开银饰店。

天空晴朗。我回头望着晁彦的银饰店，想起那些折磨他的噩梦，长舒了一口气。

这家伙，只是想复仇而已。

钢管舞女郎

——魔术师的舞台在谜底揭开的下一秒就会被拆散。

041.

　　三里屯后面藏着很多隐秘的小酒吧，其中不乏一些打擦边球的地下俱乐部。寻常的酒吧为了招揽生意，都把招牌做得十分显眼，敞着门，里面的音乐声震天响，还要雇人在门口揽客。而这些地下俱乐部通常没有招牌，门窗紧闭，只接待熟客，普通人即使路过，也不知道里面在做什么。

　　通常，聚拢在这种地下俱乐部的人都是显贵。只要稍加注意就能发现，几乎没有人乘出租车，甚至自己开车，都是司机接送，车窗贴着单向透视膜，看不见里面的人影。

　　说来惭愧，我也是一家地下俱乐部的会员之一。那里出没的人，大多是企业老板、业界精英、导演和生意亨通的艺术家，我坐在里面，打扮得还不如服务生。之所以能成为会员，完全是因为这里的老板曾经是时间旅行者，作为酒店的客人，为了表示感谢，他赠送我们每人一个会员名额，单独前往的话，酒水免单。

然而，真正深得我心的是，这家俱乐部有一位很棒的钢管舞女郎。每周二和周四晚上十点，她从黑色缎幕后面探出身，略带羞涩地走向舞台，伴随掌声雷动，化身聚光灯和视线的焦点，一头紫色的大波浪，尤其令人惊艳。

其实这家俱乐部还有两位舞者，不过她们肆意乱舞、糊弄人的态度，简直让人扫兴。

第一次见到她时，我已经去过那家地下俱乐部三、四次，因为消费免单，反倒不好意思点昂贵的酒水，只要一瓶最便宜的啤酒，有时候还只喝冰水。可能是我的打扮和举动让她注意到了我，至少，我以为是这样。

她走下舞台，路过我身边，笑着问我："常来这里吗？以前没见过你。"

漂亮姑娘主动和我搭话，我都会表现得很蠢，这时候，蠢劲儿更暴露无遗。

"不常来，因为以前也没见过你。"

她捂着嘴笑了笑："谢谢。你和这里的客人不太一样。"

"是因为我的穿着打扮？"

"你刚才一直在看我，眼睛都不眨一下。"

她凑到我耳边，悄悄地说："这里有很多色老头，但是没见过你这样的。"

我尴尬地笑了："你的舞跳得很棒。"

"谢谢夸奖。"她面露微笑，走向其他客人，每桌都聊几句，但话都不多。

那晚，我以为她会再来找我，结果她穿上衣服，跟一位时尚杂志的主编走掉了。

虽然有点酸酸的，但没过多久，这件事就被我抛在脑后了。等到再次遇见她，竟然是在意想不到的地方。

那是夏天的傍晚，天气闷热，我从时间尽头的酒店离开，不想喝酒，只想找个地方乘凉，打发时间，于是去了艺术区一家还没关门的书店。没逛一圈，就看见她站在书架前，正在翻一本法式烹饪教程。夏夜的艺术区人不少，到处都是露着大白腿的姑娘，可她却穿了一条七十年代嬉皮风的喇叭裤，脚着松糕鞋，看上去至少得有一米七五。

紫色的大波浪很惹眼，一般女孩子也没有这样的身高。

"嗨。"我走到跟前，冲她打声招呼。

"嗨，好巧啊。"她看见我，露出自然亲切的笑容。

她穿着深绿色的短袖，脖子上挂着一条项链，吊坠是一头金色的狮子。

"在学做西餐？"

"是啊，男朋友在法国，我也想学两手。你来这边玩吗？"

"我在这附近工作，刚下班，过来转转。"

"最近没见你去俱乐部了。"

"上次看你跟别人走了，我很伤心。"

我捂住胸口，假装疼得叫唤两声。

她扑哧一笑，"那是一家时尚杂志的主编，要找我当模特的……"说到这儿，可能是意识到没必要向我解释，她话锋一转，说，"我在俱乐部里从没见过你这么年轻的人。"

"怎么说呢，我和老板多少有点交情。"

"原来如此。"她上下打量我，"周三来玩吧。我临时换了一天班，估计到时候人很少。"

钢管舞女郎

042.

到了周三，我早早地赶往俱乐部。果然，俱乐部里人很少，只有两三桌人坐在昏暗的角落里，彼此低声耳语。我坐在舞台正前方的座位，等待她出场。十点钟一到，缎幕被轻轻撩开，她身穿黑色蕾丝的三点式套装，脸上戴着维多利亚式的舞会面具，头顶还有一对猫耳朵。看见我坐在那里，她嘴角一扬，似乎一点都不感到惊讶。

很难想象我当时的心情，她离我最近的时候，我感到一股柔软的风迎面吹拂，然后屏住了呼吸。从十点到十一点，她在舞台上闪转腾挪，做出各种撩人的姿势，有些需要高超的技巧，她从容不迫，丝毫不失优雅气质。相比美丽的肉体，她的舞姿更令人拍案叫绝。

舞蹈结束，她迈着猫步走下舞台，来到我的座位前。我站起身，拉过椅子请她坐下。

"谢谢。介意我先去换身衣服吗？"

"绝对介意。"

"坏蛋。"她眯着眼冲我一笑，"乖乖等我回来。"

她刚要走向后台，忽然又转过身，凑到我耳边说："你最喜欢哪一件？"

还没等我转过脸来，她咯咯一笑，像猫似的一扭身，躲进缎幕。

没过多久，她重新走出缎幕，白衬衫、黑马甲配米色直筒裤，双手插着兜，落落大方地向我走来，整个人完全变了一副模样。

"你好啊，安妮·霍尔。"

"哈哈，这才是我的本来面目。"她笑得很自然，挑逗的意味无影无踪，除了一头紫色的大波浪，简直像在大学图书馆里遇到的姑娘。

"能问个问题吗？"我假装严肃地说。

"恩准，问吧！"

"为什么要把腿挡得这么严实呢？明明漂亮得很。"

"色狼！"她笑骂，"漂亮才不能随便露呀，我是模特，在大街上随便露又没人给我钱。"

"我猜，公司为你的腿上了不少保险。"

"才没有，哪里有那么好。再说，比起以前，也没有那么容易受伤啦。"

我问她要不要喝酒。

"不爱喝酒。苏打水就好了。"

"你以前是做什么的？"

她翘起脚，无意中碰到我的脚面。

"我以前是练体操的，在省里比赛还拿过名次呢，后来退役了，就学学跳舞什么的。当运动员太枯燥了，以后也没有着落，不如跳舞开心。"她托着下巴，轻咬吸管，似乎回忆起无聊的往事。

"怪不得。体操运动员来跳舞，岂不是轻车熟路。"

"哪有？都是要从头学起，你以为很简单吗？上去试试！"

"饶了我吧。"

自中学以来，我就有迎风流泪的毛病，就连打篮球这样的跑动都会热泪盈眶，再加上本来也没什么兴趣，从此便与运动绝缘。要是让我挑战一下，准保刚转两圈就泪流满面了。

她听完哈哈大笑，放肆的笑声引得角落里的两桌人频频注目。

"我们走吧，带我去艺术区逛逛。"

"你不用招呼客人吗？"我朝角落的方向，冲她使个眼色。

她说："他们是来谈生意的，又不是专程来看我跳舞的，干吗要陪他们，切。"

043.

自那以后，我每隔一段时间就去看她跳舞，绝大多数时候，她都会跟我离开俱乐部，穿成安妮·霍尔的模样，在北京子夜的街头闲逛。她对我的身份始终感到好奇，不明白为什么像我这样普通的年轻人，竟然能出没于那样高档的地下俱乐部，老板和我到底有什么交情。我不敢告诉她，害怕谜底一旦揭开，神秘感就消失了。

魔术师的舞台在谜底揭开的下一秒就会被拆散。

她和我聊起生活琐事，说俱乐部里有几位常客，三番五次提出想要包养她，都被她婉言谢绝了。在我看来，她的容貌和身材绝不亚于中国任何一位女明星，于是小心翼翼地问她为什么。

"越有身份的人，控制欲就越强。"她说，自己不是没动过心思，但是有些事，想起来就后怕，"如果有一天我不想被包养了，那怎么办？请神容易送神难，到时候人家就该翻脸了。即使不发生意外，我养尊处优十年，过得像贵妇人一样，挣钱的本事一样不会，花钱的本事样样精通，等到人老珠黄，人家把我一踹，另找一个比我年轻漂亮的小姑娘，还不是分分钟的事。包养这种事，还是等我学足了本事，能养活自己再说吧，嘻嘻。"

她发出爽朗的笑声，仿佛这件事与上街买菜没什么区别。

"不过，我可不是对有钱人心怀偏见哪。我们那里有不少有钱的公子哥儿，谈吐风趣，举止文雅，无论对谁都特别有礼貌，一看就知道，从小家教很严。其中有一个对我真心不错，有一次我摔伤了，他开车送我去医院，下车后一路背着我，整夜陪我在医院里，嘘寒问暖的，叫人家心里小鹿乱撞。他也从来不苛求什么，对我只有付出，没什么索求。后来我亲自下厨，给他做了两顿饭，还跳了一次贴面舞，嘿嘿，就算报答他对我的爱吧。"

我想说可惜，但话到嘴边，还是管住了自己，心想，连这样品质优良的公子哥儿都无法得到她，自己恐怕是没什么机会了。

"可惜，有个该死的家伙插上小红旗，把这里占领了。"她双手捧心，假装痛哭流涕。

"你在法国的男朋友吗？"

她突然有点落寞，轻轻叹息："他要在法国念很久的书，等他回国，我都三十了。每次给他打电话，我都盼他能早些回来，但是我又知道，这样的计划对他最好，不想耽误他的前程。总之，特别矛盾。你能理解吧？"

我假装点头，心里却想，这样的异地恋很难有好结果，几年的等待，很可能最后落得一场空。

"他有才华，长得很帅，追他的女孩不少。我知道他在国外肯定受不住诱惑，我也没法守身如玉等到三十岁，毕竟，人都有正常的生理需求啊，怎么能用出轨二字简简单单下结论呢。道理虽然是这样，可一想到他和别的女人上床，我心里就别扭，有时候冲他胡乱发脾气，夜里还做噩梦。

"在我看来，除了他，其他的事都不算事，根本不能影响我的心情。也就是他，逼得我一直自己折腾自己，每次挂掉电话，心里都空落落的，好像丢了魂似的。"

我问她，是否有证据证明男友在国外偷食。

"当然没有。按说，他的课从早上到晚，回去还要熬夜做功课什么的，应该是没这精力。但是，女人的直觉告诉我，他不是那种能耐得住寂寞的人。更何况，要是几年都没有性生活，人得被逼成什么样了。"

她就这样在矛盾中自我说服，陷入无尽的烦恼。有好几次，我都忍不住想劝她干脆分手，可思来想去，肯定已经有人劝过她了。这样聪明的女孩，一定有她自己的想法。

也不知道她听没听说过，仗义每从屠狗辈，负心多是读书人。

044.

后来，丽川出国，我也离开时间尽头的酒店。我突然想起她，觉得我们俩现在一定有不少共同语言，可是一连几次去俱乐部找她，都扑了空。俱乐部的人说，她现在每周只来跳一次舞，结束后就匆匆离开，不做停留。我向酒保打听清楚后，当天早早来到俱乐部，坐在舞台正前方的座位上，等她闪亮登场。

十点钟，她准时走上舞台，见到我时，微微一愣，随即露出微笑。一头紫色的大波浪不见了，取而代之的是米黄色短发，斜刘海遮住左边的眼睛，浓重的烟熏妆显得冷酷而张扬。唯一不变的是撩人的舞姿和高超的技巧，不知为何，我觉得她的动作比之前更熟练、更有力量感了。

她跳完舞，挨桌与酒客们寒暄，最后来到我身边，手臂搭在我肩膀上，弯腰放松，喘了口气说："累死我了。"

她问我最近为什么没来，我说来过几次，都没遇见她，正准备将丽川出国的事说给她时，她抬头瞥了眼钟表，直接打断我："不跟你说了，最近忙得要死，我得赶紧走了，回去还有事。"

见我一脸尴尬的表情，她忽然停住，问："你有事要跟我说？"

我连忙解释："没什么，你去忙吧。"

"你还是那么害羞。"她扑哧一笑，冲我眨眨眼，"等我换身衣服，一会儿送我回家。"

她领我迈步走出俱乐部，还没等我说话，她先打开话匣子。

"最近简直忙到飞起，我白天要做模特四处拍照，周末还要去教街舞和跆拳道，每周只能抽出一天来俱乐部，晚上回家还要搞直播。"

"跆拳道？"

"是啊。"她冲我比画个手刀，"看招！"

我假装中招，呻吟倒地，她笑着扶起我："流氓已被女英雄K.O！"

她讲起最近发生的各种趣事，我好几次想提起丽川，都被她无意间打断，直到走到她家楼下，也没机会说出口。

"对了，你要跟我说什么事？对不起，我只顾自己一个劲儿地说，都忘了。"

"没什么。"我故意转移话题，"跟你男朋友怎么样了？"

"呼。"她伸个懒腰，说："没什么可烦恼的了，与其心里闹别扭，不如付出行动，努力赚钱，到法国去找他。"

"所以才找好几份工作，每天忙得昏天黑地？"

"是啊，总不能到法国也去跳钢管舞吧。"

"俱乐部的酒客们可要伤心死了。"

"谁管他们，"她哼了一声，"我敢打赌，我出国不到半年，他们就把我完全忘到脑后了，说不定连我长的什么模样都不记得。"

我告诉她，我会记住她的，尽管她没给我做过饭，也没跳过贴面舞。

钢管舞女郎

"讨厌！我才不信呢。"她笑得花枝乱颤，眼神充满暧昧，说，"等你遇到更漂亮的姑娘，就会把我忘得一干二净了。"

这倒是真的，我心想，不过表面上还是坚决否认，称绝不会忘掉她。

"谢谢。"她在我脸上亲了一口。

我忽然想起某人，想起某个了不起的家伙，希望这姑娘在法国的男友也像那家伙一样。我没有什么可以给她的，只能祝她好运，永远不需要时间尽头的酒店的邀请函。

临告别时，她走进漆黑的楼道，回过头来猜我的身份。我冲她挥挥手，说声"再见"，走了。

红发安妮

——安妮，情感咨询师，比你更懂你心中所想。

045.

"阿曼达的人就是我的人。"

她用涂着鲜红指甲油的手撩起头发，冲我眨眨眼。

说话的人名叫安妮，三十多岁，是阿曼达的闺蜜。她自称是一名情感咨询师，有时候还卖点杂货，搞些直播什么的，但我并不相信。见她第一面的时候，我就觉得她有点邪乎。

周末深夜，电话声响，我在床上辗转反侧，翻出手机，是阿曼达。

不知道这位美艳的女上司又想怎样折磨我。

"喂，小陆，我要你帮我办一件事。"

"现在是凌晨四点。"我眼睛都没睁开。

"好啦，我知道了，很快就说完。"她似乎精神十足，甚至有些兴奋，"我稍后给你一个地址，你带酒店的邀请函过去，拿邀请函和她交换一样东西。"

"和谁交换？"

"我的一位老朋友，叫安妮。"

"换什么东西？"

"到时候你就知道了。"

可能是没睡醒，我怨气十足，"这种事不能发信息说吗？"

电话对面沉默数秒，冷冷地说："这件事情很重要，不能托付别人。"

"明白了。"

我挂掉电话，咬牙切齿要发飙，结果只是长叹一声，倒头闷睡。

当天晚上，我按照阿曼达给我的地址，来到一栋高档公寓。这里显然是有钱人住的地方，住宅区到处是棕榈树和喷泉，公寓围绕一片人工湖而建，湖里有天鹅和野鸭，还有一座码头和湖心岛。门卫问我找谁，我拿出地址，他面露疑惑地看看我，指了指离码头最近的那栋公寓："那里。"

我按下对讲门铃，里面传出一个女人的声音："你好？"

"我找安妮。是阿曼达叫我来的。"

"请问，是哪位阿曼达？"

她说话的声音柔软动听，很容易令人产生好感。

"造纸街16号。"

"稍等，"对方沉默片刻，"请上来吧。"

我来到门口，刚要敲门，发现把手附近有个拇指大小的符号，像是某种图腾。这样的符号我从来没见过，想低头弯腰仔细观察。这时，听到门锁转动的声音响起，一位身穿黑色旗袍、满头红发的女人出现在我面前。

"你就是尹陆吧？快进来。"

她在我身后关门，我看见旗袍背面的刺绣，是浮世绘风格的青龙和海浪。

"你在看什么？"

"你衣服背面的刺绣很漂亮。"

"谢谢，这是我在京都订制的。"

在京都订制的旗袍？

她领我进客厅，请我随便坐。我看着满堂的红木家具，皱了皱眉头。这些东西摆着挺好看，真坐下去，难受得要命。

她指尖涂着鲜红色的指甲油，端过茶来，问："你知道我是谁吗？"

"阿曼达说，你是她的一位老朋友安妮。"

她看着我，整个人陷入停滞状态，似乎按下暂停键，心里默念了一遍刚才的话，然后露出微笑，问："她没说别的？"

"就让我拿邀请函和你换一样东西，什么也没说。"我掏出邀请函递给她，心想，这种事为什么不自己来呢。真是麻烦的女人。

她凝视着我的眼睛，扑哧一笑。

"你先坐着，我还有事要忙，东西恐怕要过一会儿才能给你。"她脚踩黑色的高跟鞋，转身走向书桌，说，"稍后有客人，你不要多说话。那边的书可以随便翻阅。"

"能不能问问，你和阿曼达认识多久了？"

"大概十年吧，我俩是在时间旅行的时候认识的。"

她从抽屉里拿出一张小纸片，递给我说："喏，这是我的名片。要是有追不到的女孩子，可以来找我出谋划策，阿曼达的人就是我的人。"说着，冲我眨眨眼。

我接过名片，上面写着：

安妮，情感咨询师，比你更懂你心中所想。

046.

"你好，我是安妮。"

她打开电脑，戴着耳麦，面朝镜头露出微笑。

我站在一人高的书柜前，发现她这里有很多奇怪的书。心理学、人格分析、恋爱指南、婚姻宝典占了绝大部分，这自然不必多说。可是在偏僻的位置，我还发现了一些冷门的东西。例如一些古典医药指南、草药学的工具书，希腊神话、维京史诗、凯尔特传奇、奥义书等古代的神话书籍，还有语言学、翻译学的一些论著。一位情感咨询师需要这些做什么？

"你的情况我已经基本了解，从你刚才说的情况来看，你男朋友还算正常，问题不大。要是他身边没有朋友，那才要小心一点呢，那样的人通常占有欲极强，要么就是有点自闭。"

如果说这些尚在正常范围内，摆在最底层的外文书籍就比较离奇了。与上层书柜不同，这里灰尘满布，看样子不经常翻阅。我随手抽了几本，发现都是古籍，绝大多数已经泛黄，有些似乎还被浸泡过。我抽出一本翻开，一股海水的咸味扑鼻而来。这些古籍中，有英语、法语、已经死掉的拉丁文，还有一些我根本分辨不出的语言。

"感觉你男朋友还是蛮有江湖气的，他需要这些朋友，需要肝胆相照的感觉，这并不能证明他不爱你呀。但是你要想清楚，自己能否接受，否则等到结婚，就真要闹得鸡犬不宁了。"

我翻出一本英文书，凭借自己仅有的阅读能力看了几页，大概猜出这是一本讲催眠术的书。换一本，讲的是一位中世纪专攻炼金术的教士传记。再换一本比较新的，看到标题时，吓了一跳。

书的封面写着：心灵遥感。

还骗我说是什么情感咨询师，哼，和阿曼达一样，都是喜欢作弄人的女人。

"怪不得。傻姑娘，可不能当着男朋友的面总说他兄弟的坏话，这样很伤感情的。"

我把书放回原位，走到她对面坐下。

"嗯好，那就先这样，期待与你见面。"

安妮挂断视频，与我对视一眼："怎么了？"

"你不是情感咨询师，你到底是做什么的？"

她哈哈大笑，"阿曼达真的没有告诉你？"说着起身摸摸我的头，"啧啧啧，小可怜儿，那些书是不是吓坏你了？"

我一扭头躲开了，心想，真是和阿曼达一模一样。

瞬间，她又陷入停滞状态，暂停两秒钟，然后说："可不是嘛，我们俩心有灵犀，要不是当初有事耽搁了，说不定我也会去时间尽头的酒店呢。"

如果搁在以前，我一定会惊慌失措。自从在时间尽头的酒店工作，对这种超现实的事情已经见怪不怪了。既然时间旅行都能实现，心电感应有什么大不了的？唯一令我不爽的是，她竟然拿情感咨询师这种幌子来忽悠我。

"好啦，不逗你了，我真的是情感咨询师。"

安妮郑重其事地说："只不过有一点特异功能而已。你可以说我是女巫、灵媒、仙姑、先知，这些称呼都无所谓，只需要知道我叫安妮就可以了，知道这件事的人都这么称呼我。"

说完，她双手叉腰长出一口气，"呼，好久没这样自我介绍了，好痛快。"

"这名字有什么特殊寓意吗？别告诉我，这是你的真名。"

"哎哟，小孩子真是……"她拿出手机，"喏，如果你把'安妮'两个字存在手机通讯录里，会发现它通常排在第一个位置，微商都是这样做的。"她得意地笑了，"这就叫心理学。"

好吧。这还真是合理的解释。

"走！陪姐去吃消夜，我都快饿死了。"

047.

安妮套上一件皮夹克，换了一双短靴，领我走进街边一家面馆。她点了一份大碗拉面，我只要了一瓶酒。服务生走后，她正襟危坐，说："从现在到拉面端上来为止，是你的提问环节，我知道你很好奇。"

你都有什么特异功能？我心中默念，想确认一下她的心电感应。

"烦死啦！"她抱头趴在桌上，大声叫嚷，"跟你说我都快饿死了，有话直说不好吗？"

"读心很累人，很伤脑筋的。"说着捂住肚子，假装奄奄一息。

"你能用意念和我交流吗？"我问。

"不能，我还没那么强大。"

我半信半疑，看着她，沉默。如果是阿曼达，一定会忍不住炫耀的。

谁知，她嘻嘻一笑："其实是懒癌发作。要练到那种境界实在是太难了，我这人缺乏上进心，没什么雄心壮志，发现这水平也能赚钱吃饭，于是就安于现状啦。"

"喂，认真点好不好？女巫和妖精不应该是修炼最勤奋的吗？"

"没办法啦，比起特异功能什么的，零食和肥皂剧更吸引我。"

我突然能想象到，她一人在家的时候是什么样子。

"第一次发现有这能力是什么时候？"

"十三岁那年。就是……就是第一次生理期以后。你可不许告诉别人！那时候害怕极了，以为是幻听，就叫父母带我去看医生，结果什么毛病也没有。每天各种杂音闯进脑袋，就像广播里的静电干扰一样，想死的心都有。我父母不知受什么人启发，叫我每天练习冥想，大概两个月以后，脑袋里的杂音越来越小，声音越来越清楚。"

"说话声吗？"

"更像某种波动吧，闭上眼睛，感觉跟海浪一样。没经历过的人很难理解，就像蜜蜂翅膀振动发出的嗡嗡声，其实也是一种语言，只不过人类无法理解而已。那时候，我虽然能感受到这种波动，但是听不懂里面的意思，直到——"

她脸红了。

"直到我喜欢上一个人。"

"是同班同学吗？"

她拼命摇头，说："不是同学，是我的数学老师。他的手很好看，写字很潇洒，为人也很绅士，脑子转得特别快。为了靠近他，我拼命学数学，一遍遍地背公式、刷题，一到午休时间就找他讨论问题。我脑子笨，跟不上他的思路，就想知道他在想什么。换句话说，想听懂他内心的波动。但是一边要读他的心思，一边要解数学题，简直太难了，我试过很多次都没奏效，反而被骂了，说我要集中注意力。

"后来有一天，我换了发型，很开心，化了淡妆去上学。中午去找他，他见到我的第一眼，我就感受到那种波动，在那以前，波动从没有如此强烈，像海浪一样冲刷我的脑袋，瞬间全明白了。他在说，好漂亮。"

"然后呢？"

"我站在他面前，脸刷的一下就红了，红得发烫。"

我不由得感慨，这就是少女心的力量啊。

数学老师的故事并没有太多后续，安妮说，老师有些愧疚自责，从那以后不太敢与她对视，但是好几次忍不住偷瞄她，心里矛盾得很。总之，是个可爱的男人，她说。

服务员端上拉面，安妮眯起眼睛，满脸幸福，自言自语地说："美食才是治愈一切的魔法。"

我问她为什么这样说。

她瞟我一眼："提问时间结束！我要吃东西了。快喝你的酒吧，那是你的魔法。"

048.

吃饱以后，安妮满足地拍拍肚子，结过账，走出面馆。我跟在她后面，看她闲庭信步的样子，实在难以想象她的真实身份。

"我猜，你进行过不止一次时间旅行。"

每一位收到邀请函的人，都有机会进行时间旅行，并且一生只有一次机会，除非你在时间尽头的酒店工作。安妮虽然不是酒店的员工，但显然她与阿曼达之间有某种交易。

"没错，"她轻轻一笑，"有些材料，我必须回到过去才能拿到。"

"是你要给阿曼达的东西吗？"

"告诉你也无妨。之前我说了，我和阿曼达是在时间旅行中认识的。准确地说，是在古希腊时代。那时候，我正在寻找想要的东西，她呢，正与一位半神打得火热。"说到这儿，连她自己都笑得前仰后合。

"这是真的？我只听她随口一说，还以为她在开玩笑。"

"哎哟，不要想那么复杂。所谓半神，指的就是体格强健的男人啦，相当于今天的运动员。古希腊人崇拜他们，就冠以半神的称号，说他们是天神下凡的后裔。人们自古以来就喜欢夸张和虚构，神话传说什么的，其实无聊得很。"

"你们是怎么遇上的？"

"我正巧路过那位半神的领地，就想过去拜会一下，亲眼看看这位史诗里的人物。刚一进帐篷，就看见她坐在那家伙怀里，那叫一个千娇百媚，哈哈哈。我俩对视第一眼，就知道彼此都是时间旅行者。"

"临走前，我送她一份礼物，彼此还留下联系方式。她回来以后联系我，说自己决定留在酒店工作了，要我再给她一支，作为回报，她会派人给我送来邀请函，就这样，一晃十年。"

安妮咯咯笑着，似乎回忆起美好的往事，说："多亏了她，这十年我去过不少时代，见识过各种各样的风流人物，再也不用相信那些满篇谎言的历史书籍了。那些自以为知道历史真相，然后在网络上吵得一塌糊涂的人，真是可怜可悲。"

"有很多不为人知的内幕？"

"没有你想的那么多。据我了解，很多专家学者是知道实情的，但是，他们不肯说出真相。因为历史这东西，多半是用来教化民众、服务于政治的。即便讲出真相，大家也只是瞧个热闹，然后该干吗干吗，不是吗？"

"能不能举个例子？"

她扭过头来看我，弯起嘴角笑了："你这孩子，真是……"

安妮告诉我，无论多少次时间旅行，有三个时代她绝不敢去，排在第一位的就是猎巫时代的欧洲，对女人而言，那简直是人间地狱。但是猎巫运动兴起以前的欧洲，女巫的形象截然不同。

"女巫什么的，不过就是一些懂得草药知识和医疗手段的女人罢了。教士们在研究一个针尖能站多少天使的时候，我们在学习自然知识。那时候女人不读书，是我们引领知识的风潮。凡人敬畏我们，炼金术士喜欢我们，正直的教士对我们又爱又恨。女巫的群体，简直就是黑暗时代女权主义的启蒙先锋。那时候唯一看不惯我们的，就是那些满嘴上帝的丑八怪。在她们眼里，女巫这个词等同于婊子、骚货，说我们举办淫乱派对，和魔鬼做爱，勾引男人什么的，明明是自己老套又落伍，让男人厌倦罢了。"

我相信安妮的话并不是胡说八道。据我所知，三百年猎巫风潮中，迫害女巫最狠的，除了基督的捍卫者以外，就是那些虔诚的妇女。如火如荼的杀人狂潮中，男人充当刽子手的角色，女人则扮演举证的贤良。

"说实话，我挺想去亲眼看看耶稣布道的样子。那家伙，一定是有史以来最有魅力的绅士。"

她双手插在上衣兜里，轻咬朱唇，眉目含笑。

我刚要问她另外两个时代是什么，电话突然响了。

"你好，我是安妮……什么？现在吗？没问题，我马上回去。您先别急……好的好的，我等您，请您慢点开车，注意安全。"

她挂掉电话："快走吧。"

已经夜里十一点了。

"是客人？这时候来找你做情感咨询？"

安妮长出一口气："是。老套又落伍的女人。"

049.

那是一位身材丰满的贵妇，戴着金项链和鸽子蛋，提着名贵的手包，脸上的浓妆已经哭花，整个人濒临崩溃。她几乎与我们前后脚上楼，见到安妮的瞬间，就像看到救星一样，哭得梨花带雨。

"先进来吧。"安妮轻叹。

两人落座，安妮递给她纸巾，问："怎么回事？您先生出什么问题了吗？"

贵妇掩面哭泣，偷瞟我，不肯说话。

安妮说："这是我弟，不会泄露您的事情，请放心。"

贵妇这才停止哭泣，开始讲述。她车轱辘话来回说了很多遍，其实就是老公要和她离婚，和小三结婚，还给小三买房子，置办一切婚庆用的物品，就连钻戒也比她手上的大。

虽然觉得无聊，但我还是给她倒了杯热水。她斜眼看我，没说话。

"安妮，把口红给我，我需要你特制的口红。"贵妇紧紧攥住安妮的手。

这话引起了我的注意。

"不行，口红会上瘾的，那只能做应急之需。"安妮显得很镇静。

"现在还不急吗？都火烧眉毛了。我求求你，把那口红给我，只要有那口红，我老公就能回心转意，那小贱人就没法得逞了。我必须有那口红！"她情绪激动，指甲深深掐进安妮的手腕里。

"请你冷静！你弄疼我了。"安妮露出痛苦的表情，想要抽出胳臂，可被贵妇紧紧箍住。我冲上去拽开两人，挡在安妮前面，看着那贵妇，一言不发。

"连你也被那贱人收买了？你和我老公一样，都被那贱人收买了！"她眼睛瞪得老大。

"请你冷静……"

"我不想冷静！"贵妇突然尖声叫嚷，"快给我那该死的口红！"

我回望安妮："那到底是什么东西？"

贵妇浑身哆嗦，脸上的肌肉抽搐着，她颤抖着掏出钱包，扯出一沓钞票扔在地上："快！"

"不行，那口红你使用得太频繁了，会上瘾的。"安妮说。

瞬间，一阵凶猛的刺痛钻进脑袋，仿佛有人往我脑袋里扎了一针，还没来得及叫出声，紧接着又一针，视线一片模糊。我忍不住弯腰扶墙，头痛欲裂。

"是你吗？"我问安妮。

安妮摇摇头，看样子有点惊慌。

贵妇正恶狠狠地瞪着我。

我跪在地上干呕起来，脑袋里像拧开了搅拌机，连忙吼道："把那该死的口红给她！"

再过片刻，恐怕我会把脑浆呕出来。

安妮跑进卧室，没过一会儿，手里攥着一支口红，小心翼翼地递给贵妇。

"这是为我老公特别定制的吗？"贵妇的声音变得很低沉。

"你已经用过无数次了，闻闻就知道。"

贵妇夺过口红，贴着墙缓缓向门口挪动，一闪身，夺门而出。

刺痛消失了。我躺在地上大口喘息，瞪着贵妇，心中突然产生了恶毒的念头。

脑袋里回荡着一个声音：烧死她！

050.

安妮扶我坐起来。我问她，那到底是什么口红，掺了费洛蒙的吗？

"没那么简单，也没那么复杂。"她轻抚我的额头，说，"那是对一个人进行调查以后，根据他喜欢的气味、味道、颜色等，调配出来的口红。通感是很强大的，只不过绝大多数人难以察觉。"

"你要给阿曼达的，就是这东西吗？"

"要强效得多。调配的口红只对特定目标有效，送给阿曼达的，对所有人都管用。"

我两手撑地，勉强站起来。

安妮双臂抱胸，眺望门口自言自语："我从来不知道，她还有这一手。哼，她多半还不能完全控制，不然的话，你就没法站在这里了。敢威胁我，早晚有一天……"

她背朝着我，旗袍上的青龙和海浪栩栩如生。

安妮走进卧室，拿出一支口红，看上去和刚才的没什么两样。她盈盈一笑："喏，这是给阿曼达的万能口红，代我向她问好。"

红发安妮

"万能口红……"我喃喃着，"你去古希腊，就是为调配它？"

"没错。有一种必需的材料，蕴含地中海的风土，听说过特洛伊吗？"

我当然知道特洛伊。

"那你一定知道海伦……"

说着，她将口红涂在嘴唇上，用涂着鲜红指甲油的手撩起头发，冲我眨眨眼。

"今晚要不要留下？"

男 友 改 造 计 划

——想要留住眼睛里的光，就得让她一辈子做个小傻瓜。

051.

"中国男人配不上中国女人。"

这绝对是两年前男装制造商、时尚圈和女权主义者们最喜欢的广告语了。它最早由欧洲娱记提出，资深媒体人解读，时尚杂志和论坛轮番推广，由此诞生了一大批励志改造男友的都市女青年，很多人的命运也由此改变。无论你是否买账，光是这句口号就足以鼓舞人心了。读到这篇文章的直男，要么火冒三丈，咬牙切齿敲击键盘；要么照着镜子，危机感顺着冷汗淌了一地。

据我推断，那时候的欧阳属于后者，因为他当时的女友实在漂亮得过分。

欧阳约我在工体后街一家酒吧见面，说是要感谢我给他时间旅行的机会。酒吧里播放着九十年代初的自赏与梦幻流行，暖黄与魅蓝色的灯光交替共鸣。我进门的时候，他正坐在深棕色的沙发上，面前摆放了一杯单麦威士忌，身边站着一位身材高挑的美女。

两年前，这家伙连锐澳都不喝。

他身旁的女人长发飘飘，穿着粉色的长袖卫衣，脚蹬白色运动鞋，向我打声招呼后，告诉欧阳想要去逛商场，于是离开酒吧，留下我们两人。

我望着她的背影，说："新女友很年轻啊。"

"是啊，她总让我想起过去的自己。"

欧阳是我大学的学弟，比我小两岁，学习金融或经济管理之类的专业。与我浪荡四年、一事无成的大学生涯不同，他充分利用时间，做事效率极高，平常埋头在图书馆里，周末去踢足球，或去运动商店打工兼职。这样忙碌的生活，让所有人觉得他不可能有时间交女朋友。令人意外的是，毕业那年，他突然带着自己的女友参加了同学聚会。

参与那场聚会的人说，欧阳的女友不但漂亮，而且温柔大方，叫人羡慕不已。

"说真的，我也不清楚为什么。"

在室友的追问下，欧阳吐出真相。

"好像是她选中我的。"

这些人七嘴八舌，不断追问两人相识、相恋的经过，以及接触到什么程度了。听完欧阳的简单陈述，大家都觉得很无聊，最终得出结论：这小子纯属撞大运。

欧阳很不舒服，他不喜欢和他们聊这些事。

"别人问我的家事，我也不愿意告诉他们。"

不知为何，他倒是挺乐意与我袒露心声，也许是想找个人倾诉，而我那时候总是醉生梦死，第二天就把事情忘得一干二净。

"我五岁那年，我妈失踪了。不是发生意外，也不是和我爸吵架，就是莫名其妙，消失了。她临走那天，还给我买了一大堆零食，告诉我要乖乖听话，以后的路还很漫长。小孩子哪里听得懂这些话？然后她说要出门一趟，叫我好好在家待着，不要闯祸。从那以后，我就再也没见过她。"

"这些年都没有她的消息吗？"我问。

"没有。我爸起初还试图找她，联系所有亲戚朋友，最终报警，都杳无音讯。"

那是唯一一次，我知晓了欧阳的家事，后来无论什么场合，他都一语带过，甚至沉默以对。

052.

欧阳与女友度过的第一个情人节，他中规中矩地送出玫瑰花和巧克力，两人在某家中档意大利餐厅吃了顿饭，花掉他攒下的将近一个月的生活费。女友拿出她的礼物，是一整套男士护肤用品，包装精致，看起来价格不菲。

欧阳有点茫然，他不知道这些东西是做什么用的，以及为什么自己需要它。女友拆掉包装，一样一样拿出来，为他悉数讲解。

"润肤霜能让皮肤始终处于良好状态，防止皱纹生成。你也不想年纪轻轻一脸皱纹吧？我给你挑的这款润肤霜含有抗氧化剂，还有防晒的作用。这是去角质膏，用来洗掉脸上的死皮。不必像洗面奶和润肤霜那样每天使用，每周一次，记得要避开眼部。这是眼霜，还有唇膏。嗯，唇膏就不必了，我留着吧，随时给你涂上。"

欧阳保持微笑，同时脑袋一片空白，上次出现这种情况是他上选修存在主义哲学的时候，顺便提一句，那门课的老师后来成为一名网约车司机，因为喋喋不休和车载音乐的怪品位时常遭到投诉。

女友说："我想有一位事业有成的帅哥男友。亲爱的，我相信你未来一定会事业有成，也愿意伴你成长，但是我可不想你到时候变成糟老头子，咱俩走在街上，别人还以为我傍上一位干爹。"

当天晚上，欧阳将那些护肤品统统塞进背包里，扔掉精致的外包装，确定室友都睡了以后，偷偷摸摸来到宿舍楼的洗漱间，按照女友先前的指示，严格使用那些男士护肤品，程序分明，严肃认真，如同回到高中时代的化学实验室。

第二天清晨，他第一个起床，背着包跑进教学楼，在最顶层的洗手间里，继续面部化学实验。教学楼的清洁工路过的时候，欧阳吓得一哆嗦，急忙拧开水龙头，把脸埋进洗手池里。

如此一个月后，他明显感觉到皮肤的变化，虽然还是偷偷摸摸瞒着室友，内心却十分信奉这个充满活力的新世界。那些奇怪的瓶瓶罐罐不再使他焦虑不安，女友推荐的新品种，他也乐于尝试。直到有一天，某位室友无意中发现这个惊天秘密。

"你什么时候变得这么娘娘腔了？"

宿舍立刻变为化妆品鉴赏会，室友们相互传递，提出疑问，逐一点评，就像是1851年万国工业博览会上走马灯的好奇游客。

"每天花费几分钟打理自己，保持干净整洁才不是娘娘腔，更不是同性恋。"

"听听你自己说话的腔调吧？不如干脆整容，打一针玻尿酸？"

欧阳把这件事告诉女友。女友嗤之以鼻，认为那些室友不可理喻。

"他们没有恶意，不过是互相调侃而已，不用放在心上。"欧阳向女友解释，可是女友并不买账，吃饭的时候始终心不在焉。

"你到底在想什么？"欧阳忍不住问。

"我想给你挑一身合适的衣服。你不是快要找公司实习了吗？得有几件像样的衣服。"

欧阳不假思索，一摆手说："我这身不是挺好的吗？舒服就得啦。"

我大概能猜出他女友当时的表情。大学四年来，欧阳一直是运动、登山服饰的忠实爱好者，冲锋衣和旅游鞋的拥趸，夏天喜欢穿印有切·格瓦拉或球员编号的大码T恤，还曾骄傲地表示，衣服最重要的功能是蔽体、保暖、舒适，其他的无关紧要。

"你要是打算穿这身去实习，我倒是无所谓，等你碰一鼻子灰就知道了。"

女友说得轻描淡写，欧阳心里却埋下一枚炸弹。在他眼里，女友不仅青春靓丽，而且端庄雅致，说话办事往往恰到好处，与她在一起的时候，简直没有任何拌嘴吵架、发脾气的可能。更重要的是，女友说话往往一语中的，她说会碰一鼻子灰，说不定事情真的会发生。

053.

三天后，那篇关于"中国男人配不上中国女人"的文章开始在各大网站上轮番置顶。欧阳踢完球回到宿舍，看见室友怒发冲冠，对着屏幕狂敲键盘，就问怎么回事。室友愤愤地说："你看一眼就知道了。穿衣打扮这种事，说白了不是全看脸吗？想嫁老外就直说。"

欧阳打开电脑，点开那篇文章，扑面而来的挑衅与恶毒让他无比厌恶，然而这种感觉很快消失了，取而代之的是无力和危机感，以及一点心惊肉跳。他立刻翻开女友的朋友圈、微博和她使用过的所有社交软件，没有发现她分享、转发过这篇文章和类似的言论，这才稍稍放心。当天夜里，他穿上自己平常的衣服，站在洗漱间的镜子前仔细端详，然后拍下一张全身照，又翻出女友的照片，两张照片拼在一起的瞬间，欧阳吓了一跳。

他立刻给女友打电话："周末陪我去逛一下，帮我挑几件衣服吧。"

女友一点都不惊讶，还挺高兴地说："好啊，终于开窍啦。"

周末的时候，欧阳仔细观察女友，始终没在她脸上看到任何异样，对那篇疯传网络的文章，她也只字不提。两人逛了一整天，女友为他挑选出几件雅痞范儿十足的衬衫和长裤，还有一双美式工装鞋，一边挑选还一边指点："白T恤配牛仔裤不会错，把你那些乱七八糟的T恤都扔掉吧""如果穿了有条纹的西装，就得穿纯色的衬衫""永远不要拿黑色鞋子配棕色腰带！"

欧阳从未见过女友这样的气势，感觉好像在说：欢迎来到我的战场。他遵照女友的要求直接换上买来的衣裤和鞋子，效果惊人，就连商场的服务员都眼前一亮。对他来说，这就像是打开新世界的大门，更奇妙的是，在此之前，女友与他的距离从没有这样近过。看着欧阳换上自己挑选的衣服，女友好像比他更兴奋。两人手挽手，走在街上亲密无间，不输于任何一对热恋中的情侣。

"我对你好不好？"女友问。

"没人比你对我好。"

"听着，"女友突然停住，直勾勾地盯着他，说，"你心里只能有我一个，不然我决不饶你，听见没有？"她神色坚决，情绪激动，似乎想起了什么伤心往事。欧阳不明白她为什么突然这样，有点不知所措，唯有连连点头。女友抹了抹眼角的泪珠，笑着亲了他一下。

回到宿舍前，欧阳浮想联翩，预感推开门的那一刻，室友们会为他的全新造型惊诧不已。然而，大家都坐在电脑前打游戏，目不转睛地注视着屏幕上来回蹦跳的小人儿。他故意提高音量："我回来了。"

室友们扭头看他，上下打量两秒钟，然后整齐划一，视线重新拽回屏幕。

"下周五考完试一起吃饭，大伙都去，就等你的消息了。"

"我不行。女友过生日，我得陪她。"

"不能改天？难道叫大伙都迁就你？"

"你们商量的时候，也没告诉我。"

"现在告诉你咯。"

欧阳有点尴尬，想起女友对他们的评价：不可理喻。

"那就算了。"

说话的瞬间，欧阳感觉心脏被划出一道口子，他原以为会更难受一些，然而只是轻轻地一道口子，连创可贴都不需要。于是耸耸肩，上床睡觉。

毕业就意味着集体生活到此为止了，欧阳躺在床上，望着漆黑的天花板，这样想。

054.

再见到欧阳的时候，他已经毕业一年了。那时我刚刚进入时间尽头的酒店，与大学校友的联系已经少得可怜。欧阳主动打电话给我，说是有重要的事拿不定主意，想叫我帮他出谋划策。需要说明的是，

男友改造计划

我从未见过他的女友，两个人所有的逸事，几乎都是听人转述。他们说，欧阳就连穿什么颜色的袜子、晚饭该吃什么，都要征求女友的意见，并且乐在其中。

第一眼看见他，我吓了一跳。这小子完全变了一副模样，从头到脚活脱脱一副都市雅痞范儿，就算立刻把他扔到欧洲，也不会有人觉得他像乡巴佬儿。见我目瞪口呆，欧阳笑了笑，似乎对这种反应司空见惯。他说，一年以上没见过面的朋友，再见到他大多是这表情。

欧阳说，他现在面临重大抉择，需要我帮他分析一下。

我当时的第一反应是，他在琢磨要不要结婚。

"正好相反，我不知道该不该与她分手。我发现了女友的猫腻，不知道该怎样处理，有点难受。"

"她给你戴绿帽子了？哪个名牌的？"

他苦笑，说不是出轨，而是反扑过来的历史。

毕业后，欧阳顺利进入一家金融公司，努力工作，获得老板的赏识，与女友的感情也日益渐进，对比昔日同窗的状况，他似乎格外受到命运的垂青。唯一有点遗憾的是，室友们与他完全断绝了来往，就连毕业旅行也没有告诉他一声，不到两年时间，已然成为"点赞之交"。但这无足轻重，真正令欧阳困扰的，是他三个月前空降的上司。

新任上司年纪三十出头，风度翩翩，气场强劲，精英气质十足。来到公司的第二天，就让公司前台的美女小鹿乱撞。依照女友的建议，他应该完全了解这位新来的上司，包括他的个人信息、过去经历、兴趣爱好，甚至喜欢吃什么东西。于是，欧阳发挥在图书馆查找文献的能力，在网上遍寻蛛丝马迹，逐条翻阅这位上司所有的朋友圈和微博。

直到他看见三年前，自己的女友和这位上司的合照。

"刚好在你认识她以前？"我问。

"没错，我应该叫他一声前辈。"

"女友和他还有联系吗？"

"没有，据我所知没有，她对我很好。"

"那你瞎烦恼什么劲儿。"

欧阳说，自己也不是小孩子，按理说这没什么，可是心里不舒服，过不了这道坎儿。白天在公司，他要装糊涂微笑面对这位前辈，晚上又控制不住自己去看三年前两人的合影和互赠的情话。那些甜言蜜语、撒娇的话，女友从没对他说过，那些共同旅行，日夜相伴的经历，两人也不曾拥有过。欧阳隐约有一种感觉，女友与他之间总有一层看不见的隔阂，倒不至于说冷冰冰的状态，反正——没有那么亲热。

"我俩甚至没吵过架，她从没对我发过脾气。有时候我庆幸，女友是位真正的成年人，我不需要把时间和精力浪费在毫无意义的争吵和幼稚行为上。有时候我觉得，这多少有点悲哀。"

"要是因为这种事跟她分手，你才是悲哀。"我说。

"因为我想要守护她一辈子，所以有顾虑，不想等到十几年以后，后悔，离婚。你觉得，我该不该把这些事扔在脑后？直接求她嫁给我？"

我的天，还不如问我彩票买多少号能中大奖，世界和平什么时候能实现。

"想要知道我俩的未来会怎样，就必须了解她的过去。但是，她从来都不肯告诉我，哪怕只言片语。我在她的社交账号上也查不到任何痕迹。"欧阳苦笑，"一个说话做事滴水不漏的女人，到底经历过什么呢？"

我沉默良久，说："这件事，我倒是可以帮你。"

055.

三个月后，欧阳来到时间尽头的酒店。他说，这三个月他一直在观察和学习。所谓观察，就是揣度女友的心思；所谓学习，就是靠近那位前辈兼上司。由于提前做好大量功课，欧阳对他的生活状态了如指掌，并且委婉地表示，希望他能为自己传道解惑，并允许自己将他当作人生导师。那位前辈很器重他，甚至在公开场合宣称，欧阳令他想起自己曾经的模样。

"绝对不要在周一早晨向老板提加薪，所有人都讨厌周一，也不要在周五临下班前，最佳时机是周二或周三。"两人面对面，坐在一家静谧的英式餐厅里，欧阳认真倾听，然后问他自己能否拿笔记下来。前辈摇摇头，咽下嘴里的食物，说，"别说贬低自己的话。"然后看着他，问："你喝酒吗？大排档的啤酒可不算。"

欧阳支支吾吾，说："我对酒不感兴趣。"

"谁在乎你是不是感兴趣？如果和客户用餐，他想要喝酒怎么办？一人独饮太没礼貌了。你应该从各种鸡尾酒学起，威士忌、葡萄酒，从一个人点酒的品位看出他的调性。喝一杯也死不了。"

类似的言传身教成为欧阳生活的日常，每周五晚上，他都会跟前辈参加北京某处的鸡尾酒晚会，或干脆在高级酒吧里聊到深夜。实际上，只有欧阳当他的话是金科玉律，公司里的其他人都觉得，这位海归的上司就像旧世纪的老古董，其言论和行为比春节晚会的相声、小品还令人尴尬。同事忍不住调侃欧阳："他的单口相声，你得到几段真传了？"

欧阳报以微笑，想起曾经闷在图书馆里埋头苦读的样子。

时间一长，两人也会不经意聊起男女的话题。大多数时候，欧阳都在听。可能连他自己都没有意识到，他与前辈和女友的关系就像暗潮涌动的海面一样，此消彼长。离前辈近一分，仿佛就离女友远一分，慢慢地，女友那些聪明的洞见和中肯的话语也不像以前那样有吸引力了。

春夏时分的夜晚，大雨滂沱，风卷着雨拍在身上，打伞根本没有作用。欧阳和前辈冲进一家日式居酒屋，两人浑身淋透，狼狈不堪，进屋赶紧叫服务员烫酒。

"要真诚地赞美，不要有半点虚情假意，女人天生敏感，男人的谎言对她们来说，就像猫盖屎一样肤浅可笑。找到你感兴趣的点，她们新买的衣服、裤子、包包、鞋子、唇膏，还有记住，永远要主动对她们新换的发型做出正面的评价。你不知道有多少男人对这些视而不见，简直是罪恶。顺便提一句，你和女友关系怎么样？你好像不常提起她。"

居酒屋外一片黑暗，悬挂在门口的灯笼如霓虹般鲜艳。

"还好吧。她很有主见。"

"她是知识分子吗？"

"不算是吧。"欧阳这才发现，自己对女友的性格了解少得可怜。

天空中响起滚滚闷雷，低沉而缓慢。前辈望向窗外，喃喃道："唉，我最讨厌打雷了。"

欧阳瞬间想起，女友特别害怕打雷。

"你要注意了。如果两人的文化水平处于不对等状态，就很容易滋生恶性的恋爱关系，这种关系就好像是吸血鬼，一旦她从你这里得不到什么，就会离你而去。相反，良性的恋爱关系是互相给养，就像自然界那些难以分离的共生动物一样。这就是为什么门当户对的概念在都市中重新崛起。"

前辈说到这儿，忽然叹了口气，感慨道："这是我的亲身经验，是历史。"

056.

就是那天，欧阳下定决心前往时间尽头的酒店，亲眼看看女友的往事。他根据前辈两年前的微博，推断出两人最后一次见面的日期，于是选择回到那一天，目睹女友上一段感情的终结。

在工体后街的一家咖啡馆，靠窗的位置，他看见女友孤零零地坐在那里，面无表情地等着，不时抬头望向灯火通明的写字楼。窗外飘着雪，咖啡馆里循环播放着Jingle Bells[1]，那可是圣诞夜。

晚上九点二十分，前辈跑进咖啡馆，风衣上飘满雪花。他坐在女友对面，瞥了一眼手表。

女友首先开口："我们必须谈谈。"

前辈眉心紧皱，探身向前握住女友的手："不是说好了吗？等忙完这个项目，一定补偿你，快回家吧，我还要回去开会，他们都在等我。"

"忙着和同事开会？还是忙着和她在公司过圣诞夜？"

前辈缩回手，低着头，颇感无奈地说："再大点声，你是不是要让所有人都听见？跟你说过多少次，她是我的合作伙伴，我们必须一

---

1 最为人们熟悉的圣诞歌曲，译为《铃儿响叮当》。

起完成这个项目。它非常重要，决定我明年是否能否升职。"

"看着我！和别人讲话的时候要直视对方的眼睛，这是基本的礼貌，你教我的。"女友的音量逐渐提高，"没错，她是你的生意伙伴，还是你的青梅竹马，你们俩在事业上相互扶持，这一点我永远做不到。所以在你心里，我永远无法代替她，对不对？"

前辈向四周看看，站起身走到女友身边："我们找一个人少的地方私聊好不好？"说着，想要拽她的手臂，却被她用力甩脱。女友几乎怒吼道："为什么？这里离你的公司太近？让你的合作伙伴看到不好？我让你丢脸了？你一直嫌弃我这不懂、那不懂，把你的那一套灌输给我，我受够了！"

前辈尴尬地看着她。这时候电话响了，他刚要接听，女友猛地站起来，一巴掌打落他的手机。脆弱的屏幕摔得粉碎，徒劳地闪烁两下，黑屏了。

"叮叮当，叮叮当，铃儿响叮当……"

前辈捡起手机，气得浑身颤抖，仍然竭力压制住自己的怒火，说："我能给你的都给你了，没什么可付出了。你在拿嫉妒当借口，掩饰对我的厌倦。你从来就不知满足……"话音未落，女友抄起桌上的咖啡，甩手泼在他脸上。

一整杯焦糖玛奇朵，顺着他的头发、鼻尖和风衣，滴落在地上。

"追我的男孩多了！我会选中其中一个，把他调教成你的样子，叫他心里只有我。"说罢，女友转身推门而出，消失在漫天大雪中。

回到时间尽头的酒店，欧阳显得很沮丧，谁也不理，直接走掉了。那之后，他整夜睡不着觉，闭眼就是女友和前辈在一起的画面，有时候还会做噩梦，自己吓唬自己，就连和女友做爱都担惊受怕，唯恐她叫错名字。终于还是受不了，他向女友坦白真相，说分手。女友很淡定地接受，没哭也没闹，连一句狠话也没说。欧阳这才确信，自己一直在充当替代品。无论女友在他身上投资多少，都不过是权宜之计，如同一尊高仿的赝品。

欧阳指着街对面的咖啡馆，说："就是那里，看见了吗？我一直活在那位前辈的阴影下，她试图把我变成他。换作别人也许可以，但是我，抱歉，我无法接受。"

说罢，端起酒杯，小酌一口，动作熟练优雅。

"鱼与熊掌不可兼得，兄弟。"

欧阳长吁一声，感慨道："再者，我在她身上也学不到什么东西了。"

我刚要说话，欧阳的新女友提着购物归来的战利品，一蹦一跳地闯进酒吧，扑进他怀里，在他脸上连亲两口，说："亲爱的，我今天有一个惊喜给你，猜猜看？"

"虽然猜不到，但是我觉得你这双新鞋子不错，挑了好久吧？"

新女友喜上眉梢，坐在他怀里蹭来蹭去。

"亲爱的，最近有一套限量版包包，我特别喜欢，买给我好不好？"

"好啊，宝贝要什么都给你买。"欧阳轻轻搂住她，脸上露出微笑，"不过我和学长还有点事情要谈，帮我们去买两包烟，好不好？"

小女友满口答应，兴高采烈地走出酒吧。

我眉头紧皱，说："真不明白，这位比你的前女友强在哪儿了？"

欧阳微微一笑："你没留心观察。她看我的时候，眼睛里有光。"

"这么说，这姑娘现在也成替代品咯？"

欧阳一口喝干酒杯中的威士忌，笑道："我才不会重蹈覆辙。想要留住眼睛里的光，就得让她一辈子做个小傻瓜。"

| 第12话 |

摇 滚 金 手 指

——摇滚金手指凤凰涅槃，十年沉寂只为今朝。

057.

长期出没在鼓楼附近，你能遇到不少摇滚乐手，在绝大多数人的想象中，他们生活混乱，而且很不着调。可能是时代的原因，我从没见过摇滚乐手住在垃圾堆里，特别是上过电视、能在体育场开演唱会、掀起万人合唱的摇滚明星，但是边武除外。这样说是因为他屋子里和垃圾堆一模一样，难以想象这人就是十年前叱咤风云的"摇滚金手指"。

凌晨四点半，我躺在他家沙发上，用音响播放九十年代的老歌。桌上摆着泡面和吃剩一半的零食，空酒瓶沿墙整齐排列，屋里的气味叫人想起下水道。窗户封死，电扇徒劳地转动，除了制造噪声，没有任何用处。钨丝灯泡泛黄，有光的地方到处都是食物残渣。

据传闻，边武曾是中学语文老师，受摇滚之神的召唤到北京朝圣，浸泡在酒精和自由的地下室里。他一直住在北京东面，潜心修炼，一手吉他练得出神入化，无论在哪里演出，都能把在场的观众震得两脚发麻。直到大约十年前，新浪潮逐渐成形，他和几支年轻乐队在北京掀起一场音乐革命，试图改变摇滚圈的风貌。大潮中，他风生水起，直冲云霄，一趟全国巡演下来，被喻为"摇滚金手指"。自那以后却盛极转衰，据说是感情受挫，再没写出传奇之作，现场演出越发平庸，甚至破绽百出，名声日渐黯淡，最终归于沉寂。近些年，没人知道他在做什么。

我捡到边武时，他满身臭味，不知道是被人扔到排水沟里，还是睡在垃圾桶里。他喝得烂醉，头发乱得像鸟窝，衣服上全是酒渍和烟灰，裤子被呕吐物溅得像一幅抽象画，手肘和膝盖青一块紫一块。不过这模样，轻轻松松就和屋里的环境融为一体。

边武两眼通红，还以为我是他的粉丝，揪住我不放，非要请我到他家做客，参加午庆庆祝派对。到那里才发现，人已经走光了。他呼呼大睡，说着含混不清的梦话，好像在叫某个人的名字。

我坐在"垃圾堆"里，没有走掉的唯一原因是，他家里的音响棒极了。

天蒙蒙亮的时候，边武惊醒，一个鲤鱼打挺跳到我旁边，倚着沙发打开电视，按下DVD播放器的开关，自动读取光盘。

"你看，我那时候比现在还瘦。"他掏出一根烟，点燃说。

屏幕上映出十年前演出的视频，画质粗糙，看上去像是业余拍摄。

"你看，我们那位鼓手，演出散场以后搂着俩姑娘走了，别瞧人家其貌不扬。"

"这场演出可以载入中国摇滚的里程碑，其意义绝不亚于一九九四年的香港红磡。你想想，在那以前是什么样子，在那以后呢？从存在主义的角度来说……"

他开始滔滔不绝地胡扯，认真的样子既可笑又可悲。与他相比，保险推销员显得更诚实可信。我忍不住打断他："这十年你就是这样过来的？一遍遍看自己的演出视频，然后喝死自己？"

"有一导演叫我给他的片子写主题曲，付给我一笔钱，我得找找感觉。"

"截止日期是什么时候？"

"我记得是四月底，要不就是三月。"

"今天是四月最后一天。"我说。

边武表情僵硬，身体陷进沙发里。

"没办法，我做不到。你知道十年前，就是那时候，"他指着电视屏幕说，"好像有人往我脑袋里装了录音机，我只不过把脑袋里的声音写出来而已。自从丢了金手指——那枚该死的戒指，就好像有个杂种按下了静音，让我彻底变成一个废物。"

我虽然很早就听说过他，但是从没想到金手指是一样真正的东西。

一枚戒指？也许是一个人。

"你还能想起来是什么时候丢的吗？"

058.

我已经将近半年没来到造纸街了。这里依然破败荒芜，树木光秃秃的，满地落叶，阳光穿透残砖破瓦和凋零的枝干，照亮风中的尘埃。即使在初夏时分，也感受不到和煦的气息。

我领边武来到时间尽头的酒店。这家伙洗完澡刮净胡须，再捯饬一番，立刻从无家可归的流浪汉，恢复成呼风唤雨的摇滚明星。临进酒店的时候，我特意嘱咐他，无论在里面看见谁，都不要惊慌失措。

摇滚金手指

阿曼达已经提前接到电话，虽然很不情愿，但还是勉强同意。没想到，唯一令摇滚金手指慌张的，就是她。

进门的时候，阿曼达坐在酒店大堂的沙发上，一边看书一边吃苹果。她箍起长发，一副夏日降临的样子。看见我的瞬间，酒店的女王展露笑意，刚要说话，瞥见我身后的边武，怔住了。

边武也是一样的表情。

"我认识你！"摇滚金手指惊诧不已，"你……你是……"

"好久不见，边武。"阿曼达放下手里的书，笑容立刻消失了。

边武慢慢走到她面前，仿佛见到传说中的人物，眼睛亮了。

"你就是李巍的缪斯！那时候你俩混在一起，形影不离，那家伙写的每一首歌都是关于你的！十年过去，你竟然一点没变。"

我不清楚是否应该告诉他，李巍就死在酒店门外。

阿曼达站起身，表情严肃，冲我招手："小陆，过来一下。"

她踱步走到吧台后面，低声问我："我不明白，你为什么要帮他，边武是个无耻混蛋。"

我当然知道他是无耻混蛋，但没人能否认，摇滚金手指一度辉煌，创造出不少堪称经典的摇滚乐，如果涅槃重生，一定能大放异彩。

"好吧。"阿曼达轻轻叹息，"你要盯紧他，快去快回，别出乱子。"

"放心。"我仔细看看她，半年不见，似乎消瘦了。

"这半年你怎么样？"

"臭小子还知道关心我，哼，这事完了再收拾你！"说罢，瞪了边武一眼。

我转身回到大堂，叫边武做好准备。他望着阿曼达，嘴里念念有词，突然说了句："你知道她在哪里吗？"

阿曼达两臂在胸前交叉，说："就算知道也不会告诉你。"

"别废话了，走吧。"

推门的瞬间，近乎透明的绿光一闪而过。

059.

我和边武沿着安定门的滨河路前行。穿着时髦的年轻人三五成群，奔向那场革命的发生地。如今这些人大多数已经结婚生子，安顿下来，早已遗忘了那次"极为寻常"的演出，唯有个别人仍躲在北京的各个角落，竖起中指，苟延残喘。边武有点羞愧，他盯着这些疾行如朝圣的年轻人，好像看见曾经的自己。

他不能就这样进去，太显眼了，我心想，如果被认出来引起围观，可不是闹着玩的。正发愁的时候，一束微弱的灯光照亮视线，一位老太太坐在石级上摆摊，地上铺陈着各式各样的面具。边武挑中了狄奥尼索斯[1]的假面，戴上以后比画着胜利的手势。

真是好主意。古希腊时代的假面舞会和如今的摇滚演出，恐怕没什么本质区别。

摇滚现场群魔乱舞。灯光雷鸣电闪，吉他和鼓的声音撕心裂肺。我俩站在后排，注视舞台前方山呼海啸的闹剧，满脸尴尬。面具遮挡

---

1 古希腊著名建筑物帕提农神庙东山墙上雕刻诸神之一。相传酒神狄奥尼索斯在希腊大名鼎鼎，他的名字的意思是"宙斯跛子"。狄奥尼索斯的母亲是凡间女子，宙斯爱上了她，娶她做了妻子，狄奥尼索斯出生后，受到赫拉迫害，却得到祖母（大地之神）的庇护，长大后他教人类种植葡萄、酿制葡萄酒，成了有名的酒神，成为人们心中的偶像，人们供奉他。

住边武的脸，他凑过来问我："这……这有意思吗？"

说着他竟然摘掉面具，一把丢在地下。

我捡起面具叫他戴上，边武满脸懊丧，扯着嗓子说："这些人有意思吗？他们欢呼什么，叫嚷什么呢？我真搞不懂，这是摇滚演出吗？嘿嘿，是不是一会儿还得有人上台献花，挥舞荧光棒啊？唱歌唱成这样，吉他弹成这样，鼓打成这样，还有脸在舞台上大呼小叫？"

"这些都是当年你最好的朋友。"

他拽着我的胳膊说："快走吧，我实在看不下去了。"

"不想看看你自己？提醒你，一生只有这一次机会。"

边武陷入沉默，拿过假面重新戴上。

大约一小时后，摇滚金手指上台了。我身旁的假面斗士一动不动，凝望舞台。灯光耀眼闪烁不断，我看见面具的边缘湿润起来，不知道是冷汗还是泪水。

"没劲透了。我们走吧。"

"不拿回你的金手指了？"

"我们可以去外面等着。"说罢，他向门口走去。

边武领我回到滨河路，告诉我，金手指就是在这里丢的。我俩坐在路边，等待演出结束。月影依稀，他点燃根烟，问我："你听过那些东西吗？"

"你是说，你写的歌？"

"是。"他回答得很艰难。

"听过最有名的几首吧，没什么意思。"

"好吧。"他长叹一声，"我觉得也是。"

"能不能问一句，当初这时候，你们是怎么看我的？"

"你太高估自己了。大家只不过是看热闹，自己感动自己，顺便发泄一下而已。"

他继续抽烟,陷入沉默。

我俩一直等到后半夜,听到人声攒动,立刻钻进草丛。一帮人簇拥着摇滚金手指,大摇大摆走过来。他手里挥舞着酒瓶,嬉笑怒骂。这好像不太符合寻常摇滚演出的后续,发生什么事了?我问边武。他避过脸一言不发。我正纳闷,摇滚金手指突然脱掉上衣,赤膊上身走过十几步,又脱掉长裤。距离我们不到二十米的时候,这位摇滚明星已经浑身赤裸。

"酒留下,其他都拿走,我什么都不需要。"

他手里攥着酒瓶,将某样东西扔进河里,大吼大叫:"我不需要任何人!"说罢,昂首阔步向东走去。一行人哈哈大笑,沿路捡起他的衣裤,紧随而去。还没等众人消逝在夜色中,身旁的边武拨开草丛,纵身一跃,跳进河里。

好家伙。这股莽劲儿过了十年依然没变。

黑夜中河水不停搅动,泛起波光粼粼。我站在岸边,看着边武浮上来,吸气,又潜下去,如此数十次,依然不肯放弃。他似乎着了魔,誓死要找回那样东西。

"找到了!"边武浮出水面,拼命挥舞手臂,像孩子一样开怀大笑。

我将他拽上岸,这家伙脸上的表情,比舞台上引吭高歌的金手指更骄傲。

边武摊开手掌,给我看遗失的金手指。

竟然是枚婚戒。

060.

主题曲大功告成。制片方非常满意，立刻投放线上，引发轰动。也许是边武沉寂多年的原因，这首歌受关注的程度一点不亚于电影本身。乐评人纷纷现身，说它是摇滚金手指创作以来的最大突破。歌迷争相传唱，为这首歌编造背后的故事，称它是边武十年磨一剑的成果。

此时此刻，边武坐在时间尽头的酒店大堂，上网浏览这首歌的评论。

"你听这条——'情绪推动恰到好处，歌词与编曲天衣无缝，主歌娓娓道来，犹如老友相逢、干杯击掌，副歌极具张力，展现出摇滚金手指的深厚功底。'哈哈哈，这也太可笑了。"

"再听这条——'每个人的青春都有遗憾，都幻想过完美的爱情，可惜就连紫霞仙子的盖世英雄也没能陪她白头到老，谢谢边武，让我想起曾经的梦。'你说的对，这些人还真会自己感动自己。"

他长出一口气，合上笔记本电脑，讥讽的脸上露出一丝苦笑。

边武似乎很在意阿曼达对这首歌的看法。他在酒店大堂循环播放自己的新作，大声朗读潮水般的好评，每当这时，总要偷瞧她两眼，观察她的反应，犹如等待表扬和奖励的小孩子。可惜，阿曼达一句话也不肯说。于是，边武求我私下问问她。

阿曼达回答："和李巍过去的歌没什么区别。倒退十年，我没准能哭得稀里哗啦。"

我想知道，边武为什么如此在意她的看法。

"他不是在意我的看法，而是想让我转告一位朋友。看见那枚戒指了吗？本来是作为订婚戒指送给她的，后来被退回来了。这混蛋把她害得够呛。"

那枚金手指，如今被边武用鹿皮绳穿好，挂在脖颈上，垂在胸前晃荡。

"现在仍然念念不忘？"

"没有新生活的人，都喜欢沉浸在过去。装饰回忆，夸张甜蜜，淡化痛苦，当然对旧人念念不忘。还有脸嘲笑别人？"

我和阿曼达面对面坐在地下餐厅里，谈论十年前的往事和退回戒指的女人。就在这时，楼上忽然传来边武的怒吼。我俩忙跑回大堂，只见他手里攥着电话，愤愤地说："你们这帮骗子！蠢货！我已经说过一万遍演不了了！滚他妈的吧。"

说罢，他将手机狠狠扔向墙面，手机顿时摔得粉碎。他喘着粗气环视四周，似乎还没发泄够，冲到吧台抄起酒瓶，刚举过头顶，就遭到阿曼达的呵斥。

"你敢在这里撒野？"

她冲到边武面前，指着他的鼻梁，虽然矮边武一头，气势却丝毫不弱。

"你闪一边去！"

"你有种跟我动手。"

我一声不响地站在阿曼达身后。

边武的胸腔像鼓风机一样起伏，他狂叫着奔出酒店。阿曼达与我对视一眼，打开酒店的门。

片刻后，他回到大堂，满手鲜血，掌心扎着玻璃碴儿，脸上挂着僵笑，说："很抱歉刚才失态，现在已经没事了。顺便提一句，你挑衅的时候很性感……"

摇滚金手指

"滚。"阿曼达冷着脸。

"到底怎么回事？"

边武说，他们逼他在电影首映礼现场演奏，说这一项早就写进合同了。如果不遵守，非但不付余款，还有权起诉他。

我不明白他为何如此反感。

"我将近三年没有任何演出，完全不知道再登上舞台是什么样，而且这东西一直折磨我……"他伸出左手，食指与无名指的第二指节各有一处小包，像是肿起的瘤子，"腱鞘炎——如果演出时发作，你能想象是什么结果吗？"

我对腱鞘炎一窍不通，满脸茫然地看着他。阿曼达轻轻叹口气："是吉他手的通病。李巍过去也有腱鞘炎，他不肯动手术，我用热水给他泡手，多少能缓解一些……"

她还没说完，边武立刻打断："如果演出失败，也就意味着，我的现场生涯到此为止了。你知道这对摇滚乐手来说意味着什么吗？恐怕以后我就变成愚蠢的录音棚乐手了，那些人简直就是摇滚圈的书呆子，我怎么能与他们为伍……"

"如果她来看你演出呢？"阿曼达指着他胸口的婚戒。

边武愣住，掌心轻轻托住戒指，攥紧拳头。

"听着，你只有一次选择的机会。我不管你有多久没演出，或患了什么该死的腱鞘炎，那是你的问题。如果你决定在电影首映礼上演奏，我就答应你叫她过来。还有记住，我这样做是因为尹陆，在我眼里，你纯粹是恶心的自大狂。"

阿曼达说罢，转身走向自己的房间。我赶紧追过去，看见她靠在门前，眼里噙着泪花。

"如果当初我再给李巍一次机会，说不定他就能长大，至少好好活着。"

061.

首映礼晚上九点开始，分为三个环节。首先是导演和主演登台接受媒体采访，和观众互动，然后是边武现场演唱主题曲，最后播放电影。令人没想到的是，所有媒体的问题都围绕摇滚金手指的复出展开，没人关注电影本身，拿到入场票的除了媒体，就是边武的歌迷。我坐在观众席，看见身旁的记者已经拟好了标题：摇滚金手指凤凰涅槃，十年沉寂只为今朝。

互动环节快结束时，乐队助理悄悄走到我身边，叫我去一趟后台。要快。

边武的更衣室在黑暗狭窄的走廊尽头。乐队成员聚在门口抽烟，眉头紧皱。

我敲敲门："边武，是我。"

更衣室里响起门锁转动的声音，我冲乐队成员使个眼色，独自进去。

边武坐在化妆镜前，注视着镜中的身影，双眼布满血丝。

"她来了没有？"

"她马上就到。"

边武点点头，双手摊在桌上，轻轻颤抖。

"腱鞘炎发作了？"

"没有，只是有点控制不住。如果搞砸怎么办？"

"别去想那些，绝不会搞砸。"

"我控制不住自己……"他捂住脸，呼吸急促。

摇滚金手指

"闭上眼睛，好好想想在舞台上的样子。外面的人你没看见，但是我看见了，他们都是你的歌迷，都疯狂地崇拜你。"

乐队助理在敲门，该他们上场了。

"没人在乎这该死的电影，大家都是来看你的，因为你是摇滚金手指，这件事谁也改变不了。别管那些祝你演出成功的傻子，你不需要，你天生就是摇滚明星，这是动物本能。现在走出去，干翻他们，告诉所有人，你才是今天的主角。"

连我都想不到自己能说出这番话。边武猛地站起身，舒展筋骨，深呼吸，冲我笑笑，然后推开门，与乐队一起走向舞台。

望着他的背影，我忍不住捏了把汗。

回到座位时，阿曼达已经到了，身边坐着那女人。她大概三十岁出头，神色憔悴，小眼睛、薄嘴唇，戴着一副黑色边框眼镜，穿着一身正装，似乎刚从某幢写字楼里走出来。

乐队调音的时候，边武站在话筒后面，一遍又一遍环视全场，看到她，瞬间怔住了。歌迷挥舞双手，叫嚷他的名字，可他毫无反应，眼里只有那女人。而她满脸疲惫，几乎要睡着了。

可能连主办方也没有想到，这首推广不到两周的主题曲，竟会迎来首映礼的大合唱。边武款款深情，注视着曾经的爱侣，汗水流过脸颊，手上的动作也迟缓起来。我和阿曼达对视一眼，知道情况不太对，担心的事情终于发生了。

腱鞘炎发作了。边武的手不住颤抖，根本按不住琴弦，声音乱成一团。乐队成员显然意识到这点，然而无计可施，唯有继续演奏。观众也意识到不对劲，开始窃窃私语。就在这时，边武猛地扔掉吉他，拨开话筒，纵身跳下舞台。

所有人都吓了一跳。边武拽掉脖子上的皮绳，走到那女人面前，颤抖着摊开掌心，是那枚戒指。这家伙当机立断，使出拯救演出的唯一招数。

媒体纷纷拿出相机，争抢着拍下这一幕。全场观众欢呼雀跃，掌声雷动："嫁给他！嫁给他！"

主持人抢上舞台："请大家安静！今晚这一幕我们也没想到，让我们一起见证这心动的时刻！"

女人在众目睽睽下站起身，接过戒指看了半天，手臂虚晃，一拳猛砸向他的脸。

边武身子一歪摔倒在地，顿时鼻血直流。所有人惊呼，全场瞬间安静下来。

"这枚戒指是假的！"

她柳眉倒竖，愤愤地说："你把我害得那么惨，我还没找你算账！现在突然叫我来看你的演出，我加班到晚上九点赶过来，你竟然拿这破玩意儿来糊弄我！"说着往他腹部猛踹两脚，"骗子！混蛋！"

女人将戒指扔在他脸上，整理一下头发和衣服，朝阿曼达打声招呼，昂首挺胸，转身离去。高跟鞋踩在地板上嗒嗒作响，边武仍然躺在地上，捂着肚子呻吟不止。

身旁的记者正在修改标题。我虽然还没缓过神来，但也知道，此时此刻，谁也救不了他。

"我们也走吧。"阿曼达挽住我的手臂，轻轻地说。

摇滚金手指复出的故事，就此告一段落了。

| 第13话 |

飞行员夹克

——雷鸟振翅高飞，就会引发雷鸣，翕张双目，就能激起万道闪电。

062.

雷树将飞行员夹克扔给我，说，里面有你需要的东西，然后猛地推开我。我没想到他有这么大的力气，连翻两个跟斗坐在地上，看着他消失在熊熊火海中。

我不相信他会死，这家伙命硬得不行。

雷树说，每个人一生中都有一次时间旅行的机会，只要你拿到时间尽头的酒店邀请函。

闪电划亮天空，烈风吹拂灰烬，耳畔响起滚滚雷鸣，雨滴溅落在草地上。在阿拉帕霍的传说中，这是雷鸟振翅高飞，翕张双目。

邀请函藏在飞行员夹克的内衬里，仅剩的一份。

在这以前，我完全不相信时间旅行。

在这以前，我只是个骑摩托的小子。

两年前，我第一次走进时间尽头的酒店；一年前，我成为酒店的正式员工；半年前，我离开酒店，邀请时间旅行者，这些事你们都知道得差不多了。

现在把时间往前倒，是时候聊聊我自己的故事了。

小楠靠在我背上，双手紧紧搂住我的腰。我和她，还有胯下的摩托在子夜的北京三环上驰骋狂飙。她必须在十二点前到家，仿佛是灰姑娘的魔法，过了时间，就会原形毕露。她那位含着金汤匙长大的老公在家等她。与所有嫁入豪门郁郁寡欢却不甘寂寞的女人一样，这姑娘多少有些神经质，她摘掉头盔挥舞双臂，表现得什么都不在乎。

我那时候在酒吧街后面一家高档西餐厅上班，那地方被称为"水泥森林的后花园"。如果你经常出入这里，就说明你是有钱人。如果你以为在这里挥霍满堂金，就能吃到极品西餐，体验与世隔绝的尊贵感，我劝你还是省省吧。来厨房待两分钟，足够让你心碎。如果你还相信美食评论家、广告商、媒体甚至是点评网站上的留言。噗，当我没说。

总之，我就是在那地方遇见小楠的。以前听说过乐迷喜欢睡摇滚乐手，可没听说过食客喜欢睡厨子还有服务生的。不过与小楠接触久了，我也就习惯了——没有什么是她干不出来的。

小楠说："我倒想看看，要是叫我老公知道咱俩的事，他会不会杀了你。"

我拍拍她翘起的屁股，说："快上去。还没到十二点，没准他能给你个惊喜。"

她还想跟我吻别。我别过脸，掐了她一把。

你永远不知道这女人到底是不是在开玩笑。

飞行员夹克

第二天，我将摩托车停靠在修车铺门口，准备叫修理工调整一下。这辆车几乎花费掉我所有的积蓄。它一直陪伴我，无论严寒酷暑、风吹雨打，从没有半路抛锚过。骑着它漫无目的地游荡，几乎成为我闲暇时光的唯一乐趣。

修车铺门口停着辆吉普车，车里的人似乎在睡觉。这家修车铺地处偏僻，来者都是常客，陌生人格外明显。我招呼伙计调整摩托车，刚要上前打声招呼，一辆黑色奔驰停靠在路边。

我从没见过奔驰路过这鬼地方。

黑色奔驰车窗降下："哥们儿，借个火儿。"

中年男人，西装革履，油头墨镜，手里夹着烟，无名指戴着金戒指。

修理工迟迟不出来。

我走过去递给他火机，说："奔驰没有火儿？"

车是新擦的，阳光下有点晃眼。

"点火器坏了。"中年人语气阴郁，故意放轻松说，"金玉其外，败絮其中。"

他扬着下巴，问摩托车是不是我的，看上去不错。我顺着他的视线回头刚要说话，脸上火辣辣地挨了一拳，脑袋嗡地一蒙，四周物体转过一百八十度——栽倒在地上。奔驰后座钻出三个大块头，和中年男人一样打扮，手里拿着铁棍、榔头等乱七八糟的工具。

在我试图把嘴里的血舔净的时候，两人架起我，鼻腔的血往外溢，嘴唇粘上更多黏稠的血。

另外两人挥舞手里的工具，模样笨拙，看上去是两个新手。

他们把摩托车砸得稀巴烂，但是没动手打我。

借火的家伙面露微笑，似乎挂出这样的表情就显得很客气、有礼貌："再和她见面，这摩托就是你的下场。明白了吗？"

我咽下两口血，眯起眼睛。

"你是为她老公打工的？那你最好也小心点，那婊子会害死你。"

他和另外一人面面相觑，明白我不是在瞎扯。他说："我们能管好自己。"

"你出门连打火机都没有。"

话音未落，我眼冒金星，四仰八叉躺在地上，看着他们坐上奔驰，绝尘而去。

这家伙一拳把我揍晕了。

吉普车的车窗不知道什么时候摇了下来，里面的人伸出脑袋，幸灾乐祸道："好好一辆摩托车，可惜了。"

063.

雷树和我对坐在酒吧里。这家伙大概四十岁年纪，脸上皮肤就像揉皱的旧皮革。他比我高一头，身体壮实，但线条不明显，和健身房的举铁男，还有时尚杂志的男模有显著区别。

不知道他是怎么找到这家酒吧的。这烂地方藏在一片快要拆掉的楼房二层，所有木制品都肿胀发皱，地板每踩一脚都发出吱吱呀呀的声响，墙上贴着无数好莱坞五六十年代的西部片海报，通通泛黄鼓起，有些还被人烫过烟圈。酒柜和桌椅的钉子都蹿出老长，而且锈迹斑斑。更诡异的是，靠在吧台背后的酒保，简直就像海绵宝宝里临自杀前的章鱼哥。

雷树穿着脏兮兮的白汗衫、水洗的牛仔裤和大皮靴。

他端过来两扎啤酒，一仰脖灌掉半扎，酒杯砸在凹凸不平的桌面上，溅得到处都是。

我坐在他对面，整个人一团糟，满脸是泥土、血渍，还有蹭过的机油，血顺着鼻孔、嘴巴滑下来粘在前襟上，浑身就像血浸过的卫生巾。

两扎啤酒的功夫，我把自己和小楠的那些事一股脑讲给他，包括我俩在她家、在她老公的车里、在厨房、在任何你能想象到的让你膨胀或湿润的地方。

雷树问我，接下来打算怎么办？

我说不准。挫败感和愤怒是不断熄灭又点燃的火，冷热交替叫人筋疲力尽。

"我早就看出来了，"雷树说："人家根本就没有动手打你的意思。就是想给你点教训，谁叫你小子嘴硬。"

他们砸烂了我的宝贝摩托。

"你睡了人家的女人，"雷树说，"把你的摩托车砸得稀巴烂也不算过分。"

然后呢？我要假装什么事情都没发生，回去工作，再攒钱买一辆摩托？

"修车铺的老板能被买通，你那家破西餐厅的老板呢？"雷树说，"回去等着被收拾？"

或者藏在她家，给她老公来个惊喜。

雷树冲我竖起大拇指："为一辆破烂摩托？"

他卷了一根烟，点燃说："我在空军待过，也经历过战争。战争中最愚蠢的事就是跟你的载具一起殉国。飞行员不逃生和飞机一起炸成碎片，舰队指挥官和潜艇指挥官打了败仗和心爱的军舰沉入大海。我不懂那样的懦夫怎么可能封为烈士？他们明明是自己找死，说不定早就厌恶战争，干脆一死了之，再也不用承担责任，再也不用受尽苦难，拼尽全力不死。他妈的，如果你钟爱破铜烂铁，没准废铁厂的活儿更适合你。"

他挺直身子靠在椅背上，像一头疲惫的狮子。

"当然，不排除没能逃出来的，还有为救别人牺牲的小伙子。"

雷树说，很多年轻人搞不懂战争是什么，凭借一腔热血参军，上了战场吓得屁滚尿流。我搞不清楚，以他的年龄经历过哪场战争。

雷树说，很多年轻人搞不懂自己想要什么。

电话在这时候响起。是小楠。她说："尹陆，不如我们来玩一个游戏。"

娇笑，使用恳求的语气，欲拒还迎，这是她性兴奋的前兆。

"陪我玩儿嘛，好不好？我特意嘱咐老公，不要下手太重咯。"

她说话的时候，好像有人拿冰锥轻轻滑过我的脊梁。

"告诉你个小秘密，咱俩每次偷腥，我都用针孔摄像头录下来了。我老公可喜欢看了。"

我喝掉泛苦的啤酒，下巴还在疼，两手轻颤不听使唤。

挫败感和愤怒冷热交替，恐惧淬炼而生。

雷树点燃烟以后递给我，说："你还是离开北京一段时间吧。他们要玩死你才肯罢休。"

野猫捉住老鼠要玩够才会吃掉。原以为小楠的老公是正经人，没想到他俩是天造地设的一对。

酒吧门前的墙面画着拆字，在月光和路灯的混合照耀下显得猩红可笑。雷树问我有没有地方去，我问他奔哪里。他说要给一位朋友送行，自北京启程，一路到草原。

我问他，可不可以带我一程。

雷树说："没问题。不过你得告诉我，你小子除了骑摩托和招惹女人，还会干什么？"

064.

上车以前，他从车后座拿出一个瓷罐。罐子上画着一位侧身有翅膀的裸女剪影，裸女头顶有一圈小小的光环。裸女剪影下面写着英文名字，再往下有一串奇怪的编号。他双手捧住瓷罐说，要送行的朋友，就在这里面。

"他毕生都想到蒙古草原看看，所以我要把骨灰撒在草原上。"雷树说，"你的任务就是拼尽全力，保护好这个瓷罐。"

我说："难道还有人会来抢？"

雷树哼了一声，"他们非要把他丢在烈士陵园里。典型的城市花园。人工喷泉。假草地。涂着油漆的双人长椅。白天男男女女谈情说爱，小孩子牵着狗到处溜达。晚上流浪汉在那里过夜。"他拿出一件旧皮夹克，将瓷罐牢牢裹住塞在车座底下，说，"我不允许。"

前两天刚下完雨，北京到草原的路泥泞不堪。雷树走了一条偏僻的小路，吉普车在盘山公路上来回颠簸，车里播放着五十年代的蓝调。他开车的时候，要么不停唠叨，要么一句不说，沉默许久。

他说话的时候，我给他卷烟。有好几次，坑洼的泥路搞得我们俩屁股都离了车座。结果手里的烟丝撒得到处都是。雷树骂我是废物。我说，你干吗不挑一条好走的路。

他说，你干吗不睡一个省心的妞。

天色渐晚，路况越来越糟，蒙蒙细雨在窗外飘落。吉普车忍受着极大的痛苦，在颠簸泥泞中奋勇前驱。没有柏油路，就连土路也没有，车轨碾轧在草地、碎石和泥潭里，每前进一公里车轮都要空转数次。有时候，我们不得不下车搬开石块，或将大小不一的石块按个头码放在车轮前充当缓坡。强光灯时而照亮夜空，时而聚向低洼的泥沼。有些泥坑深得可怕，就像遭受过空袭，被炸弹洗礼一样，稍不留神，就会翻进那些大坑。我坐在副驾驶的位置上，浑身僵硬，拼命拽住车顶棚的安全拉手，心脏悬到嗓子眼儿。

安全带像精神病院的束身衣般勒住我。

雷树拉动挡杆，启动四驱模式，引擎与车轮咆哮嘶吼。他将音乐声调高，瞪着挡风玻璃外的荒野，嘴角扬起诡异而得意的笑，好像这一切是在故意折磨自己的血肉之躯，竭力反抗虚空中并不存在的幽灵。吉普车内闷热阴暗，黑人的蓝调悠扬而苦楚，如同死人从坟墓里探出身子，对着惨白的月光号叫。

他开始说话了，夹杂着讽刺、怨恨与绝望的口气，咒骂毫不相关人和事，然后立刻否定自己，说他不该如此偏激执拗，应该善待这世界，宽容看待拥有不同选择的人群。

雷树的胳膊上有一排香烟烧过的疤痕。

"在美国加州有很多摩托俱乐部，"他说，"绝大多数都是退伍军人建立的，有极其严格的入会准则。你要么受到邀请成为游侠，要么在一处堂口当杂役干苦力，跑腿、开车、打扫厕所，收拾残骸和呕吐物，每天睡两个小时，受尽辱骂和殴打。和那里相比，军营简直是温柔乡。

"你每天有两个选择，要么死，要么继续下去。你躺在床上除了侥幸今天没有死掉以外，脑袋里没有任何念头，你起床的时候唯一的希望就是活下去。

"这样熬上两三年，直到你浑身上下没有一块肥肉，骨头硬得像老虎的脑袋，屁股像雕刻的木头那样结实。健身房对你来说没有任何意义。"

更重要的是，从此以后没有东西能激怒你。你的意志就像反复锻打过的钢铁，绝不会弯曲。你彻底忘掉过去的自己，绝不向软弱妥协。你的口气斩钉截铁，哪怕身体被打垮，牙齿脱落在嘴里叮当乱响，眼珠被剜出半拉，说话也没有丝毫犹豫和唯唯诺诺。

你就此成为一只凶猛的猎犬，要么闭嘴趴在地上晒太阳，要么张嘴撕开敌人的喉咙。

"受邀成为游侠的只有白人，"他说，"其他族裔要想加入，唯有这项选择。"

雷树挽起右肩的短袖，鼓起的三角肌有一幅文身——带翅膀的骷髅头。

那是某个摩托俱乐部正式会员才能文在身上的东西。

"很多人退出俱乐部以后不敢露出这玩意儿，害怕招惹麻烦。警察会盯上你，普通人离你远远的。要我说，这是死过的象征，也是重生的烙印。"

065.

子夜时分，细雨渐歇，星光悬挂夜空，周围一片黑暗。

雷树和我在一片宽阔的草地扎营，冷空气让人格外清醒。

"去找树杈，我们要生火，熬过这一夜。"雷树说。他将车灯打开，以免走得太远找不到归路，随即朝相反的方向走去，很快遁入黑暗的旷野。我在吉普车附近游荡，随手捡起地上的树枝，动作僵硬，浑身瑟瑟发抖，一件足够御寒的衣服也没有。

"如果你老想着自己有多冷，你就会更冷，直到浑身动弹不得，像野狗一样僵死在这儿。"

雷树抱着一大捆树杈，说："抬头仰望群星，你就会发现自己有多渺小。"

他从后车厢里拿出帐篷和点火的工具。

"看看天上的繁星，知道古人为什么要发明星座吗？"

"占卜命运？"

"荒唐。"雷树边搭帐篷边说，"在远古，或许直到古希腊，部落的领袖命令长老和祭祀永久记录他们身边发生的事情。长老和祭祀发现，无论是山洞的岩壁，还是兽皮和龟甲都难以长久保存下来。部落随时会迁徙，带不走岩石上的壁画，兽皮和龟甲往往在部族间的战争中损毁或遗弃，没有什么能永久保留。"

"除了漫天繁星。"

"于是，长老和祭祀将部落的事迹编织为一个又一个故事，永恒不灭的星空成为画板，一代又一代，一代又一代，这些故事被不断夸张，不断歪曲，直到化为神话。就算部落的男女老幼被杀掉大半，书籍焚毁文明消亡，子孙后代只要抬头仰望群星，诸神的荣耀、祖先的伟业和英雄的史诗仍然历历在目。这才是星座存在的意义。"

我抬头凝望星空，仿佛瞬间随之化去。身体内部有东西在膨胀发热，一幅幅画面在脑海中乍现。

雷树搭起圆锥状的帐篷。帐篷的外围画着野牛和麋鹿，这样的

飞行员夹克

东西我只在电影里见过。他从吉普车里拿出那件包裹在瓷罐上的皮夹克，叫我穿上。

我这才注意到，这件皮夹克有些不同寻常。

雷树升起篝火，从车里拿出一瓶伏特加，喝下一口递给我，"这是济世良药。"他说。

皮夹克的内衬绣着一面美国国旗，国旗下方有八面小国旗，各国国旗旁边是该国语言的文字，繁体中文那段已经磨得所剩无几，我只好通过英文大概了解所写的内容。

"在阿拉帕霍人的传说中，风雨雷电都是雷鸟的杰作。这种生物振翅高飞，就会引发雷鸣，翕张双目，就能激起万道闪电。"雷树说。

皮夹克的内衬上写着：我是美国人，不懂这里的语言，避难到此。请为我提供干净的食物、饮水、住处和必需的药品。对于您的帮助，美国政府会对您表示感谢。

"你打过猎吗？"雷树说，"当狮子或棕熊距离你不到一百米，才是考验一个人勇气的时候。"

皮夹克的左胸有一处弹孔。

我问："这是谁的衣服。"

伏特加已经被喝掉半瓶。他那双布满血丝的眼睛直盯着我。火光将他的轮廓照得分明。

他安静片刻，然后继续鬼扯那些印第安人的传说。

"衣服的主人是不是瓷罐里的那位？"

他继续喝酒，自说自话。

"这人是不是因你而死？"我问。

他始终不肯和我谈这件事，以至于我相信，他跟任何人都没有谈过。很久以后，他不得不告诉我真相。考虑到那时候我们的处境，我有理由相信，他说的是实话。雷树显然在大战期间与一位有印第安血统的战士结下生死之交。在这件事发生以后，雷树身负愧疚和懊恼，申请加入一家摩托俱乐部，以非人的待遇折磨自己，企图忘掉这一切，而那位牺牲的战士再也没能回到故土。

"他有棕色的皮肤，大伙搞不清楚他的出身，一直管他叫印第安人。他不停地解释，自己是阿拉帕霍部落的族裔，名字翻译过来是燃烧彩虹。他长了一张古怪的脸，笑起来的时候比野驴还难看，但他很喜欢笑。这家伙精力充沛，那时候缅甸的局势并不妙，我们的飞机数量远远少于对方，大伙时常累得筋疲力尽，即便如此，他也总是生龙活虎。

"燃烧彩虹喜欢和我待在一起，最开始仅仅是因为我能记住他的名字。他比我矮一头，肌肉也不算发达，可浑身有的是劲，队里最高大威猛的白人也没法在摔跤比赛里占得他的便宜，其余的往往刚一上场就被他的眼神唬住了。

"他不太喜欢跟中队里的其他人讲话，我问他，是否觉得自己遭到排斥。他笑着说没有，说他在入伍以前，叔叔曾经告诫他，在没必要说话的时候，要学会做一匹安静的小马驹。有一回，他拿着一本中文书，兴奋地和我说，如果有机会，他想去蒙古的草原上看看，说那里很像自己的故乡。他脸上堆满笑，说，但是我得先回去，有一位阿拉帕霍的姑娘正等着我和她结婚呢。

"那时候战事紧张，我们几乎每天都要飞两三次。他的飞机画满印第安的图腾，声称敌人看到这些东西，会瞬间丧失勇气。当时谁也不信这一套，但是我们渐渐发现，他在空中总是一往无前，毫无畏惧，敌机的子弹穿过机舱，沿着他肩膀上方滑过去，就是无法击中他。即使是敌人最凶猛的时候，对峙到他的飞机，也好像失魂落魄似的，要么畏缩不前，要么彻底丧失方向感。后来，队里的每个人几乎都请他在他们的飞机上画一些印第安符号。他给我画的是一只展翅的鸟，像X一样的形状。他说，在阿拉帕霍的传说中，这种生物掌管风雨雷电。

"……直到事情发生的那一天。我们接到任务，进行空中侦察。由于前两天刚有一场大战，队里每个人都击落了不下五架敌方战机，搞得他们狼狈不堪。本以为这些畜生能消停几天，没想到他们还有胆量反扑。几架零式战机突然出现在我们周围，还没闹清楚是怎么回事，就已经干起来了。我朝其中一架俯冲过去，把子弹统统打出去，却被另外几架从背后盯上了。

"我们的飞机虽然防御性好，但是速度不及零式。我当时非常害怕，脑子里除了想甩脱对方没有其他任何念头，教官的训诫早就抛到九霄云外。就在这时，燃烧彩虹与我迎面擦过，如同一道闪电向零式战机猛冲过去。我不敢回头，竭力躲得远远的。那几架零式的阵势瞬间被打散，灰溜溜地逃走了。燃烧彩虹再一次证明自己的凶悍勇猛。

"直到我们回到阵地，我才发现他的飞机被打得遍体鳞伤。他们把他抬出机舱，让他平躺着。

"他们击中了他的胸口，那么多敌机朝他同时开火，只有一发子弹击中了他。我顿时傻了，嘴里不停地念叨怎么会这样，怎么会这样……可能当时我们有点迷信，燃烧彩虹是决不会死的。

"他脸色惨白，神情古怪地看着我说：'你一直冲我念叨想有个印第安名字。'

"我语无伦次，一股酸劲儿从鼻腔直冲眼眶，心里有个声音说：

是我害了他。

"他说：'我早就想好了，你的印第安名字就叫雷鸣之树。'

"我拼命点头，不知道该说什么。

"他突然挺直身子，坐了起来，冲我说：'有机会一定到中国的草原上看看，不过我得先回去结婚。'说完就死了。连他自己都想不到自己会死在这里。"

雷树告诉我，后来他去了美国。燃烧彩虹的故乡已经建起城镇，牧场早就被工厂替代了。

066.

次日清晨，我们上路。晨露在草丛中泛出微光。我敢打赌，我在树丛后面看见一辆黑色奔驰。

雷树说，你要么是被害妄想症，要么心里还想着那小妞，也许你是真心爱她。

胡扯，我说。

所以你才会落荒而逃，而不是反戈一击。

胡扯，我说。

挫败感和愤怒占据你的身体，让你恐慌，无地自容。

别说了。

老话说得好，人们会杀死他爱的东西，反过来也一样。如果那对雌雄大盗真的追上来，你是否有胆子直面他们，或是在战栗中被打得满地找牙？

他问我身上有没有伤疤。

吉普车里播放着披头士早期的音乐，欢快得令人生厌。

飞行员夹克

雷树和我终于抵达草原。他穿上飞行员夹克，手捧瓷罐伫立在一片高地中央。阳光洒满草原，为他的轮廓镶嵌一层金边。飞行员夹克的胸口有一处烧焦的黑色窟窿。

我坐在吉普车顶上，望着他跳起奇怪的舞蹈，嘴里念念有词。

雷树面朝东南西北各唱了几句，然后脱掉上衣，赤着膊做出各种古怪离奇的姿势。风吹得更烈了，就连远处的牛羊也抬起头，望着这个奇怪的陌生人。他伸手探进瓷罐，抓出一把骨灰，随风洒出去。如此反复，直到瓷罐空空如也。很久以后我偶然得知，雷树的舞步被称为沃沃卡，也就是广为人知的鬼舞，用来召唤死去的亡魂。然而我确信，雷树不相信神魔鬼怪那一套。

仪式完成，他手握空瓷罐，披上飞行员夹克，朝吉普车缓缓走过来，似乎疲惫不堪。

突然，一辆黑色奔驰出现在我们的视野中。

从黑色奔驰里钻出来两个男人，穿着西装站在我们面前。

"还说我有被害妄想症？"我看着雷树。他面容疲倦，仍然强打精神。

"这两位煞星，"他说，"他们是来找我的。"

"请跟我们走，不要再做无谓的抵抗。"其中一人说。

"我是个逃犯。"

雷树看着我，说："我从他们手里盗来一样东西，让人们以自由意志做出选择。"

两个男人沉默不语，无意和雷树争辩。

我不明白："他们是特务？你会被怎么样？"

雷树哈哈大笑："我的罪过前无古人后无来者，大概会被处以极刑吧。"

两个男人双手交叉在身前，没有要动手的意思。我冲雷树使个眼色。

"我知道你在想什么，"雷树看着我，"没戏。在他们眼里，你连蝼蚁都算不上。"

"小子，好自为之吧。"他咧着嘴笑了笑。

话音未落，嘈杂的金属乐灌入所有人的耳朵，远处尘土飞扬，一辆白色敞篷轿车疾驰过来。小楠站在车里眉开眼笑，扭动着腰肢笑道："小陆，原来你在这里！这么多人好热闹啊！"

坐在驾驶位上的年轻人戴着墨镜，抬起锃亮的油头，正是她那位身价过亿的老公。

雷树和我面面相觑，没想到雌雄大盗竟会在这时候粉墨登场。

小楠盈盈一跃，跳出轿车，两步蹿到我身边，像猫一样来回蹭我。她老公关掉音乐，摘下墨镜，摆出夸张扭曲的表情："哇！这么多人，闷了这么多天，终于有得玩了！"

两个男人像雕塑一样伫立在雷树面前。

"你们在偷偷搞户外派对吗？哈哈哈，这样可不对。小楠，快给我介绍一下，这都是谁。"

小楠冲他伸伸舌头："去死吧你！废物！我怎么知道这些都是谁，我只爱跟小陆玩儿。"

他也不生气，嘿嘿干笑着，走到两个男人面前。

"你的西装好奇怪！我从没见过这种款式，让我瞧瞧。"说着伸手去摸。

飞行员夹克

咔嚓。

男人瞬间扭断了他的脖子，手法干净利落，没有任何预兆。小楠的老公瞪大眼睛，软倒在地上，像拆掉线的木偶。垃圾。废物。我终于明白，为什么雷树说没戏，为什么他说，在他们眼里我连蝼蚁都算不上。

你胸腔里有一股热潮，一只蠕动的怪物顺着咽喉爬上来。你置身于腐烂的鲸鱼尸体里，腥风在你脸上狂搅，大脑发出报警信号，嗡嗡地战栗。

小楠歇斯底里地尖叫着，她哭号，唾骂，说着自己都听不懂的疯言疯语。

男人皱了一下眉，趋步上前。

他扭断小楠老公的脖子只用了一秒钟。

他距离小楠还剩两步远。

我使出浑身力气扑过去。好像他是一块巨大的磁铁，吸引我撞上去。

雷树轻叹。空瓷罐划过烈风，砸在另外一人的脑袋上，顿时粉碎。

雷树抓小鸡般将小楠扔进车里，转身一拳挥出。

那人用了不到五秒钟就把我牢牢按在地上。两条胳膊向后扳，脸埋在泥土里，浑身的骨头在惨叫。"请跟我们走，不要做无谓的抵抗。"他说，"不然我立刻掰碎这位小朋友。"

好像我是他手里的一块曲奇饼干。

咔嚓声在脑袋里回荡。

"好好好，"雷树退后两步，"我跟你们走，放开他。这小子什么都不知道。"

那人抬起手，碾轧在身上的剧痛消失了。我这才意识到，他完全靠双手的力量按住我，不是手肘，也不是膝盖。

"慢着！"另外一人说，"临走前，你必须烧掉所有邀请函。"

"好好好，"雷树说，"我到车里拿。"

那人的手搭在我肩上，此刻我毫不怀疑，他能瞬间捏碎我的骨头。

我希望雷树在吉普车里藏了武器。我希望小楠没有哭晕过去，或彻底疯掉。

吉普车里，小楠的哭声渐歇，我不知道雷树跟她说了什么。

过了好久，雷树钻出吉普车，怀里揣着厚厚一沓信封。他掏出打火机，点燃，扔在地上。幽绿的火光霎时冲天而起。

"现在，你过来。"

"安全局的人都这么没自信？"雷树嘿嘿笑着，"我得拿一瓶酒上路。"

两个男人对视一眼，点点头。按在我肩上的手并没有放松警惕。

不知何时，小楠已经坐到驾驶座上。雷树从车里拿出昨晚喝剩的半瓶伏特加，脱下飞行员夹克，大摇大摆地走过来。他距离两个男人不到一米的时候，按在我肩头的手松开了。

雷树将飞行员夹克扔给我，说，里面有你需要的东西，然后猛地推开我。我没想到他有这么大的力气，连翻两个跟斗坐在地上。

你把酒瓶烧热，浸在冷水里反复几次，再厚实的酒瓶也变成易碎品。而高纯度的伏特加，哪怕只是几滴，撞上明火，就能化为火海。

安全局的人突然意识到什么。

飞行员夹克

雷树的指关节攥得发白。

酒瓶砸落的瞬间，幽绿的火焰腾空而起，张牙舞爪，仿佛有了生命。

小楠拼命把我拽上车，然后猛踩油门，绝尘而去。

雷树消失在熊熊火海中。

小楠瞪着挡风玻璃前的旷野，脸上仍挂着泪痕。

"他对你说什么了？"我喊道，"他有办法逃走，是不是？"

小楠冷着脸说，你永远也不会知道。

闪电划亮天空，烈风吹拂灰烬，耳畔响起滚滚雷鸣，雨滴溅落在草地上。在阿拉帕霍的传说中，这是雷鸟振翅高飞，翕张双目。

飞行员夹克的内衬里，藏着一份邀请函，还有一张字条，上面写着：

每个人一生中都有一次时间旅行的机会，只要你拿到时间尽头的酒店邀请函。

两天后，我依照邀请函上的地址，找到造纸街16号，推开锈迹斑驳的铁门。大堂里站着一位漂亮女人，身穿白色蝴蝶纹的连衣裙，脚下踩着高跟鞋，胸前还挂着一枚闪闪发光的吊坠。她朝我走过来，嘴角露出微笑："欢迎来到时间尽头的酒店。我是酒店经理，阿曼达。"

爵 士 沉 迷

——所有惯用右脑思维的人，统统自命不凡，以自我为中心。

067.

你一定有这样的经历：喜欢一样东西，却对这行的从业人员敬而远之。

如果你看过前面的故事，一定知道我认识不少摇滚乐手。没错，他们只是其中的一小部分。可笑的是，我一度以为这是摇滚乐的阴暗面，而爵士乐手能好一点。事实是，他们的负面都被摇滚乐手掩盖了。别怪我这样说。我和你一样，喜欢书店和咖啡馆里混合着小资情调的爵士乐，播放器里藏着几份爵士歌单，在慵懒的早晨和独处的深夜享受几分忙里偷闲的时光，却对爵士乐本身一知半解，甚至一窍不通。

我看的第一场爵士演出，就是被一位爵士乐手毁了。

文赐是酒店的旅客，那场演出就是他邀请我去看的。这人号称国内首屈一指的爵士乐手，自美国归来。准确地说，自纽约归来，那地

爵士沉迷

方是爵士乐的代名词，令全世界最好的爵士演奏者趋之若鹜。可能是竞争太过激烈，也可能是其他原因，他回到北京，立刻成为中国爵士界一颗耀眼的新星。据说，美国最顶尖的爵士厂牌Blue Note已经打算和他签约。

"音乐人、作家、艺术家，所有惯用右脑思维的人，统统自命不凡，以自我为中心，"他说，"有才能的人历来独断专行，只有庸常才需要讨论磋商。为什么要向他们解释我所做的一切？"

初入酒店的时候，他穿一身西装，那张干净且不加修饰的脸，宽阔的下腭叫人过目不忘。他眼神深邃，瞳孔呈墨水般的深蓝色，我怀疑他是混血儿，不过他严肃地否认了这一点。拿出邀请函，我看见名字那栏写着中英双语，中文填的是文赐，英文名翻译过来叫纳撒尼尔，意思是上帝的礼物。

"这份邀请函是你自己填写的？"

"当然是给我那人写的。他说有这东西，我就有时间旅行的机会。"

"你什么时候见到他的？"

"两个月以前，"他说，"你不是应该问我想去什么时间吗？"

"抱歉，他长什么样子？"

"四十多岁，身子挺结实，脸像揉皱的旧皮革。"他说，"这是你们的事，别耽误我的时间。"

我说："酒店游离在时间之外，你不会耽误一分一秒。"

他开始上下打量酒店的陈设："如果不耗费时间，这里倒是不错的地方。我能带乐手过来吗？"

"没收到邀请函的人进不了这里……"

"好吧，随便了。"他整理一下衣服，说，"我想前往的时间是五十年代。我要见迈尔斯·戴维斯[1]和查特·贝克[2]，让他们听听我写的曲子。"边说边比画手里的小号。

他盯着我看了片刻，似乎任何人听到这句话都会大声尖叫，或是索要签名。

"什么时候启程？"

"几个月以后，"他探过身子靠向前台，"嘿，你听爵士乐吗？我说的不是星巴克里的那些破烂，也不是打着爵士幌子的流行歌手。"

我抬眼看他，说："大鸟[3]算是破烂，或流行歌手吗？"

他露出笑容，直率而爽朗，甚至有一分调皮。"你今晚应该来看我的演出。"说着顺手从口袋里掏出一支签字笔，从前台随意抽了张白纸，写下时间、地点，然后转身要走。

"等等！"我叫住他，"给你邀请函那人，后来你还见过他吗？"

他背对着我，说："去看我的演出。演出结束没准我能想起点什么。"

068.

我就是这样收到邀请的。那是我第一次看爵士演出，可能也是最后一次。演出场地位于北京东城的一条胡同里，距离后海不远。酒吧

---

1 迈尔斯·戴维斯（Miles Davis，1926—1991），融合爵士大师，素有"黑暗王子"之称。

2 查特·贝克（Chet Baker，1929—1988），是一位出色的冷爵士小号演奏家，同时也是一位优秀的爵士歌手。

3 这里查理·帕克（Charles Christopher Parker，1920-1955年），出生于美国堪萨斯市，中音萨克斯演奏家。

爵士沉迷

门口矗立着两头石狮，旁边有一棵柳树。我和阿曼达登上二层小楼，发现来看演出的人不少，但是前排都空着。我们很容易找到座位，环视四周，周围漂亮姑娘不少。舞台上摆放着音箱、钢琴和爵士鼓，背墙悬挂一幅海报，上面是文赐和四位乐手的合照。照片里他手握小号，直挺挺地站在中间，一束光线自头顶垂下，整张脸阴郁而冷峻。合照正下方写着：文赐五重奏。

阿曼达坐在我对面，问我为什么突然要看一场爵士演出："不会只是想约我出来吧？"

她冲我眨眨眼睛，露出神秘的微笑。

没什么能瞒得住她。

"你还记得雷树吗？就是给我邀请函的人。"

"怎么想起他来了？这都两年过去了。"

"文赐的邀请函是两个月以前拿到的，上面是雷树的笔迹。我问文赐那人的长相，跟雷树完全相符。他没死。"

"这么说，你是来打听清楚雷树的事情？"她面露愠色，说，"那干吗叫我一起出来。"

服务生在我和阿曼达中间放下一支点燃的蜡烛。

我端起酒杯："这半年酒店里就你一人，辛苦了。"

阿曼达抽出手，扭脸朝别处张望，没过多久，扑哧一笑，嘴里嘟囔：傻子。

文赐站在聚光灯中央，像一颗划破夜空的流星。他指尖捻动活塞，气流穿过管体滑出号嘴，孕育成有生命的音符。那些音符拂过摇曳的烛光，像是流入耳朵里的威士忌。而他既像辛勤的劳工，也像专注的造物主，既不做作，也不卖弄技巧。你可以用低沉、冷酷、忧郁、浪漫和慵懒这些字眼形容他，可是没有一个完全准确。

当他吹起小号时，所有人都沦为配角。

演出之前，文赐独自坐在吧台。酒保将酒杯摆在他面前，倒入一指节深的威士忌，然后抬眼看他。文赐晃动手指，意思是继续。两指节。继续。直到威士忌杯倒满一半，他突然展开手掌，向酒保道谢，端起酒杯，一口灌进喉咙。

酒吧里的人像是一群雕塑，都忘记去拿桌上的酒。而文赐好像是木头人游戏的主人，只有当他停下来，游戏才宣告结束。他的独奏有时盛气凌人，有时黑暗压抑，如果你天生敏感，也许还能听出另一重秘境。它隐藏得很深，稍纵即逝，令人难以察觉。

文赐放下手里的小号，掌声雷动。他累得几乎虚脱，退后一步靠住墙面，不断舔舐嘴唇。接替他的是萨克斯手，尽管不如他，但那位老兄的演奏也算得上精彩。

文赐悄悄走下舞台，冲酒保要了一瓶啤酒。大伙都以为他累坏了。

而他把酒瓶扔向了萨克斯手。

酒瓶旋转着飞向舞台，碎得满地都是玻璃碴儿，血和啤酒四处飞溅。萨克斯手戳在地上，发出痛苦的哀号。悬挂在墙上的海报，位于正中央那张文赐的脸，被血和酒渍染得一塌糊涂。我终于知道为什么没有人抢着坐在前排了。

他说："女士们、先生们，今晚的演出到此结束。"

069.

接下来两周，文赐都住在酒店里。被酒瓶砸中的乐手，因为手部受伤，要找他讨个说法。这样的事不是第一次发生，只是以前没有那么严重。爵士乐手的圈子本来就小，专供爵士乐演出的酒吧更是寥寥无几，这件事以后，北京再也没有场地愿意接受他的演出。

我问他为什么要那样做。他说，与其眼看着一场失败的演出，不如亲手毁掉它。

我说，观众听不出来。

"我能听出来。"他说，"那对我是一种折磨。我不能忍受被拖后腿。"

不好意思，这里不接受爵士演出。对不起，庙小容不下您这尊佛。抱歉，我们已经改为民谣酒吧。这是文赐打电话过去得到的回复。乐手的问题可以用钱解决，演出场地可没那么简单。

"民谣酒吧？他们为挣钱真是什么都干得出来。"他不停地抽烟，眼睛布满血丝，声称自己遭到背叛，然而这些都不重要，"无所谓。还有更重要的事情等着我去做。"

我不需要这些连我都不如的废柴，他说。

他拿着小号和几十张黑胶唱片来到酒店，叫我们为他准备一间隔音好的房间。阿曼达干脆把地下餐厅旁边的库房腾出来，找出以前旅客留在这里的唱片机。

文赐说，他要写一首全新的作品，献给迈尔斯·戴维斯和查特·贝克。他说，自己不能用以往的东西糊弄他们，那些陈词滥调，如今连自己这关都过不了。

从那以后，他就把自己关在库房里，就算走出来透口气，小号也不离手。他的胡碴一天比一天长，头发油腻，乱得像鸟窝，浑身都是烟味和汗味，好像一辈子都没洗过澡。还有他那对充血的眼睛，红得可怕，真不知道他有多久没好好睡一觉了。

侥幸的是，文赐没有找别的旅客麻烦。他吹奏的时候，即使随意即兴一段，也足以沁人心脾。

阿曼达说，我曾经见过不少天才，最终都毁在自己手里。

而我隐隐有一种感觉，他像是一颗燃烧的流星，浑身散发着不可思议的能量，以致命的速度向神秘而不可知的地方俯冲。

有一天夜里，我抽完烟回到酒店大堂，发现文赐独自坐在吧台前喝酒。当然，身旁摆着他的小号。我走到他对面，起开一瓶啤酒。

"你从什么时候开始吹小号的？"

"十二岁。"谈起他自己的事情，文赐的语气倒是温和许多，"第一把小号是音乐老师送我的生日礼物。他觉得我有天赋。"

"我还以为你出身音乐世家。"

"我父母都是律师，在美国做过很多企业纠纷的大案子，两个人忙得昏天黑地，根本顾不上我。小时候，我跟着他们从底特律搬到芝加哥再搬到纽约，从布鲁克林搬到曼哈顿，记不清楚转过多少次学。"他沉默片刻，说："你小时候相信圣诞老人吗？"

我从没想过这样的问题。

"噢，我忘了。美国的小孩子都是过圣诞节的，可我们家从没有过。你知道我的圣诞礼物是什么吗？零花钱。同校的白人孩子零花钱都没有我多。但是，无论家里多穷的孩子都有圣诞礼物，真真正正的圣诞礼物。我从来没有过。

"后来我遇上那位音乐老师，就是送我小号那位。他不光送我那把小号，还借给我一大堆唱片，告诉我什么是爵士乐。他当过迈尔斯·戴维斯的乐手，不过时间很短暂。据他说，是自己搞砸了。

"我从小就没什么朋友，也没打算交什么朋友，所以一心一意把精力放在音乐上。我父母开始极力反对，他们觉得律师、券商或股票经纪人才是挣美元的最佳选择。可是当我获得成绩，拿了几项小奖，

爵士沉迷

立刻就变成他们炫耀的资本。无论是下属、上级，甚至是客户，但凡家里来了人，他们都得让我拿出小号即兴演奏一段。那些狗屁不懂的外行夸奖我，不过是恭维他们而已。说起来真是讽刺，如果没有那些人，他俩也不会供我上音乐学院。"

"我不在乎任何比我弱的人的意见。"他说，"但是回到中国，我发现越是年纪大的废柴越喜欢提意见。倚老卖老，话是这样讲的吧？"

我问他，既然纽约强手如云，为什么不留在那里。

"纽约的确是爵士乐的圣地，也有比我强的人。但是，"他说，"我还没发现有人能强到令我绝对信服。太多的干扰只能让人迷失方向。不如回到中国，按我自己的想法做。"

"所以，你想见迈尔斯·戴维斯和查特·贝克？"

"是的。我最新写的东西就要完成了，只想听听他们的意见。"

"之后要回美国？"

"肯定。但是我不想回到纽约，打算离我父母和他们那帮搞金融的远点儿。"

"等等，"我说，"你刚说你父母都是律师。"

"我没说过。"他说。

"你说了，我听见了。"

"我没说。"他露出极不自然的表情，"就是因为他们的工作，我小时候才跟着他们从旧金山搬到纽约……"

到后来，我只是点点头。

"你呢？"他见我没什么兴趣，问道，"给我邀请函的人和你有什么关系？"

我刚说了半句，他立刻插嘴道："算了，我不感兴趣。"

文赐伸手搓搓脸，深呼吸，又开始胡言乱语。他拿起小号摩挲，放下，再拿起，不断重复这样的动作，好像那玩意儿失去余温就会散架。我问他为什么要这样。

"这是我的生命，"他说，"只有拿起它的时候，我才真正感受到自己的存在。"

"不能再拖延下去了，明天就启程。"最后他说。

070.

文赐无意编织谎言，但他嘴里吐出的一切都不真实。

临走那天，他洗了澡，刮干净胡须，头发涂抹上一层厚厚的发蜡，换上一身纯黑的套装，一双皮鞋擦得反光，手里攥着小号和一沓曲谱，假装出自信的模样，但难以掩饰眼睛里的焦虑。我和阿曼达目送他出门，谁也没问，如果失败归来该怎么办。阿曼达说，如果他因为两个老古董的说辞就放弃了，说明这人不过如此。大鸟在舞台上不知被人羞辱过多少次，查特·贝克可是连牙都被敲掉了。

三天后，文赐回到时间尽头的酒店，失魂落魄，手里攥着一张黑胶唱片。

我递给他一杯酒。

他脸色苍白，整个人仿佛失去了重量，接过酒的时候，手指颤巍巍的。

他说自己被耍了。

我不知道是真是假。他说自己先找到迈尔斯·戴维斯，向对方表明来意并呈上曲谱。迈尔斯却喝着利口酒哈哈大笑，说："你一定是在逗我。"

爵士沉迷

周围所有的黑人和白人，乐手、经纪人和姑娘一齐笑起来。迈尔斯说："你以为你在干什么，模仿一种被称作爵士的把戏？还是单纯地想找个干爹？如果你真想搞点什么，起码该拿出态度来。"

文赐明白他的意思。音乐才是与他沟通的语言，小号和曲谱应该替自己说出所有的话。

于是他拿出小号，巴拉巴拉吹奏起来。

可是，迈尔斯根本没听。他一直在跟猫一样蜷缩在怀里的白人小妞调情，俩人耳鬓厮磨，窃窃私语，甚至偷笑出声。尽管在场的其他人不再嘲笑他，可是迈尔斯根本没听。演奏完毕，他问："孩子，你是什么星座？"

文赐没反应过来，完全不知道该说什么。

迈尔斯站起身走到文赐面前，说："听着孩子，我不知道你想搞些什么，这也许是爵士，也许什么都不是，我不在乎。你想听听我的意见吗？我的意见就是，你赶紧他妈的滚回东方去，这不是你们的游戏。"

可怜的文赐，尴尬地伫立在那里，不知道自己的偶像究竟是在羞辱他，还是要考验他。

你找同行的音乐家评判你的作品，他们还能说什么？如果你的东西太烂，他们恨不得把酒瓶扔在你脸上；如果你的东西足够好，那你就是他们的竞争对手。更多的情况是，他们根本不在乎。

谁规定大师一定要有好脾气。

所有惯用右脑思维的人，统统自命不凡，以自我为中心。

我不知道是真是假。他找到查特·贝克，这位被誉为"伟大的白人希望"的爵士明星正在作贱自己的躯体，往胳膊上注射凶猛的一剂。他觉得文赐非常有意思，要他即兴演奏一段。

"即兴是爵士的灵魂，"查特缓缓摇头，身体好像不受控制，"如果你做不到。"

于是他拿出小号，巴拉巴拉吹奏起来。

"你要学会，"查特轻轻说，"把美妙的风景当空气吸进胸膛，把胸中的痛苦当空气呼出去。"

"我没什么能教你的。"他说，"但是，我能让你看到更美妙的风景。"

查特·贝克递给他一粒药丸。他从房间角落的铁皮柜子里抽出一张黑胶唱片，递给文赐，"它能告诉你那些我讲不出来的。"说完，发出一阵阵讪笑，"要是你总拘泥于条条框框，那还挺悲哀的。"

文赐再问他什么，他却无论如何也不肯说了，不停地呢喃着要带两个小妞去海滩逛逛。

我看见这一代最杰出的头脑毁于疯狂，艾伦·金斯伯格如是说。

我不知道是真是假。文赐说，他出门就把药丸扔掉了。

但是他平时爱不释手的小号，还有那些曲谱，也消失了。

他回来的时候，眼睛里还有一丝血红，瞳孔比平时要大。

文赐冲进地下餐厅旁的库房，一路跌跌撞撞，还摔了一跤。他顾不得那么多，爬起来钻进房间，把黑胶唱片装进唱片机，解锁唱臂，小心翼翼地将唱针移动到唱片上。

那并不是一张录音室专辑，而是某处现场录音。乐器的声响粗糙生硬，夹杂着碰杯声、说话声、大笑声，甚至汽车喇叭声，干扰的噪声有时候超过音乐本身，可是小号和萨克斯的演奏始终没有被淹没。它像是从遥远的地方传来，轻柔地滑进耳朵。

那可能是查特·贝克第一次现场演出的录音。

我和阿曼达靠在门前，听不懂这其中的含义。

爵士沉迷

文赐舒展眉头，咧开嘴笑起来。"我想我该走了。"他说。

他昂首阔步走向大堂，临走前突然想起什么，转过身冲我说："抱歉，给我邀请函的那人，我真不知道他的去向。等我回美国，再帮你打听打听吧。"

我点点头，注视着他的背影消失在大门的另一边。

他终于回到了现实。

文赐走后，阿曼达问我是否决心要找到雷树的下落，"我有位朋友，也许能帮你。"她说。

"就算他还活着，也有可能身处任何时代。"

"当然不能用寻常手段。"她故作神秘，"见到她你就知道了。"

| 第15话 |

愤 怒 的 安 妮

——舆论是瞎眼的猎狗，你扔给它一根骨头，
它就能为你咬死任何人。

071.

"安妮既有读心的力量，也能用塔罗牌占卜。"

我和阿曼达穿过棕榈树和喷泉，绕过人工湖，前往安妮的住处。她和阿曼达的交情可以追溯到十年前。上次我来到这里，就是受阿曼达委托，用酒店的邀请函换取她的万能口红。

安妮有心灵遥感的力量，可以读懂旁人内心的波动，相比刻苦修炼，美食和肥皂剧更吸引她。

美食才是治愈一切的魔法，这是她的口头禅。

安妮的名片上写着：情感咨询师，比你更懂你心中所想。

把找人这事寄托在塔罗牌上，最初我觉得荒谬至极。如果一堆纸片就能预知未来，找到穿梭时间的人，那面条岂不是能创造多元宇宙？一路上，我不停地调侃这主意有多荒唐可笑，然而阿曼达无意与我争辩，她揪着我的耳朵，直到我求饶为止。

愤怒的安妮

"你不需要相信那些事，"她说，"相信安妮就够了。她可不是你在情感论坛上随便找到的，为无知少女占卜情事，一小时报价两百块，附带推销一堆破石头的占卜师。"

"是啊我知道，她是时间旅行者，像吉卜赛人一样流浪，外号是不是叫上都夫人？"

"够了尹陆，这世界比你想象得复杂得多。"

阿曼达板着脸，似乎真生气了。

"我不是不相信你的好闺蜜，只是不相信那些纸片。"我一边向她解释，一边敲门。

没有回音。屋里一点声响也没有。

门把手附近有一处拇指大的图腾，我确信这是安妮的住处。

"不太对劲。如果她出去了，门口应该挂着告示牌。"

阿曼达拨通安妮的电话。屋里响起电话铃声。

"安妮，快开门，是我！"

我准备破门而入，忽然听见门锁转动的声音。

安妮穿着黑色的睡衣，光脚站在门后，眼睛里闪着泪光。她搂住阿曼达的脖子失声痛哭，喃喃说自己没做错什么，搞不清为什么会这样。阿曼达抚摸她的头，不停安慰，将她领进屋里。我跟在她俩身后，关上门，这才看见房间里的情景。

屋里一片昏暗。暮光冷冷地穿过窗帘的缝隙，照亮灰尘的阴影。地板上净是烟灰和撕开的零食袋。行李箱摊开扔在地上，里面胡乱堆着几件衣服，红木家具上也散落着衣服。电视被调到静音，屏幕上映着雪花。写字台摆满杂物，烟灰缸里堆满烟头，有些一口都没抽，整根烟烧到过滤嘴。电话线被拔掉，耷拉着垂向地面。几双高跟鞋和皮靴躺在鞋柜附近，好像迷失了方向。

安妮两眼深陷，黑眼圈刻在脸上，一头红发因为没有梳理而纠缠在一起，整个人看起来很邋遢。她光脚走进屋，浑身只穿件黑色蕾丝睡衣，像是失去光泽的甲虫外壳。

阿曼达悄悄告诉我，她曾经见过安妮这副模样。那时安妮不顾她的劝阻，执意前往猎巫时代，归来时狼狈不堪，一度深陷抑郁。时至今日，阿曼达也不敢问她的所见所闻。

那是最令她恐惧的时代，也是她再也不敢前往的时代。

安妮说，事情要追溯到两个月前。

072.

那天下午，没有人预约情感咨询，门铃却忽然响起。安妮站在门后，透过猫眼往外看。门口站着一位穿职业装的女士，她扶了扶深红色的眼镜，轻轻咳嗽一声："您好，我朋友说您是一位非常好的情感咨询师，推荐我向您求助。"

"抱歉，我不接受临时咨询，您可以先电话预约。"

职业装女士不肯离开。她说自己很难过，连连恳求，请安妮施以援手。安妮感到好奇，想知道她究竟想做什么，于是打开门。瞬间，她读懂了对方内心的波动——情感咨询不过是借口而已。

"就像传闻中一样，您观察能力非常强。"职业装女士说。

她的头发盘起来，梳得很高，又厚又黑，几缕卷发从额头侧面自然垂落。

"请进。"安妮说。

职业装女士的嘴唇很饱满。她端坐在红木座椅一角，涂着指甲油的手指紧扣，说话的时候指尖不自觉地抬起。她拿出一张硬邦邦的崭新名片，称自己是某公司的运营主管，目前负责为平台招募情感咨询师。因久闻安妮大名，希望她能入驻平台。

名片上写着：塞壬联盟，最权威的情感咨询平台。

"所有入驻的情感咨询师，都会经过我们的认证，"她说，"我们已经获得上亿投资，一年内要做到国内最大、最权威的情感咨询平台，帮助更多夫妻和情侣。入驻成为我们旗下的情感咨询师，不仅可以为您带来成倍的客流量和收入，也能为您打通各种渠道，构建个人品牌。"

职业装女士的脖子上挂着一串项链，吊坠是一枚古铜色的人面鸟身徽章。

"您也可以培养自己旗下的咨询师，建立工作室，与我们携手，帮助更多情侣走出困境。"她吐出事先准备的话术，声情并茂，抑扬顿挫。安妮甚至可以看到她对着镜子反复练习的画面。

安妮一直在赔笑，直到脸上肌肉僵硬，接过话说："抱歉，我不感兴趣。说起来不好意思，我这人比较懒，没什么雄心壮志，也不想培养别人。另外，我这些东西也不是什么人都能学会的……"

职业装女士仍然保持微笑，抬手扶一下眼镜，问："您之前没听说过塞壬联盟？"

"抱歉，没听说过。"

"有意思。"她嘴角慢慢翘起，令安妮很不自在。

"听说您还做一些神秘学占卜？"

"这与你们的领域无关吧。"

"暂时无关。"人面鸟身吊坠在她胸前轻轻抖动，最后她说，"任何时候改变主意，请给我打电话。另外，我劝您还是关注一下塞壬联盟。"

"我会的。"安妮关上门，转身把名片撕碎，扔进垃圾桶。

她的脑海里不断浮现那女人讨厌的腔调，还有胸前奇怪的吊坠。

她突然打了个冷战。

073.

随后一周什么事情也没发生。

转过周一，所有人都看见那篇报道。它被置于视频媒体的首页推送位上，新闻导读自动弹出。所有在地铁上看手机的人、到公司刚刚打开电脑的人、准备中午闲聊话题的人，都看见了那篇报道。

接受采访的是一位四十多岁的女士，她戴着足够遮住半张脸的墨镜，穿着深色的套装，配饰简单不失优雅。她说自己被某位情感咨询师狠宰了一把，对方得知她老公是某上市公司的总裁后，开始漫天要价，说不然就把他们夫妻不睦的消息散播出去。考虑到双方隐私和公司股价，她不得不妥协，直到最后，自己和老公的婚姻问题也没得到妥善解决。

她没有穿着奢侈的服饰，也没有佩戴昂贵的手表和项链。没人认出她的衣服是什么牌子。

镜头前，她呜呜地哭着，声泪俱下，不肯透露具体的数字。

她说公司已经濒临破产，夫妻俩为偿还债务，已经卖掉上海的私人房产。而那位情感咨询师给她开的价码，足够在重症监护病房待几个月，或雇用一位司机兼导游，环球旅游一圈。

这位总裁太太不断用纸巾擦拭脸上的眼泪，最后她说："我心甘情愿付出这些，只为挽救自己的婚姻。"

情绪到位。演技出色。伸张正义的时刻到了。

愤怒的安妮

两天内，话题飙升到热门话题排行榜榜首，远超明星绯闻、超级英雄电影和某位文豪大亨的死讯。

媒体语调一致，从不同角度曝光情感咨询行业的内幕，包括从业者良莠不齐、缺乏监管手段、收费不透明等问题。话题关注量过亿，数百万人跟帖评论，声称自己也有过类似经历，明知道对方狮子大开口，但是考虑到种种原因，不得不妥协。

安妮瞪大眼睛，看着手机屏幕，惊讶得说不出话来。

"她是我以前的客人。我了解她，那根本不是她说话的方式。"她告诉我们，总裁太太始终在背稿子，演技一流，"不用读心，只要找到一位懂得肢体语言的，就能观察出来，她说话的时候内心极度恐惧，显然遭到威胁，或被控制了。"

安妮看到新闻后立刻给她打电话，手机号码变为空号。

然后，有人取消预约。

然后，有人要求费用透明，像超市的猪肉一样明码标价。

周五，一份情感咨询的行业报告出炉，无数文化大咖、意见领袖争相转发。报告全面分析了情感咨询这一行的发展状态、从业者的分布和构成等，以数据做支撑，证明这一行缺乏有效监管，亟须第三方介入。每一页边角都有人面鸟身图腾做水印，报告末尾写着塞壬联盟。

安妮并没把这份报告当回事，她不知道，这场大戏才刚刚拉开帷幕。

"塞壬联盟是国内最权威的情感咨询平台。"职业装女士说。

所有异类都是潜在不安定因素。权威就是要把他们揪出来，告诉你边缘人物都是什么货色。如同学校里那些不跟在孩子王屁股后面的人，注定受到孤立和欺凌。

如今他们急需一位典型来杀鸡儆猴。

两周以后，安妮的客户大幅减少，他们在电话里吞吞吐吐，不肯说出原因。后来有人壮起胆子告诉安妮，某情感论坛流出一份清单：

A 女士，两年前接受情感咨询，见面后一周，孩子大病一场，随即失业。

B 先生，十四个月前成为客户，两周后遭遇车祸。

C 夫人，十个月前预约情感咨询，回家路上遭遇抢匪，被连捅数刀，肠子流了一地。

诸如此类，毫无因果逻辑的事件罗列在一起。发帖者匿名，没有任何结论，只是在末尾打上问号。那个壮起胆子的人说，这份清单已经在各个论坛里传遍了。所有人都知道，这些事情跟安妮没有丝毫关系，但是他们不愿意冒险。

不祥是最无解的负能量，足够把任何人吓跑。人们不希望和你吃顿饭以后，发现自己的男朋友劈腿；不希望和你聊上两小时，眼看股票一路飙绿。就算这他妈的跟你没有半毛钱关系。

所有解释不清的事都让人害怕。他们嘴上说不相信，但是内心不愿意冒险。

"那份名单上的人数，还不够我这两年客户量的十分之一。有人故意把他们堆在一起，整理成清单。"安妮说，"这家伙深谙人心。他知道，只要把这些事件叠在一起，它们之间自然就产生某种联系。而大多数人都会无端信奉，即使这些毫无逻辑可言。"

事情愈演愈烈，媒体已经转移注意力，网友仍然在爆料。有一位家庭主妇称，她老公有一阵子行踪莫测，晚上回家也不愿意进行性生活。她偷偷地翻老公钱包，发现里面有一张安妮的名片。还有人说，安妮只是坐在那里照本宣科，耍耍嘴皮子，甚至有时候动嘴也不愿意，直接让他去和老婆谈话，这钱也太好赚了。

爆料和咒骂的帖子源源不断，却无一例外被删除了。

无中生有的事情扯上阴谋论，往往变得更糟。

安妮决定写篇文章澄清一切，她忽然想起那位职业装女士，想起古铜色的人面鸟身徽章。直觉告诉她，这些人就是幕后的始作俑者。

于是，她在网上搜索塞壬联盟。

网站的格局和一般电商服务网站没什么区别，不同的是，他们旗下每一位情感咨询师，都透着一股华尔街的假精英范儿，像是英语培训学校、成功学、职业规划的巡回讲师，从头到脚都渗出职场正能量。她给网站客服打电话，然后转接到运营主管——那位职业装女士。

"我是安妮。我知道这些事情都是你们做的。"

"抱歉，我不知道您在说什么。"

"你们已经严重影响到我的生活。就因为我不愿意加入什么狗屁联盟？那好，我加入！"

"已经晚了。"对方很冷静。

"什么意思？"

"最开始，我们的确利用媒体和渠道做出一些商业行为，但是并没想到事情会发展到这样的地步。现在舆论已经超出了我们的控制范围。抱歉，我们无能为力。"

"你说什么？一句抱歉就想敷衍我？"

"还有，"她说，"我刚才的话仅代表个人看法，不代表公司和塞壬联盟。如果您决定起诉，可以在网站上找到我们律师代表的联系方式。"

安妮气得浑身颤抖。

电话对面沉默许久，好像忍不住一样，说了句："我以为您还能再撑一段时间呢。"

安妮挂掉电话。她必须立刻澄清这一切，然而很快发现，自己所有的社交账号都消失了。

不是被封禁，而是凭空消失，好像从没有注册过。

网络谣言日益妖魔化。有人说安妮在接受咨询的时候，讲话总是停顿走神，显露出精神分裂的症状。有人觉得安妮有时候神色可怖，仿佛能看穿内心。他们信誓旦旦，好像亲眼目睹。

人就是喜欢幸灾乐祸，痛打落水狗。

安妮近乎绝望。多年的苦心经营轰然倒塌。昔日的名誉像石头一样把她垫高，等到坏事发生，瞬间变为上吊用的垫脚石。

接下来三周，有人寄来恐吓信，勒令安妮不许再踏入这一行；有人打电话无端谩骂，或等她按下接听键，对面就挂掉电话，留下嘟嘟的忙音；深夜，有人狠狠敲她家门，等她穿好衣服，透过猫眼向外望，却发现门外什么人都没有。

你只需要不到五百块，就能拿到一个和任何人一模一样的手机号码，收到你想窃听的电话和短消息；只需要不到一千块，就能拿到一个人的身份证号、家庭住址、银行账单、开房记录等一切有效信息。卖家不会问你为什么，他们不会多嘴。他们根本不存在。

阿曼达将安妮搂在怀里，说自己应该早些来找她。她说安妮必须换一个住处，换掉电话和所有银行卡，"但是首先，咱们去洗个澡，我和小陆再陪你吃点好吃的，然后美美睡上一觉，怎么样？"

安妮显然疲惫至极，下巴轻轻抽动。她伸出双臂搂住我们俩，沙哑着嗓子说："谢谢你们。"

我得把这屋子清理一下，至少把烟灰和垃圾倒掉。

阿曼达扶着安妮走进浴室。我看着她枯瘦的背影，感到莫名的恐惧。

074.

看着安妮在餐厅狼吞虎咽，我俩知道，她的情绪总算是稳定一些了。

对她来说，美食才是治愈一切的魔法。

安妮消瘦了许多。她的皮肤呈青白色，手臂的血管若隐若现，红发褪色变得枯黄，眼睛肿得像桃子一样。短短两个月，她就像慢性中毒一样，眼看着自己被渐渐侵蚀掉。

身体的创伤可以修复，但是内心的创伤是否真的能痊愈，我和阿曼达都不确定。据我猜，安妮告诉我们的，很可能是其中一部分，还有些她根本不愿回想。如同她在猎巫时代的经历一样，谁也不敢提起。

吃完饭，我们回到安妮的公寓。进屋发现有个女人正站在书柜前，翻动那些古籍。她身穿职业装，戴着红色眼镜，胸前挂着古铜色的人面鸟身吊坠，朝我们微笑着打招呼。

"哎哟，你们回来啦。"

阿曼达夺过古籍，想顺手给她一耳光，却被她别过双手，推倒在地上。

安妮站在我身旁，愤怒却不敢上前："你到底想干什么？"

她轻轻一笑："情感咨询师要这些奇怪的书做什么。心灵遥感？还有这本炼金术士的自传？你到底是什么人？"

"这和你有什么关系？"

"如果将你的小秘密公布于众，你猜舆论会怎么说？"

"没有人会相信你。"

"好啊，那咱们就试试。我告诉你会发生什么：所有人都知道你是怪胎，大家都离你远远的。军方和实验室的家伙找上门，给你穿上精神病院的束身衣，把电流灌进你的小脑袋，就像他们治疗网瘾一样。等到若干年后，预言或灵视变成人人都能接受的事情，你已经变成一份档案记录、一堆没人想起的骨灰。啧啧，想想就令人兴奋。"

安妮一动不动，拳头攥得发白。

"或者我们不这样做。把你掌握的东西交给塞壬联盟，一点一点教给我。要做到最权威的平台，这些尖端的知识就必须由我们掌控。我想想，标题就叫'情感咨询师安妮出任塞壬联盟首席讲师'不行不行，太平庸，来来来，你俩也帮着想想。"

"你把我害成这样，还想让我做你们的员工？"

"不要说得这么难听，塞壬联盟不招员工，我们只有合作伙伴。你是独生女吧？独生孩子就是不懂得如何分享。要是早点学会，也没有那些糟心事了。"

"安妮的名誉被糟蹋得一败涂地，你们不怕引火烧身？"

职业装女士露出怜悯的眼神："舆论不过是瞎眼的猎狗，你扔给它一根骨头，它就能为你咬死任何人。不好意思，这有点超出穷人的想象力了。"

她说："怎么样，安妮？是与我们合作，还是待在精神病院里等着脑叶切除手术？差点忘了，如果你成为实验品，同猴子和老鼠关在一起，他们很有可能邀请我作为顾问。到时候，我会向他们推荐这本书。"

愤怒的安妮

她从手提包里掏出一本古籍，朝我们三人晃了晃。古籍的封面印着硕大的英文标题，翻译过来是：女巫之锤。

那本书由十五世纪两位宗教裁判所的判官撰写，强调女巫如何威胁社会并且崇拜魔鬼，贤良的教徒该如何识别并鉴定女巫和异端，如何破解魔法以及该向她们施以什么样的残酷刑罚，内容大多源于黑暗时代生活匮乏的人的想象。还引经据典地指出，女人容易受到恶魔的诱惑，是无可补救的错误，而这种缺陷就是她们与生俱来的性感魅力。

无论你看过多少恐怖片，此书内容也足够令你倒吸一口凉气。

安妮的眼睛烧得血红。

职业装女士突然睁大眼睛，手里的书掉落在地。她一手护着喉咙，一手捂住前胸，张开嘴大口呼吸，然而无济于事。仿佛有无形的怪物塞进她的喉咙，像吸尘器一样抽走胸腔里的空气。

安妮看着她，口中喃喃低语。

她畏缩在墙角，脸憋得发紫，两腿乱蹬，双手在空中挥舞，似乎想竭力抓住什么。

没有人知道那本书让安妮想起什么，没有人知道她亲眼见过什么。现代人只能凭借想象，创作无数好莱坞大片，就像宗教裁判所的教士根据想象撰写女巫与魔鬼交媾的情节。

职业装女士的瞳孔放大，眼眶几乎渗出鲜血。

"安妮！"阿曼达说，"别让他们把你变成他们想要的人，别让这些人得逞。"

"这些人，"她说，"他们就想把你逼疯，别让他们如愿以偿。"

安妮无动于衷。

道理谁都明白，身体不受控制。

"这是不归路。杀了她，你就没法面对过去的生活了。想想咱们第一次遇见的时候，那些赴死的半神，他们为什么要奔赴战场？荣誉和神谕都是欺骗自己，是杀戮的欲望在指引他们。身体会替你记住这种感觉，身体会成瘾，万事皆始于一。"

女人翻着白眼，整张脸扭曲狰狞，犹如被捏扁的塑料瓶子一样变形，额头上青筋凸起，嘶声的喉咙摩擦出尖锐的哀号。她倒在地上抽搐扑腾，就像砧板上等待开膛的活鱼。

"安妮，求求你，你真要变成那样吗？"

这不是办法。也许我可以冲过去扑倒她，但是凭她的意愿，可能我就是下一个倒在地上抽搐的人。没人能阻拦她，必须让她自己做出抉择，必须使她感受到什么……

我捡起那本书，拿出打火机点燃，扔到水池子里。

女人口吐白沫，脑袋不停地撞击地面，直到客厅里臭气熏天，我们才察觉她已经失禁，屎尿流了一裤裆。假设法医亲临现场，会发现她死于窒息和毒素，浑身肌肉萎缩，神经坏死，但是全身没有一处伤口，脏器里找不到毒物。

安妮的胸口随着呼吸起伏，除了口中喃喃低语，整个人静默如雕塑。

必须立刻行动，必须使她感受到什么……

我捧住她的脸，嘴对嘴亲吻她。

安妮将视线转移到我脸上。我看见藏在她眼睛里的恐惧。

女人的抽搐渐渐停止。她躺在地上，几乎失去意识。

安妮推开我，冷冷地说："现在，他们全知道了。"

075.

安妮拿出叠好的黑丝绒布铺在桌上，手里攥着塔罗牌。

"我不能再住在这里。书柜里那些古籍，麻烦你们暂时保管，存放在时间尽头的酒店。"

阿曼达问她，为什么不跟我们一起回酒店。

"我必须自己待一段时间，还有事情要做。"

她定了定神，开始洗牌、切牌，然后伸手示意，让我在对面坐下。

"我知道你不相信怪力乱神的事，没关系。所谓神祇不过是自然界能量的聚合，塔罗牌是千万种呈现方式之一，就像闪电、风暴和海啸，无论你是否相信，它都会给你指引。唯独一点，要想获得准确的指引，必须心无旁骛，这样才能与其沟通。"

一次解读三张卡牌，她说。

我深吸一口气，翻出三张卡牌，还没来得及看牌面，安妮问："这人到底是谁？"

我对她大概讲述了一遍雷树的故事。"他说自己是逃犯，盗走一样东西，让所有人以自由意志做出选择，而他的罪过前无古人、后无来者。就是他给我的酒店邀请函。"

安妮问阿曼达："你听说过这人吗？"

阿曼达摇摇头："到底有多少人在分发酒店邀请函，其实我也不太清楚。"

"我找不到他在哪里，塔罗牌不肯给我指引。"

"任何有效信息都可以。"

安妮凝视着我，拿起第一张牌。牌面是一座被闪电击中、燃起大火的高塔，塔里的人哀号着坠入悬崖。"'高塔'代表毁灭。它象征人类与自然力量抗衡，最终遭到惩罚。这是非常不好的牌。按道理来说，这张牌指的是他的过去。"

她拿起第二张牌。一位骑白马的骷髅骑士手举黑旗，伫立在尸横遍野中，面前有一位教士向他摊开双手。"'死神'代表与过去告别，置之死地而后生。指的是他现在。"

她拿起第三张牌。牌面的主角倒吊在木桩上，双手反绑，神色安详，似乎甘愿忍受这样的惩罚。"'倒吊者'代表牺牲。普罗米修斯，懂吧？这张牌正好对应他自己说的话。这是他的未来。"

安妮看看我，又看看阿曼达，视线最终落在我身上。

"我曾经为时间旅行者求解过，但是从来没出现过这样的局面，明朗又混乱。我只能说，他现在和我一样，处于非常危险的境地。你们还是停止寻找吧，免得殃及池鱼。"

镜 中 的 文 身 师

——可怕的疼痛总是能令人铭记于心。

076.

　　小马从来不照镜子。为客人文身完毕，他收拾工具，或站在远处，看他们对着镜子上下打量。文身店里没人的时候，他会用一块黑绒布盖住落地镜。我曾问他为什么害怕镜子，这家伙始终不肯回答，直接背过脸，假装没听见，连搪塞两句也不愿意，直到一次酒后真言，他才吐露秘密。

　　两年前，我在某场摇滚派对遇见小马。他与我同龄，一副骨瘦如柴的模样，嗓音沙哑，眼神混浊得可怕。那时候我过得昏天黑地，遇见他，顿时觉得找到同类，几杯酒下肚，两人相见恨晚。随后得知，他是文身师，在三里屯后面的一家文身店工作。

　　小马是夜行动物，生活里没有上午。他每天下午来到店里，子夜时分离开，在脏街随便加入一场酒局，鱼肚白时回家，醒着的时候，眼睛永远通红。我佩服他旺盛的精力，也害怕自己变得和他一样，于是若即若离，进入时间尽头的酒店以后，来往就更少了。这次找他，原本是想打听雷树的文身。

电话里，小马告诉我，他已经不在原先那家文身店工作，早就转移到通惠河北岸。他说，现在最不愿意去的地方就是三里屯，"那里已经变成逛街的地方、旅客和业余摄影师的游乐场，不好玩儿了"。

进门的时候，他正给一位颇有韩范儿的姑娘文身。据他说，那是位常客，崇拜某位韩国明星，偶像身上有什么文身，她就要一模一样的，分毫不差。

我坐在沙发上等他。店里挂满各种部落的图腾，玻璃柜里摆有印第安风格的银饰和国外文身杂志，墙上贴着小马和摇滚乐手、滑板明星的合照，平克·弗洛伊德的音乐循环播放。"能换首歌吗？"我问他。弗洛伊德的每一首歌都令我怀念过去。

"你想放东方神起的话，我没意见。"

躺在文身椅上的姑娘扑哧一笑。

小马抬眼，命令道："别动。"

"就算咱俩好久不见，也不至于这样埋汰我吧？"

他没理我，低着头，在姑娘小腿上悉心耕耘。文身笔吱吱叫唤，震颤的声音令人心悸。

我把音乐换成坂本龙一，最著名的那首。小马抬头瞥我一眼。

姑娘皱起眉头："这是什么歌，怎么没有人唱？好奇怪。"

他暂停手里的动作，抬头瞧了姑娘一眼，说："别理他，我这朋友脑子有病。"

"奥斯本哪里去了？"

"还给她了，也不知道是死是活。"

奥斯本是一只鬣蜥，据说是某位外围女郎送给小马的。她觉得文身师这么酷的职业，应该配冷峻一点的宠物，猫猫狗狗也太随便了。可是小马并不喜欢，他一点都不待见奥斯本，最开始连名字都懒得给它起。后来我说，干脆叫奥斯本好了，美国漫画里的绿魔不就叫这名字吗？

小马说，真他妈幼稚。

他嘴上这样说，但是从没亏待过奥斯本，顶多就是搞搞恶作剧。有一回我俩喝多了，找来包裹礼品用的粉色丝带，缠在奥斯本脖子上，系成蝴蝶结的造型。奥斯本耷拉着脑袋，眼珠上翻，一副生无可恋的模样，逗得大家哄堂大笑。自那以后，奥斯本便成了店里的吉祥物，谁都忍不住摸两下。

他说这话的瞬间，真把我吓了一跳。

姑娘离开文身店。小马瘫坐在沙发上，斜眼看我。

"你来错日子了，这两天我心情极糟，逮谁冲谁发脾气。"

他的嗓音就像皮革与锉刀的摩擦声。

"盈盈说了，要么结婚，要么分手。"

077.

盈盈比小马大三岁，甜美漂亮，就算扔在女明星扎堆的娱乐圈派对上，也毫不逊色。半年前，小马刚刚结束与留学女友的异国恋。当时，她戴着大框墨镜，走进文身店，想要在小腿文一处图案，以遮盖暗褐色的胎记。小马为她手绘出一株火绒草。她非常满意，要求他立刻动手。

"火绒草是勇气的化身。"他说。

第一次文身，盈盈疼得哇哇直哭。完事后，小马站在落地镜背后，掀开黑绒布。可是盈盈没有照镜子。她捂着自己的小腿，嘟着嘴喊疼，那样子既可爱，又叫人怜惜。

没过两个月，她又来到文身店。

"文身很容易判断一个人，有些人没有目标，完全搞不清自己想要什么，挑来挑去也选不出结果，你要是问他信仰什么，他立刻怔住，说自己就想要好看的。这样的人无论文什么，多半都会后悔。你也能看出来，他们绝大多数都没什么追求，只想吃喝玩乐度过一辈子的时光。"

小马说："盈盈不一样，她非常清楚自己想要什么，每处文身都有不同意义，包括火绒草。"

盈盈告诉小马，文身的仪式感和疼痛令她着迷又上瘾。她开始缠着小马，让他讲述一些文身客的故事。得知小马不喜欢照镜子，她也不深究原因，直接说，以后我来文身，你就别再掀这块黑布了，本姑娘眼尖，直接看就行了。小马笑着问，要是在后背文身怎么办？

盈盈噘着嘴，掐了他一把："你不会用手机给我拍照啊？"

一来二去，两人就好了。

"她说我像文身一样令她上瘾。这种感觉，就像女明星爱上化妆师。"

热恋期相安无事，盈盈为判断两人是否合拍，决定与小马一起旅行。两人在北海道泡过温泉，在普吉岛吃过海鲜大餐，回到北京开始同居。他最初有些抗拒，然而盈盈的性感魅力，就像融化奶油一样，使他欲罢不能。

旅行最难挨的一点，就是归来后重新陷入琐碎又无聊的生活。而脱离热恋阶段的情侣，任何突发事件都能敲碎彼此的信任。尤其当女人处于神经敏感的时期。

镜中的文身师

"事情就发生在两天前。当时我正在给客人文身，她突然闯进来，谁也拦不住。"

小马指着店里的隔间，轻声叹息。

"那客人是女学生，刚走出失恋阴影，打算在左胸下缘文一句话。"他拿出手机，给我翻出照片。屏幕里的姑娘，左胸下缘文着半圈英文：NOBODY CAN BREAK MY HEART.

"没人能伤我的心。"

我能想象当时的情景。姑娘赤裸上身，躺入文身椅，小马的脸距离她的胸不足五厘米，手里攥着文身笔，另一只手还得轻按住周围的皮肤。这样的画面，比画家素描裸体模特，更有过之而无不及。

盈盈既没哭也没闹，转身奔出文身店。

"其实她知道我可能会接触到这样的工作，"小马说，"我以前给她看过照片，有胸部的、大腿内侧的、脐下三分的……但是，这跟亲眼看见不一样。她接受不了。"

小马追出文身店，拽住盈盈，却被一把甩脱。她说没有什么好解释的，等她想清楚再说。

"当晚我就收到这条短信。"他将手机递给我。

"混蛋。你难道不知道文身是会上瘾的？对一个人也是会上瘾的。这次我不想哄哄就完事了。我今年二十九，转过年来就要三十了。青春是女人最宝贵的财富，我马上就要到头了。你懂吗？如果我不想和你有未来，也不会让你陪我去北海道和普吉岛。

"可能你自己都没在意，在普吉岛，那个白人撞了我一下，还傲慢无礼不肯道歉的时候，你冲上去差点跟他打起来。混蛋。这是第一次有男人为我跟别人打架。人家比你高一个头，壮得像头牛，你瞪着眼睛，气势丝毫不弱，竟然把他唬住了。咱俩认识半年，你对人向来和气，我从没见过你发脾气，甚至有什么不高兴。为了我，你不管不顾，那一瞬间我决定就是你了。"

我斜眼瞧着小马，说："你什么时候变得对人和气了？"

"少废话，继续看。"

"于是我给你机会，叫你陪我早起看日出，牵手在海滩散步。混蛋。你竟然困得睁不开眼，这不是求婚的好时机嘛！直到咱俩回北京，你都没向我求婚，还一个劲儿地问我为什么不高兴。蠢驴。现在我想，可能是你根本没做好准备吧。

"跟比自己年纪小的男生谈恋爱本来就是一场赌博。我没时间了，不想再赌下去了。你有两天时间考虑，这两天我不会再见你，如果第二天晚上你没有回复，我就直接搬出去，咱俩以后都不必再见了。我喜欢你，但是不想委屈自己。"

我把手机递给他："今天是最后一天？"

小马点点头，看了看表。

"值钱的女人过三十也一样，不值钱的二十多岁就是打折促销的处理品。"我说。

他突然提高音量说："这很重要吗？你打算跟女人讲道理？"

我问他打算怎么办。

"她说得对。我没有任何准备，害怕无论做什么决定，都免不了后悔遗憾。"

078.

"凡是令人心跳加速的东西都容易上瘾，音乐、酒精、赌博、毒品、性爱，还有文身。"小马说，"我见过很多上瘾的文身客，最开

镜中的文身师

始只想文小的，穿衣服能遮住，后来图案越来越大，愈发不可收拾。与其说喜欢身上的图案，不如说迷恋这种富有仪式的疼痛感。"

落地镜靠墙挺立着，黑丝绒犹如裹尸布，将它遮得严严实实。

"在古代，百越人用动物血将彼此的誓言文在身上，作为一种契约，相当于中原人的歃血为盟。可怕的疼痛总是能令人铭记于心。"

我突然想起一个朋友。那位名噪一时，却痛失旧爱、追悔莫及的摇滚明星。他有名车、豪宅，钱多得数不过来，却生活在漫长而揪心的白日梦里，期待着有一天时光倒流，曾经的爱侣能回到身边。女人们对他投怀送抱，而他面对曾经的旧爱，却拘谨得像个处男，不停问我衣服有没有褶子，发型乱不乱。我亲眼看见他如何慢性自杀，如何倒在时间尽头的酒店门前。

"爱也是富有仪式的疼痛感，也能令人铭记于心。"我说。

他突然回过头来看我："你说什么？"

"是你说的，凡是令人心跳加速的东西都容易上瘾。"

"但是这玩意儿没法让你一辈子心跳加速，你知道，它会随着时间逐渐淡化，甚至变为痛苦。"

"也许你察觉不到。也许你已经适应这种心跳加速，只有当你突然失去，身体才能感受到。"

有时候，一个毫不起眼的决定就能改变你的一生。

小马看了看表，他摆好文身笔、针头和颜料："接下来一小时，不要打扰我。"

我大概猜得出他要做什么，这样恐怕还不够。

脑袋里突然冒出一个念头。

小马家在大望路附近一栋老旧的居民楼里，那一带是六十年代的苏联式建筑，红色砖墙和窄窄的楼道，戴红箍的大爷大妈在院子里畅聊国家大事，打听邻里的奇闻逸事，顺便给仍在单身的儿女做相亲准备。盈盈和小马，就在这里生活。

我在一扇老式防盗门前停住，深吸一口气，按下门铃。

片刻后，一位漂亮女人拉开木门，隔着防盗门看我。她穿着一件纯白色的大T恤，湿漉漉的长发披在肩上，指尖涂着深红色的指甲油，小腿外侧有一株火绒草。

"盈盈，你可能不认识我，我是……"

"我认识。你叫尹陆。小马总聊起你俩以前的事，还给我看过你俩的照片，一对好基友。"她扬起嘴角，说不清是冷笑还是戏谑。

"你还没收拾行李吧。"

"我很快就能收拾完。你来替那混蛋求情吗？不必了，我不想听任何借口。你走吧。"

"你根本不知道小马为什么不敢照镜子，也不知道他为什么恐惧结婚，对吧？"

盈盈双手交叉在胸前，冷冷地看着我。

我掏出酒店的邀请函，顺着门缝塞进去，"我希望你去一趟这地方。那里能解开你心里的谜团，不需要听任何人解释，只需要用眼睛看。"

盈盈将邀请函攥在手里，看着我，半信半疑。

"以前的小马，每天喝酒到天亮，眼睛红得像泼了蛇血。他自己察觉不到，但是我看得一清二楚。盈盈，你已经改变了他，那家伙不再是以前那副德行了。但是结婚这件事，让他想起过去的噩梦。有些东西被唤醒了，有声音在他脑袋里回荡，警告他不要重蹈覆辙。"

"他以前提起过，说得很模糊。"

"亲身经历和听故事是两回事，你应该明白吧？"

盈盈握紧邀请函，说："谢谢，我会考虑的。"

我不确定盈盈是否会前往时间尽头的酒店。如果她去了，会是什么反应呢？唯一清楚的是，这封邀请函不能交给小马，我担心他一冲动，做出可怕的事。

079.

很久以后，我在造纸街拐角的咖啡馆遇见盈盈，她已经成为咖啡馆的老板。那是令人伤感的晚秋，造纸街上熙熙攘攘，游客往来不绝。盈盈和我对坐在落地窗前，讲起她时间旅行的经历。

那天我刚离开小区，她就立刻换好衣服，拿着邀请函，前往造纸街。如我所料，她害怕遗憾终生。进入时间尽头的酒店，她毅然选择回到小马的童年时代，解开心中的谜团。

那是九十年代，北京城没有那么多车，传呼机也没有落幕，小马家附近只有一路公交车，藤蔓缠绕的居民楼整整齐齐，一点也显不出矮小。盈盈漫步到小马家楼下，发现院里蹲着一个男孩，大概五岁的模样，手里握着树杈在玩蚂蚁。她一眼就认出，那是小马。

"我凑过去跟他打招呼。他闷闷不乐地叫了声姐姐，然后蹲在那里继续玩儿。可能是我长得还算漂亮吧，小孩子对我没什么戒心。"盈盈说，"我问他为什么自己在院子里玩儿，爸爸妈妈哪里去了？他的回答吓了我一跳。"

"妈妈出去和叔叔玩儿了。爸爸不让我回去，说妈妈回家了我才能回去。"

"和哪位叔叔出去玩儿了？"

"我不认识。每次都不一样。"

盈盈说，小马从来没跟她提过自己的父母是怎样的人。她听到这番话时，突然有点喘不过气来，于是轻抚小马的脑袋，柔声问他："爸爸妈妈经常吵架吗？"

五岁的小马低着脑袋，点点头，过了好久才说："爸爸嫌妈妈照镜子时间太长，每次出去玩儿都穿漂亮衣服。妈妈说他是没出息的丑八怪。"

"其他小朋友呢？为什么只有你一人在这儿？"

小马摇摇头："他们的家长讨厌我，不让他们和我玩儿，还说我妈不守妇道。姐姐，什么叫不守妇道？我问叔叔阿姨们，他们都叫我滚蛋。"

盈盈倒吸一口凉气。家长这个字眼，第一次显得如此冰冷黑暗。她勉强挤出微笑，说："你妈妈长得漂亮，他们心里妒忌、难过。"

盈盈对我说："我实在不知道还能说什么。那孩子像是明白我在安慰他，勉强咧嘴笑了笑。我鼻子一酸，眼泪差点落下来。那时候我才知道，为什么当初我搬进小马家，和他同人同出，从来不见他跟楼底下的街坊打招呼。他恨那些七嘴八舌的街坊，恨不得把他们舌头拔出来，牙齿统统敲碎。

"他一人在那里玩儿，我不放心，就陪着他，直到晚上。"

晚上九点，小马的母亲回到院里，远远地叫他一声。盈盈看见这位花枝招展的女人，轻轻打了声招呼。她瞪着盈盈，像是鹰在盯一只兔子："你是谁？"

盈盈还没说话，小马凑过去说话了："姐姐人特别好，陪我玩了一天。"

小马的母亲冷冷地瞧着盈盈，一扭身，拽住小马的衣袖："我们走。"

镜中的文身师

她大概是把盈盈当成院里的人了。住在这里十几年，她早已对该死的碎嘴街坊充满敌意。

盈盈站在楼下，眼看着小马的母亲牵着他上楼，声控灯一层层亮起，一大一小两个身影缓缓上移，高跟鞋咯噔咯噔响起，即使站在楼道外，也无比清晰。

然后是砰的一声，门关上了。

"他闷闷不乐地上楼，路过楼道的窗户时，还不停地朝外张望。我顿时明白什么叫心如刀绞。我喜欢他，我爱他，我亲眼看见他踏入火坑，那座魔窟，但是无能为力——你明白那样的感觉吗？就像是有人把你的心挖出来碾碎，磨成粉末，还要摆在你面前。"

就在盈盈难过的时候，楼道的声控灯再次亮起。争吵的声音、摔东西的声音，还有孩子的哭声混成一团。居民楼里的其他住户静谧异常，似乎对这灾难司空见惯。直到男人大吼："婊子！我叫你照！"

一阵七零八落的响动，像是无数瓶瓶罐罐跌落在地。盈盈突然想起，有一年春天猫发了疯，猛地蹿上梳妆台，把化妆品折腾得乱七八糟。

——然后，是玻璃破碎的声音。

——然后，女人尖叫哀号，像是土狼跌入猎人的陷阱，被铁齿咬合双腿。

盈盈的心怦怦直跳，还没等她猜到是怎么回事，小马的母亲就冲出楼道，满脸是血和玻璃碴儿，撕心裂肺地惨叫，光着脚跑向街边。她跌跌撞撞，整张脸已经血肉模糊，完全失了人样。

十分钟前，她还是一位冷艳的漂亮女人。

盈盈坐在我对面，双手捧住咖啡杯，突然打了个冷战。

"我不怪他。如果是我，还不知道会变成什么样子……"

080.

我回到文身店的时候，小马已经完工，他伫立在黑绒布面前，腿上有一株火绒草。

"你在犹豫什么？"

他不说话，低着头来回踱步。

"如果我没猜错，盈盈已经知道你爸妈的事了。"

"你为什么要这样？我还没准备好告诉她。"

"打算就这样错过？"

"我会告诉她，但不是现在！"

"你已经没有机会了，"我慢慢走过去，说，"是时候和过去做决断了，别遗憾终生。"

"不行，"他说，"我做不到。"

火绒草是勇气的化身，唯有燃烧才能绽放光芒，文在身上恐怕还不够。我心想，他矗立在悬崖边，需要别人猛推一把。

我一把扯下黑绒布。

"不要！"他别过脸，两眼紧闭，身子蜷缩成一团。刚要说话，脑袋被我紧紧箍进臂弯。他挣扎着竭力摆脱，却始终拗不过我。

"听我说，这是你一生中最重要的时刻。"

他慌忙踹我两脚，手肘重击我腹部。我一个趔趄，撞翻身旁的落地灯，仍然紧箍着他的脖子。

"听我说，你必须直面恐惧，感受阴影的存在。如果不能消灭它，就学着与它共存。"

他开始念一些乌七八糟的经文，佛啊菩萨啊什么的，这家伙根本就不信教。

我揪住他的衣领，扇他一耳光。

"你可以哭，但是不能心不在焉。想想那些文身客，他们在镜子里都看见了什么？韩国范儿的姑娘看见心中的英雄，盈盈看见勇敢的化身，在心口文身的姑娘看见坚不可摧的自我。你呢？你只能看见小时候的噩梦吗？"

小马的双腿软下来，我不确定再过一会儿他是不是就要尿裤子了。

"你可以哭，但是必须有与恐惧厮杀的觉悟。小时候那些可怖的画面，你爸和你妈。你就像鸵鸟一样，埋起脑袋以为自己能永远忘掉。"

我逼着他，一寸寸靠近镜子。

"揭开伤疤，感受血液沸腾，感受灼烧的炙痛。我知道这很难受，就像把自己放在炭上烤——"

"你不知道！你他妈不知道！"他整张脸扭曲着，哀号声就像祭祀的牲畜临死前的悲鸣。

"睁开眼睛。你的人生在此以前是一个故事，此后就是另一个故事了。"

我扒开他的眼皮："告诉我你看见了什么？"

小马大吼一声，睁开眼睛，一拳击碎镜子，手上的血溅得满地都是。

"盈盈。"

破碎的镜子里有成百上千的盈盈。她不知何时闯进文身店，此刻正站在我们身后。

我长出一口气，瘫倒在旁边的沙发上。

盈盈跑过来，紧紧搂住小马，像哄孩子一样，抚摸他的脑袋。

她一边这样做，一边看着我，眼神复杂。小马双膝软倒跪在地上，"我看见过去的噩梦，也看见你的未来，"他对盈盈说，"我愿意为你冒险。"

盈盈喜极而泣，呜咽着点点头，两人紧紧相拥。恐怕没什么事情能让他俩分开了。

我凑过去扶他，小马连忙躲闪。他手里攥着一块锋利的碎片，眼睛里尽是愤怒和慌乱。

镜子如涟漪一般破碎绽放。我倒退，离他越来越远。

此后就是另一个故事了。

霓 虹 小 姐

——做一件让所有人都喜欢的事，得违背多少自己的意愿。

081.

晚秋时分，北京总是很晴朗，鹅毛般的云丝散落在天幕，秋雨过后，天空呈现梦幻般的钻蓝色。枯叶飘落在水洼中，荡起点点涟漪。空气中弥漫着泥土的气味。造纸街一片寂静。阿曼达不知道去哪里玩了，这段时间，酒店只剩我自己。我伫立在酒店台阶前，吸着烟，注视着锈迹斑驳的大门。

一阵急促的高跟鞋响动。有个女人朝我疾奔过来，边跑边回头，好像背后有谁追她，"快让我进去！快！"她喊道，说着冲我晃了晃手里的邀请函。我掐掉手里的烟，为她推开门，一起进入酒店。她气喘吁吁，双手捂住胸口，耳朵贴着门。

"放心，没有邀请函是进不来的。"

她大概二十八九岁，一张娃娃脸，蓬松的卷发，穿着白衬衫和黑色小脚裤。

"好烦，怎么到现在还有人纠缠。"

"在后面追你的人吗？"

她好像没听见我说话，打量起酒店的装潢："这里到底是什么地方？"

我哑然失笑，看来发邀请函的人没给她讲明白，于是又讲一遍，"酒店服务于时间旅行者……"

她一本正经地盯着我，好奇心眼看就要溢出来了。

"就这道门？这破门能让人时间旅行？"

"看上去是有点破。"

"简直像魔法一样。"她坐在沙发上，"我就在这里等他走掉。"

"在这里时间是凝滞的，你出去的时候，还是原来的时间。"

"那怎么办哪？"她愁眉苦脸，双手揪着头发，像是焦躁不安的中学女生。

我忽然觉得她有点面熟，似乎在哪里见过。

短暂的沉默。酒桶的龙头滴滴答答，酒水落在高脚杯中。

"能不能告诉我是怎么回事。"

她眉头微蹙，摇摇头，似乎有难言之隐："说来话长咯。"

我扑哧一笑："这里最不缺的就是时间。"

她听到这话翘起脚，直勾勾地盯着我，有点好奇，又有点愠怒，好像我在故意戏弄她。

"喂，你真不知道我是谁？"

麻烦又自大的女人。我连昨晚坐在身旁、一起喝酒的姑娘都不记得。要是每一位客人都问这话，岂不要疯了。"真不知道。"

"太好了。"她捂住嘴偷笑，身子仰进沙发，"我决定，要在这里躲一阵子。"

霓虹小姐

我伸手指着门外说："你打算怎么办？"

她眼珠一转，"我去打发走他。"说罢站起身，"记住，我叫翩翩，风度翩翩，是室内设计师。"

她板着脸出门，片刻后回到大堂："我把那家伙骂走了。这帮人真是哈巴狗一样的生物。"

我越发好奇："是娱记吗？"

"你还是不知道为好。"她哼了一声，假装凶狠地说，"服务生怎么那么多话？快给我倒杯酒！"

我直接为她兑了一扎啤酒，酒杯盛满的时候，大门推开，阿曼达回来了。

"累死我了，小陆，我给你带好吃的啦。"

她穿着一身民族服饰，大围巾披在肩上，扎染的灯笼裤异常耀眼。

"你不是……你是！"阿曼达惊叫。

"你认识她？"

翩翩一脸无奈，嘴里念叨着"糟糕""又来了"。

"你不认识她？"阿曼达反问我，"她可是霓虹小姐啊！"说着，她假装戴起耳机，面露微笑，"收音机前的朋友，感谢您在静夜时分即将陪伴我度过今晚的最后一小时，我是霓虹小姐。"

"你原来是电台主播？"

"你竟然真没看过那部电视剧。"

"唉，"翩翩接过啤酒喝下一大口，"就知道会变成这样。"

082.

《霓虹小姐》是十多年前的电视剧，翩翩在剧中饰演一位午夜电台主播。那时她刚刚出道，大学还没毕业。电视剧风靡一时，翩翩也成为当时深受追捧、炙手可热的新星。然而，自那以后，她淡出娱乐圈，再也没有一部作品搬上荧幕。在一次媒体采访中，她说自己已经转行，做演员非自己所愿。尽管多年来娱乐圈新人不断，翩翩却始终无法逃脱媒体的视线。总有人怀念过去，找到曾经的霓虹小姐，试图从她嘴里撬出那些已经重复过无数遍的故事。

"霓虹小姐是我当时的偶像，也是当时无数少年的梦中情人。"阿曼达忍俊不禁，"没想到，今天终于见到真人了。"

"所以，在后面追你的是娱记啰？"我问她。

翩翩长出一口气："是。我已经告诉过他无数遍了，那部戏的事情没什么好说的，能想起来的我都告诉媒体了，可是他仍不满足，还要追问我这些年的私生活。烦死了，我的私生活凭什么要让大众知道？"

"随便告诉他一些不就好了。"阿曼达说，"其实我也想知道霓虹小姐现在做什么。"

"我说了啊，我现在是室内设计师，普通人过着普通的生活。可是他们觉得我在骗人，于是在后面跟踪我，好像非要扒出一些轰动事件不可。"

"媒体不写出一些吸引眼球的故事，没办法交差吧。"我感叹。

"跟我有什么关系。娱乐圈想上头条的明星有的是，干吗非得找我这过气的？有毛病。"

阿曼达与我对视一眼，"人一过三十岁，就会怀念过去吧。大家都想知道，曾经的霓虹小姐现在是什么模样呢。"她坐在翩翩身旁，"没关系，这里没人问你那些无聊问题，你想说就说，不想说就不说。你就待在这里，他们找不到的。"

霓虹小姐

"你确定吗？狗仔的鼻子一向很灵。"

"要是敢找来，我就替你，代表月亮消灭他们！"她比画着美少女战士的手势，冲翩翩眨眨眼，"小陆，再去倒杯酒来！愣在那里做什么？"

翩翩笑了。

阿曼达和翩翩是同龄人，有很多共同的童年回忆。她刻意避开有关《霓虹小姐》的事情，也不追问翩翩的现况，只是随便聊起小时候痴迷过的男明星、看过的动画片，还有学生时代的青春往事。翩翩很开心，说自己很久没像这样随心所欲地聊天了，无论什么人，只要知道她是《霓虹小姐》的主演，就开始寻根问底，像苍蝇一样惹人讨厌。晚饭时，两人在地下餐厅喝了很多酒，话题随着酒精自然流淌，一直持续到深夜。

我给阿曼达留下张字条，走出酒店，坐在大门前的台阶上，对着迷离月色点燃烟，莫名其妙地有点伤感。文赐、安妮、小马和盈盈，最近发生的荒唐事太多了，搞得我有点喘不过气来。

不知过了多久，阿曼达推开门，身上披着围巾，坐在我身旁。

"翩翩呢？"我问。

"睡着了，说了好多话。"她笑了笑，"陪着我俩那么久，辛苦你啦。"

"说什么呢，你才辛苦。想知道的事情不能问，憋在心里难受吧？"

阿曼达说："你走以后她都告诉我了。那部戏本来不是她自愿出演的，拍摄过程和宣传期间受了不少委屈和苛责。很多不为人知的事，说出来能吓你一跳。我本来以为，过去了这么长时间，她应该能笑谈往事了。但是……"她摇摇头，欲言又止。

我大概能猜到。做一件让所有人都喜欢的事，得违背多少自己的意愿。

尽管如此，我还是决定回家以后，翻出《霓虹小姐》看一遍。

083.

娱乐新闻第二天曝光。采访霓虹小姐的记者本是铁杆粉丝，陷入人生低谷时，一度视翩翩为精神支柱，结果昨天遭到偶像的侮辱和人身攻击，悲痛欲绝，返回公司的途中遭遇车祸，现仍在医院，尚未脱离生命危险。霓虹小姐事件在网上引发全民声讨，有人说这样的行为令人寒心，有人说她不配做艺人，有人说她是孤芳自赏的婊子。各家媒体一齐发力，翩翩近些年的工作和情感生活也被曝光。据说她一直同《霓虹小姐》的导演保持暧昧关系，两人曾相约晚餐，说笑的模样甚为亲密，而那位导演早已是有家室的男人了。

破坏别人家庭的帽子一扣上，霓虹小姐立刻成为"婊子""小三"的代名词。

到目前为止，还没有媒体联系到霓虹小姐本人。

看到新闻后，我赶回时间尽头的酒店，问阿曼达："看新闻了吗？"

阿曼达点点头，沉默不语。

"翩翩呢？"

"在地下餐厅，你最好还是不要去烦她。"

翩翩躲在地下餐厅里，面前摆着一壶柠檬茶。她一支接一支地抽着烟，头发乱糟糟的。也可能是宿醉的原因，她显得有些颓废，眼神空洞无神。

霓虹小姐

我长出一口气，暗示自己不要冲动，冷静，然后走到她对面，拽过椅子坐稳。

谁知她先开口了："你想说什么？"

"不去医院看看吗？"

"已经挤满人了吧。如果我现身，说不定会被群殴，他们现在恨透我了。"

"明星和媒体本来就是一根绳上的两只蚂蚱，谁也不会永远敌对你。"

"我不是明星，我不想当明星！我没有义务向任何人澄清自己。"

"那人卧室里贴满了你出道时的海报……"

"烦死了！"她一把将茶杯摔在地上，"那个猥琐男，不知道对着我的照片手淫过多少次呢！"

阿曼达不知何时站在门口。她走到翩翩背后，轻轻抚住她的肩膀。翩翩扑进阿曼达怀里，痛哭流涕，呜咽着说："我付出多大代价才换来今天的生活？他们就要逼我，不断回到过去。我讨厌那段日子，讨厌当演员！我讨厌霓虹小姐！"

我想起昨夜在家看的那部电视剧。剧中的霓虹小姐温柔如水，虽然有时候笨笨的，天真幼稚，说话不经大脑，闹出不少笑话，令人忍俊不禁，但是面对困难从不肯服输，敢爱敢恨，典型外柔内刚的倔脾气。二十多岁刚刚步入社会的年轻人，最容易被这样的角色吸引并引发共鸣吧？要是生活的困境也像电视剧那样简单就好了。

"我知道那人是真心喜欢霓虹小姐。他刚找到我时说了。每一集的剧情、台词他都记得特别清楚。可是越这样，我越心烦意乱，根本不想和他说一句话。把我好不容易得来的生活变成谈资，再度曝光炒作，就算是真粉丝又怎么样？结果还不是都一样。"

"既然如此，《霓虹小姐》的导演呢？任由事态继续发展下去，他和家人也会受伤吧？"

阿曼达弯腰捡起地上的茶杯碎片，扔进垃圾桶里。

翩翩陷入沉默。

"你俩能回避一下吗？我想打个电话。"她说。

084.

《霓虹小姐》的导演在国内名望甚高，只要你看电视剧，就不可能不知道他的名字。自九十年代起，他就是电视圈的一把好手，执导过的几部戏堪称中国电视剧的里程碑，《霓虹小姐》就是其中之一。尽管在娱乐圈里，女演员和导演有暧昧关系根本算不上新闻，但我依然不相信媒体的信口雌黄，毕竟他们从不为自己说的话负责。

"那位导演曾经给她许多帮助，翩翩说自己喜欢过他，"阿曼达轻叹一声，"不过他是有家室的人，没办法接受她，算是诚恳拒绝，后来两人就成了好朋友。比起梦中情人什么的，那位导演在翩翩心中的地位更像是精神导师吧。估计只有他能劝翩翩改变主意了。"

"当年的霓虹小姐顺利引退，淡出影视圈，也是多亏他帮忙吧。明明是之前力推的新人，还没等电视剧热播就宣告息影，让导演很难堪哪。"

阿曼达一愣："你怎么知道？"

"昨晚看了几集电视剧，也找到一些媒体采访。"

"你觉得那电视剧怎么样？"

"有点无聊，可能专业人士有不同的见解吧。让我好奇的是，翩翩过去是什么样的人。《霓虹小姐》对外宣称她几乎是本色出演，依我看，不见得吧。"

"你猜得对。如果真是本色出演，就没有那么痛苦了。"

翩翩缓缓走进酒店大堂，失魂落魄的样子，仿佛受到什么打击。

"阿曼达，请给我一杯酒。"

阿曼达冲我使个眼色。我走到吧台，给她倒了一杯啤酒。

"不要这个，我想喝杯烈酒。"

"威士忌行吗？"

"随便。"

我倒出一指深的黑方，她瞥我一眼，意思是继续倒。直到酒杯盛满，她突然端起一饮而尽。

"不要光喝酒不说话。"

翩翩说："他发脾气了，竟然冲我嚷嚷。我俩认识十年，他从没有冲我嚷嚷过。"

阿曼达问："《霓虹小姐》的导演吗？"

"还能有谁？这些年我一直把他当作人生导师，鼓舞我前进的精神支柱。他怎么可以这样对我！"说着，泪水已经在眼眶里打转。眼看她又要哭泣，阿曼达连忙伸出手，像哄孩子一样抚摸她的头。

翩翩刚才在给导演打电话。她本想听他说几句鼓励的话，赞同她的做法，谁知导演勃然大怒，叫她立刻到医院去探望那位记者，并且致以歉意。原因很简单，负面的八卦新闻已经对他的家庭造成影响。对那位导演来说，没什么比保护家人更重要。

"他竟然跟我说，叫我回去好好看看《霓虹小姐》，看看那里面的我是什么样子！我能不知道霓虹小姐是什么样子吗？又笨又蠢，固执倔强，简直一无是处！"

我说："所以，你根本没看过那部电视剧，对吗？"

"我为什么要看？演完那部剧，所有人都叫我霓虹小姐，那根本就不是我！我受够了！"

"我觉得你应该考虑一下导演的话。"

"小陆。"

"我昨晚看了那部剧，老实说，你不如霓虹小姐。"

"小陆，闭嘴。"

"你可以当我说的是废话。不过既然你的人生导师这样说了，那我劝你看看那部电视剧，再回到过去，看看自己是什么样子。人总是选择性记忆，不是吗？有需要就叫我俩，时间尽头的酒店可以帮你。"说罢，我朝阿曼达一摆手，走了。

当晚，翩翩决定回到《霓虹小姐》的拍摄期间。她开门的瞬间，近似透明的绿光一闪而过。我发现阿曼达正盯着我。她说，自己有点认不出我了。

085.

霓虹小姐的风波很快平息了。没过几天，大家的注意力就转移到其他事情上。最新的网络电视剧上映，有明星出轨，有明星大婚，谁还能想起一位过气的女演员呢？遭遇车祸的记者出院后没有发表任何声明，只是在微博上传了一张《霓虹小姐》的剧照，获得寥寥评论。谁也不知道翩翩后来是否去找了那位记者。至于导演，从事件发酵到落幕，始终缄默不言。

阿曼达那阵子总在翻室内装潢的杂志，打算把酒店的摆设重新规划一番。

翩翩离开酒店以后，我一直没有她的消息。据阿曼达说，她去国

霓虹小姐

外留学了。直到很久以后，我在一家讲述旅行与生活方式的杂志上看到她的采访。照片里的翩翩气定神闲，自信十足，浑身透出迷人的成熟气质。话题围绕她独特的室内设计风格，以及在欧洲的旅行展开，最终，还是不可避免地落到《霓虹小姐》上。

"我知道这部电视剧您已经聊过无数次了，但是人的感受是会随着岁月和经历改变的。现在，关于《霓虹小姐》您有什么想说的吗？对任何人都可以。"

"原来我很排斥这个话题，任谁提起霓虹小姐，我就一肚子气，对方追问两句就要发脾气。也许我真不适合当演员吧。不过现在我已经不在意这些事了，也许是年龄大了，活得越来越没心没肺了吧，哈哈哈。那时候一直觉得，当演员的时候，我忍辱负重，受了很多委屈，做了很多违背自己心愿的事。在电视剧宣传周期，面对媒体和观众，还要装成霓虹小姐的脾气秉性，简直累死了。后来一次偶然的机会，我看了从未曝光过的拍摄花絮，才发现一直被自己忽略的事实：所有人都比我辛苦，所有人都在照顾我，所有人都忍受过我的坏脾气。说实话，我的演技非常差，还一直在抱怨，整个剧组从导演到助理，都对我太宽容了。

"尽管如此，无论是电视剧热播阶段，还是播放结束，甚至几年以后，剧组的人也没有向媒体曝光我小姐脾气有多大，性格有多恶劣。他们好像集体沉默一样保护着我。在我自己搞砸以前，媒体上没有任何霓虹小姐的负面报道。我真心感谢他们，感谢他。

"霓虹小姐是我生命中的一部分，永远无法剔除，那些保护过我的人，虽然我们的生活已经没有任何交集，但是我永远不会忘记他们。感谢他们陪伴我的时光，感谢每一位喜欢霓虹小姐的朋友。"

我想起翩翩临走的时候，问我和阿曼达，以后还能不能来时间尽头的酒店。我说,抱歉,每个人只有一次机会。她说,那好吧,没关系,咱们以后有机会再见,谢谢啦。

"有机会再见。"

合上杂志,我长出一口气,点燃根烟,忽然有点想笑。《霓虹小姐》明明是一部无聊又俗套的电视剧,女主角又蠢又笨,固执倔强,但是怎么让人总想再看一遍呢?

也许我也是顽固的念旧派吧。

不过没关系,反正也不止我一个。

| 第18话 |

师徒父子

——时代变了，所有的师徒终究会变成甲方和乙方。

086.

我从来没见过有人在造纸街争吵。

周六清早，我绕过小巷抵达造纸街，还没见到人影，就听到吵闹的声音。

"您干吗那么认真？万一只是恶作剧呢？哪里有什么时间旅行？"

"既然不知道真假，那就让给我，废什么话！"

一个矮胖子和一个高瘦子，两人站在时间尽头的酒店门前，似乎争抢着什么东西。矮胖子大约五十岁，留着小胡须，眼睛瞪得老大，虽然比对方矮不止一头，可是气势丝毫不弱；高瘦子三十出头，圆寸、小眼，眉头拧成一团，满脸委屈和不情愿。画面颇具喜感，让我想起《鹿鼎记》里的瘦头陀和胖头陀。

高瘦子手里攥着酒店的邀请函。

"这上面明明写着我的名字，您进去也没有用吧？"

"既然都邀请你了，就不能邀请我吗？你就不能跟人家说说吗？怎么，要成腕儿了，翅膀硬了，嫌弃你师父了是不是？"

"您总是这样。任何东西不管对自己有没有用，就是见不得人有我无。"

"还敢顶嘴！"矮胖子跳着脚扇了高瘦子一巴掌，呼哧呼哧地说，"你怎么知道我没用？想气得我再发病是不是！"

高瘦子顿时沉默了。矮胖子见他犹豫分神，出手抢夺他手里的邀请函："兔崽子，给我放手！"

高瘦子不还嘴，沉默着依然不肯松手。两人较劲，邀请函立刻被撕成两半。矮胖子一个屁墩儿坐在地上。两人面面相觑。高瘦子连忙伸手去扶，矮胖子一把推开他："滚，别碰我！"

他站起身掸掸土，怒目圆睁，嘴里喃喃着，伸手作势要打人。

酒店的门忽然开了。阿曼达站在酒店门口的台阶上，看着两人，露出浅浅的笑意："您两位大明星这是玩的哪出？是彩排呢，还是为我们现场表演呢？"

高瘦子捡起邀请函刚要解释，矮胖子立刻冲到她面前，说："你好，美女。"

"您好，年老师，久仰大名。收到我们的邀请函了？"

"嘿嘿，是我这不肖的逆徒。我让他带我过来，这小子竟然不肯。你说说，现在的年轻人成何体统？尊师重道四个字都抛到九霄云外去了。敢跟师父顶嘴，搁我那时候早就被逐出师门了。不就是上过电视，搞过几场演出？竟然跟我耍大牌。姑娘，我可得提醒你一句，找男朋友可不能只看脸哪，小白脸统统不靠谱。"

阿曼达不时偷看他徒弟两眼，被逗得咯咯直笑。

"我喜欢大叔。"

师徒父子

年老师听到这话，顿时眉开眼笑，十分得意。他瞥了徒弟一眼，好像自己瞬间高大了许多。

"放心吧。您先回去，这两天我就派人把邀请函送到您那里。年老师瞧得起这里，是我们的荣幸，巴不得您大驾光临呢。"

她说话的时候，我已走到酒店门前，两手插着兜。徒弟看见我，轻轻点头打声招呼。而那位年老师，似乎没看见我，彻底被阿曼达吸引了。

年老师凑到阿曼达身前，问："邀请函里写的，是真的吗？"

阿曼达扑哧一笑："您这是笑话我。怎么可能是真的呢？哪里有时间旅行这种东西，不过是讨巧的文案宣传罢了。"

他站在台阶上，居高临下地看着徒弟："我就说嘛，哪里会有那种东西，真是笑话。"

徒弟脸上滑过一丝失落。

打发走两人，我跟随阿曼达进入酒店。她从自己房间里拿出一份邀请函，写好姓名塞进信封，问："小陆，你不知道他们俩是谁吧？"

"完全不知道。"

"你啊，太无聊了。这俩都是脱口秀演员，老的叫年良友，在圈里算是名角，谁都得叫他一声年老师。小的是他徒弟，大家都叫他玉迟，今年刚火起来。喏，你把这份邀请函给他送去。"

我接过信封，想确定一下她的想法，说："给矮胖子还是高瘦子？"

阿曼达笑道："什么矮胖子、高瘦子，当然是给玉迟了。年老师要是拿到邀请函，恐怕除了四处炫耀，什么用也没有吧。"

087.

玉迟演出的剧场在崇文门附近。我向剧场工作人员说明来意，说是他的朋友，从造纸街过来，有东西必须亲手交给他。工作人员告诉我他正在演出，叫我稍等片刻。大约十五分钟后，剧场里掌声雷动，大批粉丝拥入后台，手里捧着鲜花和海报。照片里的玉迟身穿西装，梳着油头，露出三分笑意，似乎是从外企走出来的社会精英。我看着照片，正回想那天清晨师徒俩吵闹的情景，身边的粉丝突然发出尖叫声，蜂拥着堵住后台，将退场的玉迟团团围住。

他环视四周，看见我以后，用眼神表示歉意，然后为每一位粉丝签名，和他们合影，感谢支持。直到所有人心满意足地离开，他长舒一口气，走到我面前，"让你久等，实在抱歉，我请你吃饭吧。"

"忙你的吧，我就是捎东西过来。"

"过意不去，我晚上还有两场演出。"他抬手看表，"这样吧，附近有一家茶馆，也能做些简餐，咱们随便吃点，我有些话也想问你。改天再请你们吃顿大餐。"

玉迟领我在剧场附近的茶馆落座，他接过邀请函，问："这东西给我师父了吗？"

"没有。你师父并没有受到邀请。"

"所以时间旅行……"

"你进入酒店就知道了。"

他满脸疑惑，似乎有所顾虑。

"我是怕师父知道了。"

"这取决于你。邀请函上写着你的名字，即使交给你师父，他也

师徒父子

进不去。"

他问我进入酒店的都有什么人。我随便说出几位有点名气的人物。他点着头，一副若有所思的样子，突然说："那天的事情实在抱歉，给你们添麻烦了。"

"你是自幼跟着年老师长大的吧？"

"是的，不过这种事我没对媒体说过……"

"看得出来。没有几十年的师徒感情，怎么能忍受他那样的怪脾气。"

玉迟发出轻轻的叹息，说："师父原来不是这样子。我有两位师哥，师父把他俩捧红了，为他俩介绍各种媒体平台、资源渠道，但是他俩在师父最困难、最受争议的时候，与师父断绝关系，倒戈了。自那以后，师父就变得有点偏执，总是疑神疑鬼、草木皆兵的，生怕重蹈覆辙。"

"结果只能是恶性循环吧。"

玉迟不说话，陷入沉默。

"那次事件对他影响非常大。他伤心欲绝，回家途中直接中风了，在病床上躺了一个月。后来也没接过什么像样的演出，害怕再次犯病。哦对了，这件事请不要说出去。"

不要说出去？我顿时一愣。

指望第二次见面的人保守秘密？恐怕这张嘴已经对无数人说过了吧。

"我也希望能帮到师父，可是以他目前的情况，真是令人担心。"

话音未落，玉迟的电话响了。

"什么？在哪里？我稍后还有演出。好吧，我知道了，立即赶过去。"

他挂掉电话，立刻起身："尹先生是吧？请跟我来吧。师父出事了，我得立刻过去，请帮我一把，我怕一个人处理不过来。"

我们随即赶往三里屯一家酒吧。原来年良友在酒吧独饮，向邻座的姑娘搭讪，动手动脚，被姑娘扇一耳光后恼羞成怒，在酒吧摔东西撒酒疯，说自己有多大名气，看上她是给她面子，想跟自己睡觉的女孩有的是。酒吧老板不吃这一套，立刻扣住他，要么向姑娘道歉，赔偿酒吧的损失，要么直接报警。

"没有被人打得满地找牙，就谢天谢地吧。"我说。

玉迟皱着眉开车，没有答话。

走进酒吧，年良友还在骂骂咧咧，他咒骂酒吧里的所有人，声称这些人都想迫害自己，都想叫他不得好死。旁边的看客已经拿起手机录制视频，准备传到网上。玉迟先给姑娘鞠了一躬，深表歉意，然后告诉酒吧老板，一切损坏的东西由他来赔偿，今晚酒吧里所有客人的酒钱也由他买单。他恳求大家不要报警，却对自己的身份只字不提。

"你这厮货！我不用你道歉，老子没错凭什么道歉？我要是做错过什么，就是收了你们这些叛徒逆子！当面一套、背后一套的伪君子，个个都利用我，还恨不得我死！"

玉迟说："尹先生，麻烦帮我扶师父上车吧，让他醒醒酒，冷静一下。"

我拽过年良友，把他拎出酒吧，扔进车里。

临出门的时候，酒吧里已经有人同玉迟合影，向他索要签名，录制视频的人仍没有放下手机。

088.

我们驱车前往年良友的住处。老家伙骂累以后，就在车里睡着

师徒父子

了，无论如何也叫不醒。玉迟没办法，只好背起师父，一层一层爬楼梯。年良友仍住在老式居民区里，六层的小楼没有电梯。玉迟背着师父，汗流浃背，咬牙硬挺着直奔六层。他平常没时间锻炼，身体勉强硬撑，爬到四层开始脚底发软，晃晃悠悠。没想到师父一个酒嗝，直接吐在他脖子上。

推开年良友的家门，我吃了一惊。这里完全是八十年代的装潢，电视机、茶几和沙发像是固装配件组合安插在客厅里，所有家具透着死气沉沉的感觉。按说以年良友的经济能力，完全可以买栋大房子，至少是有电梯的居民楼。可为什么还住在这种地方呢？

老家伙吐得一干二净，酒劲也过去了。他瘫软在床，睁眼看见徒弟，顿时满脸不屑，说："喂，你小子是不是接了西游记电影的角色？"

玉迟狼狈不堪，他刚清理完身上的污垢，披着毛巾进屋，听到这话顿时一愣。

"少在那里装无辜！我问你，是不是要在电影里演孙悟空！"

"是的。您怎么知道？"

"天底下什么事能瞒得过我？"他大吼着，抄起床头的闹钟，狠狠地扔向玉迟。然而闹钟直直地坠落，闷闷不乐地滚在地上，连玉迟的脚趾都没碰到。

玉迟站在原地，躲都没躲。

"如果您愿意，我会跟导演说，为您安排一个角色。"

"你是要活活气死我？给我安排一个角色，给你当配角是不是？你当大英雄，我扮丑角？你是这样想的吧？脏心烂肺、不知死活的东西。信不信我让他们把你的戏份全剪了，让你永远红不了！"

"您这是玩笑话了。怎么能把孙悟空的戏份全剪了呢。"

"你！"他指着玉迟，颤抖着说不出话。

"您先休息吧，我不打扰您了。今晚去接您，有两场演出我错过了，得回去跟观众赔礼道歉。"

"你给我滚！"

玉迟和我坐在车里，我问他，为什么老头子对他演电影的事如此敏感。

"扮演孙悟空是师父年轻时的梦想啊。"玉迟笑了笑，"我小时候，他经常给我讲《西游记》，讲着讲着自己就兴奋起来，手舞足蹈扮演起孙悟空。六小龄童一度是他的偶像。可惜，这些年一直也没有机会。说句不太中听的话，如果你是片方，你愿意找他那身材的人演孙悟空吗？"

我没往心里去，随口附和道："演猪八戒还差不多。"

"是啊，"玉迟说，"片方也是这样想的。给他角色完全是人情关系。师父这些年脾气不好，到处得罪人，想怎样就怎样，肯与他合作的不多了。现在我要演孙悟空，给他配角的戏份，无论是猪八戒还是什么，他心里受不了。"

"有个问题我想问你。"

"尹先生尽管问。"

"以你师父的名气，按说钱不是问题，为什么还住在这种地方？"

玉迟轻叹，说："师父虽然赚得盆满钵满，但是没有存钱的习惯。演出费一到手就被他挥霍了，不是喝酒喝光了，就是赌钱。他总觉得自己本领在身，千金散尽还复来。没想到，这么快就过气了。我十几岁的时候，他火遍大江南北，圈里没有不知道他的，这些年演出稀少。他不愿意学新东西，大家也都不吃他那一套了。"

师徒父子

我隐隐觉得，他的话有些奇怪，但又说不出问题在哪里。

"我那两位师哥离开也跟他赌钱有关。据说他扣下两人的演出费，直接赌掉了。两人管他要钱，被他一顿臭骂，最后被迫离开。时至今日，我也不知是真是假。"

"你跟他们还有联系吗？"

"过年过节打个电话吧。"

那天晚上，玉迟执意要开车送我回家。我拗不过他，只好答应。汽车停在昏黄的路灯下，我看着他驱动引擎，在夜色中驶向空旷的大街。

089.

一周后，媒体传出新闻。

玉迟被年良友逐出师门，罪名是欺师灭祖、逢难变节、卖师求荣、心肠歹毒。

阿曼达将消息念出来，我惊讶得说不出话。

"年良友做出这个决定后，当天中风发作，现在仍躺在医院里，半身不遂。新闻曝出以后，媒体蹲守在医院，等待玉迟现身。可是剧场和医院都没有他的身影。"

她问我那天究竟发生了什么事。老头子虽然一直对玉迟不满，但是从没表露过要将他逐出师门的想法："最后一根稻草是什么？"

我猜可能是那部西游记电影，把年良友彻底激怒了。

我把那天发生的事情统统告诉阿曼达。她听完问我："年老师过去犯病的事，玉迟特意嘱咐你不要泄露出去？"

"是啊，他自己都管不住嘴，怎么能期盼他人保守秘密呢。"

"那他主演西游记电影的事，年老师是怎么知道的？"

"我也不清楚。应该是他让片方给年良友一个角色吧。"

"还跟你讲他俩师兄的事了？"

"你觉得他是故意的？可是为什么要跟我说呢？"

"时间尽头的酒店向来不乏社会名流。这是你透露给他的吧？无论是年老师，还是玉迟，都是精明人。"她走到我身旁，一副惋惜的样子，说，"你以为玉迟嘴不严？小陆，你被耍了。"

我愣在原地，脑袋有点转向。

"徒弟以为师父老糊涂了，就想为所欲为，谁承想事情闹成这样。玉迟这时候正后悔呢。"

她冲我眨眨眼："不信等着瞧。"

当晚，阿曼达决定去医院看望年良友，问我要不要一起。我对老头子实在没什么好感，也不明白她为什么要这样做。她说："你就当是保护我，行不行？咱俩一起去，我先关了酒店大门。"

我大概知道中风是什么样的症状，然而当走进病房亲眼目睹，还是怔住了。年良友嘴歪眼斜，脸上表情狰狞，扭曲得不成样子，嘴角不时有口水流出来，眼神空洞，死气沉沉。

我突然想起他屋里那些濒临死亡的旧家具。

几位白发苍苍的老头围坐在病床旁边，衣着简陋，有些还打着补丁。看见我俩进屋，他们抬起眼睛，默不作声。

阿曼达将四盘磁带和播放器拿出来，摆在床头柜上，说："年老师，这是我的一点心意，里面是评书《西游记》的节选。我知道您最喜欢了。还有，"她从怀里掏出信封，"这是给您的请柬。您可是答应要去我们那里的，不许食言哪。"

阿曼达露出甜甜的笑，就像在哄孩子一样。

师徒父子

走出病房，她说："你看见屋里那几位了吗？"

我说，都像活死人一样，叫人心里发毛。

"他们都是京剧、鼓书界的大腕儿名角，有两位还是'非遗'传人。"

我有点不敢相信。

"这些头衔听着唬人，实际有价无市，还不如搞直播的网红。过气的国家运动员都要靠卖金牌、街头卖艺过活，何况是被遗忘的艺术呢。之所以坐在这里，是因为这些年来，年良友一直在接济他们。老人们肯定觉得咱俩跟玉迟是一伙儿的，是来嘲笑他的。"

"年良友拿什么接济他们？"

"你真以为他那俩徒弟离开，是因为他拿钱去赌了？"

阿曼达与我肩并肩，沿着医院的走廊缓步前行。她走得很慢，好像故意在拖延时间。

"年良友虽然是倔老头，好色贪赌，还总惹麻烦，但是命不该绝。他的演出一度引领风潮，彻底改变了原先的模式。现在这些年轻后生多少都受他影响，就连段子手都抄他的东西。"

她说："金钱债可以用数字衡量，灵感债怎么还呢？"

我问她怎么知道这些人和事的。

阿曼达抿着嘴一笑，摆出架势，腿一抬，直劈过头顶。

090.

黑暗中有人在酒店门前来回踱步。是玉迟，他似乎已经等待了许久。

"进来吧，我们刚去看你师父了。"

玉迟显得有些慌张："他老人家怎么样了？"

"你见过他发病的样子，应该很清楚。"

"他做得太绝了。"玉迟竭力让语气平和，仍然难掩内心的激动，"我没想到他反应这么大。"

他走到阿曼达面前，说："请让我回到一周前，我会求他改变主意。"

"你现在也可以求他收回成命。"

玉迟一愣，不说话。

"我替你说吧，现在去找师父，不仅会闹得灰头土脸，而且毫无作用。因为你根本就不在意他是不是你师父，你在意的是逐出师门这件事，给你造成名誉上的损失。"

玉迟扭脸看我，露出哀求的眼神。

"我把话说得再明白些。你故意吐露师父患病的往事，让人觉得他已经风烛残年，毫无价值了；你放出消息称自己出演电影主角，故意刺激他，还假装好心好意为他安排一个角色，变相羞辱他的自尊心；师父脾气暴躁惹出麻烦，你及时出现，烘托自己孝子贤徒的形象，故意让人在网络上炒作。年良友把你逐出师门，整件事是你一步一步逼的，每一步都在你的计划之内。"

玉迟看着她，脸色铁青。

"你做出那么多铺垫，以为受到舆论谴责的会是他。没想到大家并没有一窝蜂地站在你这边，老头子的人脉和资源也没有顺利到手。所以你才会来这里，不是吗？电影项目的合作暂停了吧？"

"我的确不知道为什么。"玉迟抿抿嘴，绷着脸说，"能给我倒杯酒吗？"

阿曼达冲我使了个眼色。

师徒父子

我说，比起恶棍，人们更讨厌骗子。

他接过啤酒，一口气灌下整杯，坐在高脚椅上，耷拉着脑袋。

"我没想骗任何人。每一场演出我都认真对待，每一次合作我都努力做到最好。我对人谦和、有礼貌，遵守契约精神和绅士风度，从来不惹麻烦，难道这些有错吗？他明明身体不好还酗酒，喝多了撒酒疯惹麻烦，反倒怪我了？导演给我机会，让我演孙悟空，我难道因为他不能演就放弃？"

"那你为什么告诉我，两位师兄的演出费是被他赌掉的？"

"有区别吗？他凭什么克扣演出费，强迫我们捐给别人？我们是脱口秀演员，不是给传统文化垫背的！他们时运不济，跟我们有什么关系？你知道那些老家伙为什么孤苦伶仃、门生凋敝吗？因为西方文化入侵？消费主义盛行？那都是借口。真正的原因是他们根本不拿徒弟当人看！张嘴就骂，伸手就打，喜欢就多教点，不喜欢就撂挑子叫人滚蛋，每一辈都留着几手绝活不传，防徒弟像防贼一样，徒弟挣钱他们拿着，愿意给就给，不愿意给连钞票的影子都看不见。手里明明没剩多少东西，门户之见比天还高。连演出的票都卖不出去，还孤芳自赏、自视清高，孔乙己——说的就是他们。这些人自作孽，不可活，我一点都不可怜他们。"

他盯着我说，换作你，愿意这样吗？

我和阿曼达对视一眼，没说话。

"我记得刚出道那会儿，他带我和那些老家伙喝酒。我那时候不能喝酒，他们就一个劲儿地灌我。老人跟你碰杯，你要是不一口喝光就算不懂规矩。喝到一半儿，我实在坚持不住，叫朋友捎来两盒酸奶。其中一个老人竟然指着我对年良友说，这小子心眼太多，你得防着点，家里不能养狼。

"那天我吐了三回，后半夜直接睡在大街上。打那时候起，我就知道，早晚有一天，我会跟他分道扬镳。"

他冷笑："规矩？规矩就是老家伙们维护既得利益，压制年轻人的法宝，与契约精神背道而驰。每年有那么多小城市的年轻人来到北京、上海，仅仅是因为工作机会多？"

"回到一周前，"阿曼达拿过他的邀请函，慢悠悠地说，"想做什么呢？"

玉迟从公文包里抽出一沓合同。

那是一份协议。大概的意思是，玉迟以签约艺人的身份入驻年良友的公司，每笔演出费用按一定比例分给年良友，有点类似于明星和演艺公司、经纪人的合约。

"这东西我准备好久了。"玉迟说，"他现在签不了任何东西，什么时候能恢复也是未知。我虽然想脱离他，但也不忍心看着他落得这样的下场。"

"老头子骨头那么硬，恐怕不会要这嗟来之食吧？"

玉迟像是听到天底下最可笑的笑话，乐得眼泪都流出来了，说："你以为这些年是谁养着他？他都多久没有像样的演出了？不高兴了甩手就走，谁愿意跟他合作？"

他哼了一声，苦笑："老实说，我也不知道自己为什么要这样做。这不是孤苦伶仃、没爹没妈的孩子被老艺术家收养的故事，我们这帮师兄弟都有父母，学费、生活费一分钱没少交过，逢年过节也没少给他送礼。谁也不欠他的。"

阿曼达轻笑："你就是这样说服自己的？"

玉迟指着桌上的一纸合约，语气斩钉截铁："这是最好的方法。我离开他，即使受舆论攻击一阵子也不要紧，过段时间人们就忘了；

师徒父子

他离开我，谁养活他？病房里那几位吗？如果没有这份合约，我可能也会赡养他一阵子，直到他下一次惹是生非，或彻底激怒我。"

我走到阿曼达身旁，轻轻抽走了她手里的邀请函。

这是唯一的方法，尽管我不愿承认。舆论为年良友站脚助威，但是没人会为他做什么，大众只是找到发泄的出口，义愤填膺而已。过不了多久，人们就会淡忘这一切。

玉迟归来时，协议上签着年良友的名字。

他似乎有些感慨。

"时代变了，所有的师徒终究会变成甲方和乙方。"

他还想说什么，但是话到嘴边，又咽了回去。

师父和徒弟说了什么呢？

时间之匣

——那是超越万物的景象，无法以生死定义的东西。

091.

"有人说，时间是燃烧的火焰；有人说，时间是永恒的旋涡；我说，时间是一种活物，是尾随我们的野兽，用悔恨折磨我们。"

这是很久以前，我在一本漫画书上看到的。直到阿曼达提起一件旧事，我才想起它。

那是酒店的一次意外事故，发生在两年前。

两年前的酒店比现在简陋得多，用阿曼达的话说，就像街边的连锁酒店一样，没有这些复古工艺的家具、摆设，以及时间旅行者带回的古董。唯一的老物件就摆在酒店大堂里。

"当时它就在这里，摆在陈列柜的玻璃罩里。"阿曼达伸手比画着，"就像博物馆里的文物一样。"

那是一只木匣子，大概有鞋盒那么大，匣子上有精美的木雕花纹，涂着漆，打了蜡，边角用铜镶嵌。可是铜已经泛绿氧化，匣子表

时间之匣

面也有人留下了油腻腻的手指印，看起来像古代富人家用的收纳盒，虽然年代久远，好像也不是十分贵重的宝物。木匣没有开口，正面有一处猫眼似的玻璃镜，和人眼睛大小一样。玻璃镜正下方伸出一个小舌头，似乎往下一拨就能打开匣子。

曾经有人忍不住好奇心，将匣子拿出，眼睛凑到玻璃镜前，往里面看，说里面漆黑一片，什么也没有。也有人拨弄那个小舌头，试图打开匣子，结果试了半天什么也没发生。

一位考古学老教授说，它的正面结构有点像老式照相机，玻璃镜就像取景器，小舌头就是快门之类的东西。鉴于匣子上面雕刻的文字，有理由判断，它被用于记录时间或与时间相关的事情。直到后来，大伙都觉得匣子可能是坏掉了，或者根本就是一出恶作剧。

那东西静静地躺在那里，好像有一种魔力，将人们吸引过来，等着人将它拿出来鉴赏、把玩。每一位时间旅行者都忍不住透过玻璃罩细看两眼，然后低声念出那四个字：时间之匣。

"那东西可不是用来玩的。玻璃罩上面明确写着：禁止触摸。"

匣子静静地等着，直到两年前的一天。

有个十五岁的姑娘进入时间尽头的酒店。她穿着深褐色的毛衣，下半身是松垮垮的校服裤子和运动鞋，右肩挎着书包，两手交叉抱着校服外套，看样子刚放学。她的长发扎起马尾，胸前微微隆起，青春期的迹象明显，脖颈和手臂的肌肤细嫩得叫人羡慕，两手指甲整齐。整个人亭亭玉立，站姿端庄，似乎还有练舞蹈的底子。

她刚一进来，目光就被那匣子吸引住了，凑过来，几乎是趴在玻璃罩上面，朝里面看。

她叫宇文。阿曼达说，是个好孩子，在重点高中上学，成绩名列前茅，屡获奖学金，还在管弦乐团学习指挥，平时喜欢听巴赫和莫扎特。她说她爸爸是一名木匠，不是那种给人打家具的木匠，而是木雕艺术家，家里摆满微缩的木质模型，亭台楼阁、天坛故宫什么的。

玻璃罩倒映出宇文渴望的目光。

"她说看这木匣雕刻的样式，似乎是魏晋时代的产物，问我能不能拿出来看看，保证不会摔坏弄坏。被婉言拒绝后，我看得出来，她有点失落。"

宇文在酒店待了三天。她十分乖巧，谦逊懂礼貌，与阿曼达有说有笑。她说她爸爸虽然喜欢雕刻模型，但是真正的工作是微雕。他曾经在江浙一带学习微雕，手巧得能在一粒米上雕出一篇《兰亭序》，辛苦工作了一辈子，绝大多数时间都静坐在家里，手里拿着特制的笔刀，整个人一动不动。

说话的时候，宇文的视线不停地回到"时间之匣"上。

"她临走那天，我放松了警惕，结果让她得逞了。下楼拿一趟东西的工夫，一回来就撞见她把木匣放在玻璃罩上，探着身子，眼睛凑到猫眼玻璃镜前，另一只手正要拨弄那个小舌头。'是这样操作吗？'她问我。我喊了一声'不要'！但是已经晚了。"

匣子咔嚓一声，就像按下快门的瞬间。

那个十五岁，端庄秀丽的姑娘把脸移开的时候，眼神一片茫然。她的肩膀垮了下来，双臂自然下垂，呆呆地站在那里，眨了眨眼，向后倒退两步。

"她整个人犹如经历了一场巨变，一场比暴风雨更严重的灾难，目光涣散，筋疲力尽了。我喊她的名字，她好像没听见一样，摘掉扎马尾用的头绳，披散着长发，脱掉运动鞋，光着脚，也不说话，直接离开酒店，校服和书包都没拿。"

"她到底看见了什么？"

"我不知道。"阿曼达说，"但是，那次事故非常严重。酒店老板发来邮件，要求立刻关闭酒店大门，三个月后重新开启。在那以后，所有前往未来的时间旅行都不予通过。他在邮件里强调了时间之匣的重要性和危险程度，并且警告称：那玩意绝不能再重启了。"

她说："后来我就把它藏在别处。没想到……"

我喃喃着："时间是尾随我们的野兽……"

"你说什么？"

"没什么。我是说，你能确定老赵就是宇文的父亲吗？"

"能。那次事件给我的印象太深了。他一说自己的女儿来过这里，我就想到宇文。而且你看见他手里拿着的粉色笔记本了吗？那是宇文的日记本，我见过，错不了。"

092.

老赵是一星期前来到酒店的，说想再见一次死去的女儿。他大概五十岁，和很多中年男人一样秃顶，仅剩的头发也是灰白色的，乱糟糟地趴在脑后和两侧，像被野猫袭击过的鸟窝。这人有点驼背，戴着金丝边眼镜，小眼眯成两条缝，要是坐在那里一动不动，你还以为他在打瞌睡。

他说，女儿两年前患上抑郁症，本该有大好前程，却在一年前服药自杀了。孩子妈死得早，这一年多，他不知道自己是怎么熬过来的。

我请老赵拿出邀请函。他从一个深色布袋子里掏出那本粉红色封皮的日记，又从日记的夹页里翻出邀请函。那份邀请函上有无数道折痕，就像被人故意揉成纸团，再展开，平铺在玻璃板下面。

阿曼达站在远处看着他。

"大爷，容我多问一句，您这份邀请函是从哪里得来的？"

"叫我老赵就行。"他环视酒店大堂，脖子像乌龟一样缓缓移动，"一个小伙子，跟你差不多年纪，当时是晚上，我也记不清他长什么样儿。"

他又补充了一句："我记性不好，这东西扔在家里皱成这样了。要不是我收拾闺女的屋子，碰巧翻出来，估计永远也想不起来。"

"但是，这上面写的是您的名字。"

"是啊，是我的名字。我当时就想，要是有这种事，我就回去再看闺女一眼。"说着，他流下了眼泪。

他摘下眼镜，从上衣兜里掏出一块叠好的手绢擦眼泪，把邀请函摆在酒店前台的桌上。颤巍巍的手触了几下邀请函的边角，像是故意调整它的角度，和桌边平行对齐。

"您先坐在那边，我帮您登记。"

"好好。"他将手绢折了两折，还原成一个小正方形，塞进上衣口袋。

"您如果着急，现在就可以出发。当然也可以在酒店住下，我给您安排一个房间。"

他摆摆手："不着急，都等了那么久，也不急在这两天。我想在你们这里多住些日子。"

"为什么？"

"我太想念女儿了。她死以后，我把她去过的每一个地方都去了一次。看看她看过的风景，见见她见过的人。不瞒你们说，有个周末，我回到她中学母校，找到她原来那间教室，在她的座位上呆坐了一下午。现在就差你们这里了……"

"您女儿来过时间尽头的酒店？"

　　"是啊。就在两年前，她写在日记本里了。我那时候还半信半疑。"说着，又流出眼泪。

　　阿曼达走过来，问："您女儿是不是叫宇文？"

　　老赵连连点头："她是那么称呼自己的，说将来想当作家，宇文就是笔名。"

093.

　　安排老人住下后，阿曼达将那次意外事故讲给我听。她说没法确定罪魁祸首是不是匣子，毕竟没有第二名受害者，也不知道宇文看见了什么。而她不敢往里看。

　　老赵在酒店里住了一个月，闲来无聊，他就拿着那本粉红色封皮的日记，对我讲起宇文患抑郁症以后的事。他说得断断续续，时常讲到一半就抹起眼泪，说不下去了。

　　最初，宇文没有太大改变，只是不爱说话。她每天清晨五点起床，为父亲做好早餐，然后背上书包来到学校，拒绝和任何人交流。她以来月经为由拒绝上体育课，午餐时，自己一人躲在操场的角落里发呆，下课时也不和任何同学聊天说话。女生们觉得她孤傲清高，也三三两两聚在一起，传一些风言风语和小道消息，和她对面走过，也只是点点头，或者干脆翻个白眼，假装没看见。

　　老师拿这种事情也没办法。青春期的孩子，很多是自私又惹人讨厌的。

　　况且宇文的成绩也没下降，始终年级前十，由外向变得内向有什么不可以？老师在家长会后私下告诉老赵，不要大惊小怪。

　　但是老赵心里难受。女儿回家以后，始终趴在写字台前，即使写完作业也是捧着本书在那里看个不停，从来不主动和他说话。他牺牲木雕的时间，故意往女儿的房间里凑，想和她多说几句话，得到的回应从来都是冷冰冰的几个字或者一两句话。

有一次，在外面和老哥们儿喝酒，老赵醉醺醺地说，我闺女现在拿家当旅馆了。别人劝他早点回去，他摆摆手说，他现在根本不认识她了。当天夜里，他喝醉回家，伸手打了女儿，嚷嚷着就算把钱扔水里还能听个响儿，养条狗还能冲他摇摇尾巴，汪汪两声儿。

酒醒以后，老赵追悔莫及，他为女儿雕刻了一份礼物，是她以前一直想要的——一座精美的旋转木马，却被宇文一句"谢谢"打发了。他给宇文赔不是，想摸摸她的头，就像小时候一样。女儿后退两步，眼睛始终不与他对视。

后来，宇文再没得过奖学金，也不再参加管乐团。曾经从房间里传出的古典乐声消失了，巴赫和莫扎特的唱片落满灰尘。从放学回家到晚上睡觉，她始终戴着耳机，周末也待在家里闷头写作。当同龄女孩子化妆、逛街、买漂亮衣服时，她丝毫不在意自己的穿着打扮，每天早晨洗把脸出门，头发披散着，干枯分叉黯然无光。她食欲减退，吃不下什么，无论老赵怎样费尽心机给她做好吃的，也只是敷衍地胡乱塞两口。

老赵眼睁睁看着那一盘盘剩菜发冷变质，最终冲进马桶。

有老朋友告诉他，宇文这是脏东西上身，必须清除干净。他开始求神拜佛，在家里挂上各路神仙菩萨的画像，每天焚香祷告，诵念经文。他深夜潜入女儿的房间，将一个黄纸包塞到女儿枕头底下，黄纸包里有茶叶、生米和宇文的生辰八字。每过三天，将茶叶和生米煮熟让宇文吃，又把黄纸烧成灰，放进一碗清水里，让她喝掉。

宇文无动于衷，也不反抗，仿佛那副躯壳不是她的，怎样都无所谓。

没有一样方法灵验，没有一尊神仙菩萨响应他。老赵一赌气烧掉所有经书和画像，挥动榔头，将供奉在客厅的数十尊神像、佛雕砸得稀巴烂。这件事让他怒火攻心，大病一场，愈后双手总是轻颤，虽然旁人无法察觉，但是微雕做不成了。

老赵说，他的头发就是那时候掉光的，剩下两侧和脑后的头发也变得灰白。照镜子的时候，他突然发现自己彻底变成了一个糟老头子。

终于，宇文再也无法忍受令她窒息的人群。老赵不得已，向学校申请休学，同时领她去看医生。他终于知道有一种病叫抑郁症，女儿的种种表现和它相似，但他不相信医生，拒绝让心理医生和宇文一对一单独交谈。

宇文的心理医生是个年轻人，号称是精英心理咨询师。他刚开始很有信心，说了一大堆，讲得口干舌燥。宇文问："我可以回家了吗？"

由于无法查出抑郁症的诱因，医生决定对宇文催眠。她躺下，闭眼，不一会儿喃喃念出那四个字："时间之匣……"

此外再无其他。

药物让她变得更糟，老赵说。有时候他深夜回家，屋里一片漆黑，什么动静也没有。他打开电视，突然发现宇文赤裸着坐在沙发上，双腿自然伸直，两臂耷拉着，瘦小的身体暴露在寒冷的空气中，望着电视荧屏上的雪花。她的头发纠缠在一起，双眼深陷在眼眶里，手脚的指甲又长又黄，好像一个被糟蹋过然后遗弃的人肉玩具。

老赵拿过毯子给她披上，转身关掉电视。毯子顺着她的身体滑落，仅仅盖住了大腿部分。她仍盯着关闭的电视荧幕，似乎在看自己的影子。

他越来越不愿意回家，每天做好饭以后，就出门喝酒，直到深夜归来。情况好的时候，宇文可以阅读，听音乐，甚至坐在轮椅上，让老赵推着她在楼下转转。但是大多数时候，都像一个幽灵。

直到有一天，他回到家，发现宇文赤裸着趴在床上，脸朝里侧着，一只胳膊垂到床下。他叫了她两声，从地上捡起一个空的安眠药瓶。

人送到医院已经晚了。医生也没多说，抑郁症自杀不是新鲜事。葬礼只有老赵一个人，曾经的老师和同学一个也没有来。整理遗物的时候，他发现一个粉红色封皮的日记本，说是日记，其实断断续续，记述着一些奇怪的笔记，翻开第一页上面写着："时间之匣……"

他说："那是你们这里的东西吗？"

"说实话，我也没见过。"

他开始流眼泪，攥紧手里的日记本："行行好，我只想知道我女儿到底出了什么事。原来她不是这样，怎么就突然变成这样。是那东西害了她吗？"

我看见阿曼达站在阴影里，双手交叉在胸前。

"我不知道。"

"求你了，让我看看那东西吧。我向你保证，对天发誓，只是看看而已。"

"匣子是别人寄存在酒店的，后来让人拿走了。"阿曼达走过来，冷着脸说，"抱歉。"

我盯着她。我知道她在说谎。

094.

阿曼达觉得事情有些不对劲，她决定调查一下。"事关重大。"

她说。

"因为那只匣子，还是因为一个无辜女孩丧命？"

"如果查出罪魁祸首是那只匣子，你会怎样做？"

我愣在原地，不知该说什么好。

眼看她要走，我问："那东西是不是还在酒店里？"

阿曼达说，相比匣子，你更应该小心那老人。宇文刚来酒店的时候，我就看见那本日记了，那四个字怎么会写在第一页？

她拍拍我的肩膀："没人知道那孩子身上到底发生了什么。"说罢，转身走了。

老赵迟迟不肯出发，他不再提时间之匣的事，反而每天酗酒，醉醺醺地窝在沙发上睡觉，梦里呢喃着宇文的名字。我几次将他背回房间，把粉红色的日记本放在他枕边。

阿曼达离开那几天，我始终昏昏沉沉，总是梦见有个小女孩探着身子，眼睛凑到木匣子的玻璃镜前，不停往里看，又总是在她按下机关舌头的瞬间惊醒。

咔嚓声在冰冷的梦境中异常响亮。

终于有一天，我把老赵扶上床，帮他脱掉鞋，拿过毯子给他盖上，然后回到大堂收拾空酒瓶。我擦了桌子，把所有的酒杯都清洗一遍。

视线不停回到那本粉红色日记上。

我倒了杯酒，抽了根烟，又抽了根烟，在大堂里逛荡了两圈。

日记前面的部分被人撕掉了，最上面写着"时间之匣"的那页也被撕掉了，仅剩下残存的四个字。里面有意识流般的文字，还有手绘的抽象画。

离开酒店那天，有同学看到宇文光着脚走在街上。她失魂落魄的样子被人瞧得清清楚楚。第二天上学，她说自己的书包和校服都丢了。自此一传十、十传百，从教室到茶水间、办公室都知道有个女孩在放学路上被强奸了。亲眼目睹，证据确凿，如同上百人亲临现场。他们看她的眼神，就好像她身上的东西会传染。而宇文觉得这一切都是毫无意义的。

"为什么要尝试与他们交流，他们也是卑微的生物、时间的牺牲品而已。"她这样写道。

而老赵，"那个可悲的中年男人"，自从妻子去世以来，一有机会他就往她房间里窜。不知道他是真的寂寞，还是想从宇文这里寻找慰藉。她避免与他接触，就像避免与其他任何人接触一样，完全忽视他的存在。这似乎激怒了他。有一天晚上，他喝醉回家，踹开女儿的房门，揪住她的头发，用皮带将她双手反绑在身后，就像押犯人那样。

"我养你是有用的。"他说。

这是故事的另一面，就像硬币的另一面。

那篇日记的后面，是一幅简笔画，上面画着两个人，一男一女。相信我，你绝对不想在晚上和家人一起吃饭、看电视的时候提起它。

自那以后，老赵每天给她做饭，就算她不想吃，也强迫她咽下去。宇文身上有伤的时候，他就把她锁在屋里，不许她去上学。后来，他怀疑女儿是不是中邪，变着法把邪祟驱逐出她的身体。"就算是一碗毒药，我也会一声不响地喝下去。既然感受不到快乐和满足，那么痛苦应该能提醒我，我还活着……"她写道。

驱除邪祟的过程有很多细节。我一根接一根地抽烟，口干舌燥。

仿佛那副躯壳不是她的，怎样都无所谓。

"我感受不到自己的痛苦，但是能感受到他的痛苦，这个中年男人快要崩溃了。"

　　老赵连夜被噩梦惊醒，家里那些神佛雕像让他害怕，于是他砸烂那些雕像，烧掉所有经书画符，却眼睁睁看着自己大把大把地掉头发，剩下的头发变得灰白，整个人在几天之内老了十来岁。他双手发颤，干了一辈子的微雕再也无法继续下去，能工巧匠变成彻底的废人。他冲进宇文的房间嚷道："是你害了我！都是你害得我！"

　　我脑袋发沉，浑身像灌了铅一样往下坠。

　　过了一阵子，宇文母亲的一位远房亲戚意外来访，看到宇文这副样子，强迫老赵带她去看医生。"医生说我患上一种叫抑郁症的病。他不肯让我和医生单独交谈，害怕我说出什么，露出衣服下面的瘀青和伤疤。这种事千百年来都在发生，说了也没有用。他们的衣服下面又隐藏着什么。"

　　医生给宇文开的药物，或者说，老赵灌她吃下去的药物，使宇文连身体也无法控制。她几次呕吐、失禁，搞得乱七八糟。他直接向学校申请退学，在家里不许她穿衣服，只给她一条毯子披在身上。每天起床，他都会问："你今天感觉怎么样？不吃东西的话，就要直接吃药。"

　　"你从来不是独一无二的雪花，你和其他人一样是时间的肥料、牺牲品。"

　　这话我好像在哪里听过。

　　日记到后半部分，文字越来越少、越来越散乱，取而代之的是涂鸦式的简笔画。假如有任何媒体、报社、新闻网站刊登这些图画，一定会在顶部注明：以下内容可能引起你的不适。

　　没被撕掉的最后一页写着："他说我吃药以后身体比较有反应……"

我合上日记，抄出一瓶伏特加，倒进酒杯里，倒着倒着，手一抖，洒得满地都是。酒杯摔得粉碎，我直接就着瓶子灌下去。辛辣的刺激掩盖了酸胀、反胃和下垂的感觉，心跳加速，直逼嗓子眼。

我想点根烟，按下打火机，三番五次也没能成功。

烟点燃的瞬间，脑后一蒙，眼前一片漆黑。

095.

有人往我脸上泼冷水。

眼睛睁开的时候，阿曼达坐在地上，与我面对面，两人被反绑双手。酒店大堂一片狼藉，满地都是碎酒瓶。该死的，竟然把这里翻了个底朝天。他搬过把椅子坐在我俩中间，手里把玩着一柄小刀，说："既然都醒了，我们谈谈吧。告诉我，那东西在哪里？"

阿曼达嘴角流着血。

我说，你找时间之匣做什么。

"那东西是毁掉我还有我女儿的元凶，我要毁了它。"

"毁掉宇文的是你。你把她当成奴隶和玩物，一步一步控制她，亏她还是你女儿。"

他揪住我的衣领，刀抵在我脸上，说："我女儿早死了。那是个机器人、是玩具、是幽灵，根本不是人。既然没有人的情感，为什么要用对待人的态度对待她。你们才是凶手。你们不光毁了她，也毁了我。"

他的手始终微微颤抖。

阿曼达说："总归是你杀了她。还有我们分发邀请函的同事。"

我一点也不惊讶。

时间之匣

"他给她吃了安眠药，然后等着她死掉。分发邀请函的人是被他折磨死的。"

"她死了跟活着有什么两样，还不如两年前直接出车祸死掉。她管不住身子，总把房间弄得乱糟糟的，臭气冲天……就像现在这里一样。"

他环视四周，左右踱步，踩中的酒瓶碎片发出清脆的吱吱声。

"时间尽头的酒店哪。我找了一年，好不容易遇到分发邀请函的人。谁知那小子软硬不吃，怎样都不肯给我邀请函。你们知道我在他身上划了多少刀？"

老赵走到我面前。他说，我做了一辈子微雕，可以在一粒米上雕一篇《兰亭序》或者在一根头发丝上雕一篇《岳阳楼记》，客人必须用放大镜才能看得到。

他说，我的刀工比酒楼里的厨子强百倍。

"你猜猜，我能往她脸上雕多少个字？"

阿曼达瞪着他。我知道这时候她的心跳有多快。

"或者交出时间之匣，让我毁掉它。"

刀贴着阿曼达的脸，轻轻摇晃。

"不要！"我说，"带他去。"

"相信我。"我露出坚毅的眼神，努力让她有一丝心安。

她摇摇头，说："你什么都不知道。"

我惊诧不已。时间之匣藏着什么秘密，值得她如此守护，就连毁容也在所不惜。

"这么说，你知道？"

老赵走到我面前，手一挥。

一阵凉风划过，我听见阿曼达惊叫。

眉毛上方一股热流涌出，像是开了一口泉，血流下来封住我的左眼，顺着眼皮流下来。

血溅在他的脸上、眼镜上。我刚要说话，他又一挥手，右脸一阵剧痛。这回是竖刀。

不知为什么，刹那间我想起雷树，想起加州的摩托车俱乐部，还有那家伙胳膊上的一排香烟疤痕。他一定感受过比这厉害万倍的疼痛。要是他在这里一定会说，小子，忍着点儿，这算什么。

你是男人。你肯定不想死的时候还像个雏儿，身上一点伤疤都没有。

老赵回头瞧瞧，又挥起手。

"够了！我带你去。"

"心疼了？"

我看见她眼里闪烁着泪光。

"你连愿意为你挨刀的人都没有。"

话音未落，他一脚踹在我肚子上。

我喉头发甜，整个人倒在地上，扭了扭身子。

阿曼达把时间之匣藏在地下餐厅的一块地砖下面，那只陈旧的木匣子，由于氧化和厨房的油烟，已经发黑了，就像没人要的旧破烂。和它放在一起的，还有宇文的校服和书包。

老赵顿时愣住了，眼泪止不住地流出来。

"这是你女儿的校服和书包，我们一直保存着。"阿曼达盯着我，说，"她来那天穿着深褐色的毛衣，肩上挎着这个书包，看样子刚放学。她跟我聊了很多，说她在管弦乐团学指挥，喜欢巴赫和莫扎特，还对我提起你。她说你是木雕艺术家，总是在家里摆满各式各样的木质模型，还想求你为她雕刻一座旋转木马。"

时间之匣

满是皱纹的手轻轻抚摸着校服。他自言自语："你不该回来。你要是直接消失，就永远是爸爸的乖女儿了。"说着竟悲愤不已，猛地掀翻身旁的桌椅，像一头发疯的野兽。

"现在扯这些有什么用。"

他抹掉眼泪，将校服和书包撇在一旁，端详起那只木匣。

这就是时间之匣。眼睛贴在窥视孔上，同时启动机关，就能看见里面的景象。它能给人植入某种意象，类似于催眠，将匣子里的信息射进人的大脑，任谁也拔不出来。不管你看见什么，都没有人能与你分享，或共同承担这种痛苦。

"匣子里面是无尽的噩梦，对吧？"

"不对，"阿曼达摇摇头，说，"这是你的想象。"

老赵哼了一声，摘掉眼镜，探身到玻璃镜前。

"不要！"

"你害怕有人看这匣子？我才不会那么傻。"

他揪住阿曼达的头发，刀抵着脖子。

"我女儿来这里的时候你在吧？是你没看住她吧？不如你来，死了一个，再换一个。"

他按住她的脑袋，一寸一寸向前挪。

我感到每一条青筋都在狂怒着跳动。

阿曼达痛苦地挣扎。

我听到酒瓶碎片摩擦绳子的轻响。

宇文的简笔画，一男一女。

我闻到身上的血沸腾的味道。

日记的最后一页：吃药以后……

挣脱的瞬间，我猛地扑向这畜生。

如果你想捆住什么人，千万别让他像虫子一样扭动身子，靠近任何锋利的物体。

碎酒瓶也不行。

老赵像是被遗弃的破烂玩偶。我夺过刀子扎穿他的掌心，哀号声让人想起将死的老狗。

我钳住他的脖颈，死死按在时间之匣的玻璃镜前，另一手伸向那个舌头。

阿曼达喊着什么，但是我听不到。

微弱的咔嚓一声，比起按下快门，更像是扣动扳机。

096.

有个周末，你必须得去参加一场考试。那是一场非常重要的考试，足以影响你的命运。你为此准备了一年多，每天睡不够五个小时。

但是当天你起晚了。

你跑着追到公交车，却低估了清早交通的拥堵程度，还有一站地的时候，不得不恳求司机开门，撒丫子奔向考点，终于，你在最后一分钟赶到考场。

你在考官斥责的眼神中坐下，呼哧带喘，汗水浸透你的衬衫和长裤，贴住前胸、后背和大腿，闷热得使你想起中学时代的军训。

试卷发下来，你突然发现，脑袋一片空白，许久以来储备的知识随着奔跑丧失的体力一起消失了。那些密如乱麻的试题，就像最熟悉的陌生人。汗珠滴落在纸上，化开你解出的第一道试题。旁桌龙飞凤舞的时候，你的卷子上只有一摊丑陋的墨迹。

时间一分一秒地流逝，你沮丧懊恼，凭借直觉和本能做出解答。

所有努力都化为泡影，那些熬过的夜、背过的书和一遍遍纠正过的错题，就像幻灯片一样在你的脑海里粉墨登场，轮番羞辱你。

直到你绝望地写完最后一题，抬头发现考场里已经没剩下几个人。

铃声响起，所有人立刻停笔。

考试结束后，所有答案立刻公布。你惊讶地发现，所有犹豫不决、疑惑不解的题竟然都答对了。对比正确答案，你测算自己的分数，笑得几乎合不拢嘴。

纸上的分数就像是无限放大的符号，而你正陷入漫无止境的一刻，忘记了所有重要的事情。那是你十几年来最美好的瞬间。那天的晚饭将是你吃过最美味的珍馐。

而那天晚上，你也将睡得无比香甜。

"这个，"阿曼达说，"就是宇文在日记中描述的，时间之匣里的景象。"

那是超越万物的景象，无法以生死定义的东西。它燃烧着、流淌着，只要看上一眼，你就被它尾随，永远无法摆脱。你的生命、爱情、所有痛苦和倦怠、忧虑和挣扎，甚至存在都毫无意义。

你所做的一切，不过是缥缈的幻影，浮在天空中一戳就破的泡沫。

"匣子里的东西，是时间的原貌。"

老赵瘫坐在满是酒瓶碎片的地板上，歪着脑袋，目光呆滞，嘴角流出口水。他的手不再颤抖，而是一动不动，彻底陷入死寂。这样的他，送到医院的话，大概会被诊断为老年痴呆吧。

阿曼达为我清理伤口，问我疼不疼，我擦去她嘴角的血污。

"酒店的屏障——这是时间之匣的真正用途。"她说，"它保护这里不为外人发现。更重要的是，不被未来的人发现。一旦重启，他们就能找到我们。"

　　"他们是谁？"

　　"野心家、政客、战争狂、极端信徒、操纵金融货币的诈骗犯等等，不计其数。"

　　我突然意识到，自己闯祸了。

　　"必须立刻关闭酒店大门。"

　　她说，灾难就要降临了。

| 第20话 |

浅野之怒

——人必须要为自己的信仰付出代价。

097.

"我知道你们的小秘密。"

说话的时候，浅野翘着二郎腿，坐在我对面的车座上。他穿着白衬衫，黑色西服披在肩上，没有系领带。这是我跟他第一次见面。他挥挥手，车子发动，顺着东三环向北驶去。我看见他手腕上的佛珠，那可不是花钱能买到的东西。

浅野望着窗外的夜色掠影，说："这座城市变化真快。"

酒店关闭的第三天深夜，回家途中，街边有人叫我。两个穿西装的人站在一辆黑色轿车前面，距离我不到五米远。两人身材魁梧，至少比我高出一头，就算光线昏暗，我也能辨认出西服下面的肌肉。路灯下，两人双臂自然下垂，其中一人说："浅野先生想和你谈谈。"

"我不认识什么浅野先生。"

另外一人阴着脸说："你很快就认识了。"

"要不去你家里？"之前那人说，"本来想在那里等着你。"

阴着脸的人在嘿嘿地笑。

没法逃跑。这两人能在一分钟之内把我按在地上。

我钻进车里，两人迅速坐到前排。

车里坐着一位四十多岁的中年男人。小眼睛，宽额头，眉毛弯弯的，鼻梁挺拔，连鬓胡剃成青皮。他微微一笑，扯动眼角的皱纹，说："你好，我是浅野。抱歉这时候找到你，不过我猜你对时间并不敏感。"

他看着我，脚尖点了点身旁的小酒柜："喝不喝饮料？"

"我刚从酒吧回来。"

"喝了多少？"

"两瓶啤酒、一打龙舌兰。"

"年轻就是好。我像你这么大的时候，时间全用来工作了。"

他每说一句话，我的眼皮就跳一下。尽管口干舌燥，可还是别碰酒柜里的瓶瓶罐罐为好。

我舔了舔嘴唇，问他有什么事，没事的话，我还要回家睡觉。

浅野笑着摇头："你今晚恐怕回不去了。跟我走一趟，见几个人，天亮送你回去。"

然后，他说出那句话。

"我知道你们的小秘密。"

浅野从西服的内衬掏出两个信封递给我："打开看看。"

信封里是两份空白的邀请函。

"你想得到什么？"

"时候到了我会告诉你。现在，你只需要用耳朵听，用眼睛看。"

一盏盏路灯照亮轿车的影子，瞬间被遗忘在身后。我目光游移在明暗交错的浅野身上，想起阿曼达的话。时间之匣是酒店的屏障，一旦重启，那些野心家、政客、战争狂、极端信徒、操纵金融货币的诈骗犯等等，就能找到我们。

没想到来得这么快。

"我当警察的时候偶然得知一件事，"浅野说，"每周日的清晨，和尚们会坐在旅游大巴上念经，绕北京一圈，为这座城市的人祈福。大概就从你们这个年代开始，一切都不一样了。"

"你当过警察？"

"有过那么一阵。你知道，抓坏人总是最简单的。"他说，"难的是保护那些你讨厌的人。骗婚遭人追杀的同性恋、在街头被人围殴的小三、闹事的球迷和粉丝、被打得满地找牙的瘾君子、狗肉馆的老板、遭人拦路抢劫的妓女、在警察局颐指气使的富二代，还有以曝光别人隐私为生的娱乐记者……你没得挑选，有时候必须得挡在前面。

"没人觉得你是英雄，民众觉得你黑白不分，或者收了人家什么好处。就算你牺牲了，这个世界也不会变得好一点点。"

098.

车子在一栋居民楼前停住。浅野下了车，望着那栋楼良久。

他说："我当警察时的一位前辈，就是从这里跳下去的。"

"暴脾气又好面子，"浅野说，"他就是那种在办公室里永远冷着脸，开玩笑过火都会揍你两拳，无法忍受任何贬低或嘲讽的人。你要是说他写的字难看，他都能冲你嚷嚷两句。那时候他每天工作十几个小时，经常通宵熬夜不回家，一忙起来连节假日都能忘掉。"

这家伙唯一的软肋，就是他女儿。

浅野说，女儿从影视学校毕业，那时候是刚出道的明星。其实也算不上明星，就是那种半路出家的网红，在网上晒晒自己的照片，发几篇博文搞搞直播，偶尔接一部网剧，在里面当配角，露点肉打打擦边球什么的。有一张漂亮的脸蛋，就火得不行。二十岁那年，她有机会在片子里当女主角，但是电影公司嫌她名气不够大，打算换一位比她更火的网红。

"于是她想耍点小聪明。"

她把自己的裸照和视频发到网上，声称是被人恶意泄露的。此举引发轩然大波。她的粉丝量爆增，电影公司对她另眼相看。她如愿以偿，当上女主角。那些照片和视频在主流网站被删掉了，虽然有些地方还能找得到，但是你知道，没人在意那些，总有更辣眼的东西爆出来。

"唯一耿耿于怀的，就是我那位同事。"

对他来说，这件事简直是奇耻大辱。他逼问女儿，照片和视频是谁拍的，又是谁泄露出去的。女儿当然不敢跟他说实话。他的下属都背地里管他叫阎王爷，何况是亲生闺女。

电影反响平平。他女儿虽然演技一般，但是对于第一部作品来说，已经是不错的成绩了。之后，他女儿又陆续接到几个角色。本来这件事已经过去，他也无能为力，直到有一天，他拿到一样东西。

"就是你们的邀请函。"浅野说，"你还记得他吗？"

我回答没有印象。

浅野点点头，说："可能那时候你没在酒店。"

警察拿到酒店的邀请函，毅然回到过去，洗刷这场耻辱。他回到裸照发布的前一晚，把女儿的手机没收，锁在屋里，直到片子开拍。后来这样的事又发生了两次。那个年龄想出名的女孩有如过江之鲫，错过一次机会，下一次就不知道是什么时候了。他女儿再没

接到任何角色的邀请，就连经纪公司也受够了这位一到关键时刻就
消失的网红。

"然后，"浅野说，"她决定报复。"

她趁他出门，收拾好东西躲到朋友家里，在网上发表声明，断绝
父女关系。而他早上来到办公室，所有人都盯着他，没人说一句话，
办公室笼罩在乌云之下。然后他打开电脑，查收邮件，看见那份声
明，还有女儿的裸照。

每个人都收到那封群发的邮件，看见了他女儿的声明，和那二十
岁性感的身体。屋子里的这头大象重得超过了极限。他在警察局二十
多年来塑造的冷酷和威望，在一个清晨全部变成笑柄。所有人都知道
他有多么愚蠢，而他女儿又是什么货色。有几位年轻的、曾经被他狠
狠教训的警察甚至在谈论中午要去吃点好的。

"当天晚上，他就从这里跳下去了。"

浅野说："这就是时间旅行给他的结局。"

099.

回到车上，浅野从冰柜里拿出两听啤酒，自己打开一听，另一听
递给我。

他说，我们找地方吃点东西。

然后，他朝前排的两人使个眼色。两人应一声，车子继续开动。

坐在这样的车里，我以为会在某家隐蔽的会所落脚，结果车子
停在一家24小时便利店的门口。浅野下车，在便利店里买了两个三明
治，递给我一个。我俩站在店门口，透过落地窗往里看。他说，以前
执勤的时候，经常来这里买东西吃。

"刚才那位收银员——那个女孩，现在是个同性恋。"

我不明白他的意思，同性恋有什么大不了的。

"她以前不是。"

浅野说，这个二十二岁的女孩以前喜欢男人。那种又高又帅、肯花钱养她的男人，那种像韩国明星一样精致雕琢过的小白脸。会唱歌，会弹吉他，读过一些浅显的文学，懂得几分浪漫的情调，最好还有六块腹肌。所以当她现在的女伴追求她时，她说不。

那位女伴知道，要想得到她，就必须让她心碎，让她对男人彻底死心。但是她已经追求过她，那个女孩已经知道，自己对同性没兴趣。

——必须回到她意识到这一点以前。

"她拿到你们的邀请函，立刻回到三个月前，刚认识她，两人还是好朋友的时候。"

那个女同性恋雇了一个男妓。

那个男妓梳着丸子头。他会唱歌，会弹吉他，读村上春树、卡佛和杜拉斯，对《这个杀手不太冷》的剧情了如指掌。更重要的是，他有六块腹肌，而且还给自己起了个韩国名字，姓金还是姓李什么的。

他假装和女孩不期而遇，在书店，在咖啡馆，在某位明星的演唱会现场。

女伴为每次约会和所有男妓送给女孩的礼物，玫瑰、饰品、鞋子、包包买单。他向雇主汇报每次约会的细节，她说的话、身体的反应和脸上的表情。他说自从看见她第一眼，就知道该用什么方法搞定。

那男的记事本上写着，女孩喜欢他为她弹吉他唱情歌，喜欢爱抚她的后背，从颈部到臀部，像爱抚一只猫。女孩喜欢文学中的浪漫情调，但是并没有深刻的见解，说不出所以然。她坚持认为文学和艺术不过是感觉，对深究的人嗤之以鼻。他从不和她争辩，或者说，以某种巧妙的口吻让她自以为屡屡获胜，欣喜万分。

那男的记事本上写着，站在镜子前的时候，她总是抱怨自己身材配不上他，没有人鱼线、蛮腰和翘臀，但是懒得锻炼。女伴想付费为她办一张健身卡，被男妓阻止了。他说，收到这样的礼物，她不仅不会感谢，反而觉得自己遭到嫌弃。

"他发誓说永远爱她不渝。"

然后，他不再主动给她打电话，不再口吐莲花，背诵那些烂熟的花言巧语，不再赞同她那些肤浅的见解，不再送她昂贵而低俗的奢侈品。这样一星期过去，两星期过去。她在电话里哭着求他，于是两人在咖啡馆里见面。男妓说他们之间完了，因为她是肤浅、无知又自以为是的贱货。

"他的最后一句话是，你代表我所厌恶的一切。"

这一切都在女伴的计划之中，她迅速出击，乘虚直入，俘获芳心。

100.

"你认为是酒店的错，把这一切都怪罪于时间旅行？"

"如果没有你们，这一桩桩悲剧都不会发生。"浅野说。

"你想毁掉时间尽头的酒店。"

浅野把手搭在我肩膀上："希望你能帮助我。"

"如果不呢？"我甩脱他的手，"酒店也帮过不少人。"

坐在前排的两人下车，面无表情地看着我。

"跟着我，帮助别人的方法多的是。时间旅行本身混乱无序，必须有强大的力量做支撑。如果没有，就必然失控。你们的酒店存在一天，就会造成更多混乱、失控和不幸。你也看见了，这样的事数不胜数。你能保证每一位拿到邀请函的人都心地善良吗？也许表面是这样，但是我告诉你，绝大多数人不过是没有作恶的资本。"

浅野掏出那两份空白的邀请函，在我面前晃了晃。

"而你们给予了普通人作恶的资本。"

也许是因为声音独特，浅野的话在我脑海里不停地回荡。

"我们会怎么样？"

"遣散，然后无罪释放。"他盯着两个大块头说，"我向你保证。前提是你告诉我一件事：酒店的创始人在哪里？"

"我从来没见过。"

他看着我，似乎我在故意欺骗他，侮辱他的智商。

"你们不过是萍水相逢，为什么要保护他。他才是真正的大奸大恶。"

说这话的时候，浅野闪露出之前从未有过的凛然正气，似乎铲除这个恶徒是自己义不容辞的责任。他说："你不相信我？好，我带你去看第一个受害者。"

两个大块头听到这话，似乎吃了一惊。其中一个说："浅野先生，这样恐怕不好。"

"我不会干预任何事。上面怪罪下来，就说是我的主意。况且有你俩在，我能做什么。"

"如果发生意外，我们会采取一切必要行动。"

浅野冷笑一声，低头钻进轿车。

浅野之怒

101.

在不久的将来，人们捕捉到一种活物，拥有操纵时间的力量。与各时代的新能源一样，它有巨大的潜力，同时危险不可预测。为了彻底掌控它，被称为安全局的组织应运而生。安全局成立项目组，专门研究如何应用它的力量，同时将与此相关的一切列为绝密。

浅野说："我就是那时候被召进项目组的。"

项目组里有两个人没有军方背景，其中一个就是酒店的创始人。他比浅野大两岁，总是在组里提出与众人相左的意见，态度强硬，对决策者冷嘲热讽。最开始，大家都觉得他没有大局观，不懂得把握重点，总是考虑细枝末节的东西。后来习惯了，背地里都称他为刺头。浅野说，他是典型的理想主义者，脑袋里的东西荒唐可笑，完全不切实际。

"事实证明，理想主义者一旦付诸行动，比普通罪犯可怕得多。"

浅野沉默片刻，从怀里拿出一张照片。

照片里的女人大概三十多岁，穿着白色连衣裙坐在草地上，背后是一棵大树。可能是光线的原因，她裸露的肌肤比裙子更白皙。女人冲着镜头微笑，浑身散发出美妙的青春光晕，任谁看见也不忍心将目光移开。她的五官玲珑剔透，就像由白玉雕琢而成，为众神所赐的潘多拉。

"她叫如意，是组里一位教授的女助手，也没有军方背景。"

他抚摸照片，手指沿着她身体的轮廓勾描。

如意是全组最年轻的成员。她虽然年龄小，但是冰雪聪明，在数学方面拥有惊人的天赋，懂得人情世故，擅长随机应变。被召进组的都是各领域的顶尖人物，谁也不服谁，一旦叫上劲，就从争论问题变成攀比资历，甚至拍桌子瞪眼。往往众人争论得不可开交的时候，她几句话就能化解矛盾，将气氛调回轻松的状态。久而久之，所有重要的会议都必须有她在场。

浅野轻轻叹息："我到现在也不明白，为什么她会选择刺头，甘愿为他牺牲一切。"

经过一年时间，初号机制作完毕，看起来就像一只鞋盒大小的木匣。匣子内部是由特殊材料和涂层制成的保护壳，里面就是那东西。浅野说："他们把匣子雕得像模像样，还起了名字叫……"

"时间之匣。"我看着他，"这么说，它不仅是屏障，也是时间旅行的源动力？"

"可以这样理解。"浅野说，"没过多久，那东西就失窃了。"

"你是说，酒店创始人偷走了时间之匣？"

"凭他一人当然做不到。我们早就对他做了防范，各处都设置了权限。"

"是如意？"

"是他蛊惑了如意。"

安全局大为震怒，派人四处搜捕，结果只找到如意。那个组里的刺头带着时间之匣，神秘消失了。而如意拒绝合作，她说他做得对，说自己没受到威胁与恐吓，即使亡命天涯也在所不惜。她说时间之匣太过重要，不能掌握在安全局手里。

"她最终以叛国罪被处死。"

浅野长出一口气。

车子在一栋居民楼前缓缓停下。"就是这里，"浅野说，"此时此刻，她就在这里入眠。母亲每晚给她讲童话故事，再过几年，父亲会给她讲《远大前程¹》和《了不起的盖茨比》。十六七岁的时候，她最喜欢凯鲁亚克²的作品。等到上大学以后，就变成亨利·米勒³和威廉·巴勒斯⁴。"

"她曾经对我说，数学是搭建简洁纯粹的美感，文学是构筑精神力量的氛围。可惜那时候我不懂，也没时间了解。现在明白已经晚了。"

浅野冲前排说："我和尹陆下车说两句话，你们就待在车里吧。"

两人对视一眼，点头应允。

他在我前面下车，朝远处走了几步，说："如意被逮捕的时候，我劝她把责任推在那家伙身上。只要她这样做，项目组所有人都可以为她担保。但她就是不肯。那该死的畜生利用完她，自己就跑掉了，根本不顾她的死活。就算为如意报仇，我也要找到他，让他付出代价。"

他抬头望向窗户。星光映在他漆黑的瞳孔里，像是坠入了深渊。

"距现在两年前，我们定位到时间之匣的下落。于是派人过来，发现了时间尽头的酒店。这家伙到底是理想主义者，竟然把时间之匣用在这种地方。本来想摧毁酒店，但是他突然出现了。我自然下令先追捕首恶，逮到他以后，再处理你们的酒店。两位特工费尽周折，结

---

1 《远大前程》又译《孤星血泪》，是英国作家查尔斯·狄更斯晚年写成的长篇小说。成书于1860年至1861年之间。

2 杰克·凯鲁亚克（Jack Kerouac，1922-1969），美国作家，美国"垮掉的一代"的代表人物。他的主要作品有自传体小说《在路上》、《达摩流浪者》、《荒凉天使》、《孤独旅者》等。

3 亨利·米勒（Henry Miller，1891-1980），美国作家。其代表作有《北回归线》、《黑色的春天》、《南回归线》等。

4 威廉·巴勒斯（William Burroughs，1914-1997)美国作家，与艾伦·金斯伯格及杰克·凯鲁亚克同为"垮掉的一代"文学运动的创始人。其代表作有《贩毒者》、《赤裸的午餐》等。

果还是让他逃了。那时候安全局上层发生人事调动，新上级要求召回所有特工，你们的事也就暂且搁置。总之，特工告诉我，当时他身边还有一位年轻人，体貌特征和你一模一样。"

浅野说："尹陆，你在两年前进入酒店，就是他把藏在衣服里的邀请函交给你的吧？"

这话如晴天霹雳。

雷树就是酒店的创始人。

他说："我的罪过前无古人后无来者，大概会被处以极刑。"

他说："我盗来一样东西，让所有人以自由意志做出选择。"

那件胸口有弹孔的飞行员夹克，如今还躺在酒店里。

"我再问你一遍，他在哪里？"

"在那以后，我就再也没见过雷树。"

"既然这样，"浅野说，"我们去时间尽头的酒店。"

102.

这是我第一次坐车前往造纸街。

汽车驶过荒芜的街道，碾过落叶遍地、杂草丛生的路面，惊走路边的野猫。

酒店门口停着一辆货车，大门敞着，里面灯火通明。阿曼达和我离开时，明明紧锁了大门。

我顿时心跳加快："你把阿曼达怎么样了？"

浅野冷笑："你进去就知道了。"

汽车在酒店门口停住，两个大块头下车，跟在我和浅野身后。

进入酒店大堂，我顿时怔住了。这里从没有过这么多人。二十多

浅野之怒

号人被黑布蒙住脑袋反捆双手，顺着墙边跪成一排。两个和身后的大块头穿着一模一样西装的特工坐在吧台前的高脚椅上，看见浅野立刻起身点头致敬。沙发上还躺着一个被捆住手脚、胶带封嘴的女人，那正是阿曼达。

我轻轻撕掉她嘴上的胶带，解开手脚的绳索。浅野挥挥手，没有人阻止我。

阿曼达搂住我，她以为我已经死了。

浅野问吧台前的那两人："找到了吗？"

"翻遍整座酒店，找不到时间之匣。"

"不可能，它肯定就在这里。"浅野盯着我和阿曼达，"你们俩听着，我要知道两件事：第一，酒店创始人在哪里；第二，交出时间之匣。"

阿曼达宁死也不会说出时间之匣的下落。

我问她跪在墙边的是什么人。

"都是分发邀请函的酒店员工。"

我握住阿曼达的手。

"放心。雷树会来救我们，他决不会扔下酒店不管。"

"是他？"阿曼达露出疑惑的目光。

浅野发出一阵爆笑："他会来救你们？那畜生才不会管你们的死活。你们不过是他手里的棋子，用完就丢弃掉，就像扔掉厕所的手纸一样。"

他的眼神突然变得凶狠："你忘记他是怎样对待如意的吗？"

身后两位特工不约而同地低下头，咳嗽一声。

浅野向前一步，手扶在我的肩膀上："尹陆，你现在还有机会。告诉我他的下落，还有时间之匣藏在什么地方，你就能救这里所有人。"

我和阿曼达对视一眼。浅野的手猛地发力，我一阵剧痛，感觉骨头随时可能被捏碎。

疼痛感传遍全身。我瞬间想起两年前的遭遇，想起加州的摩托车俱乐部，和雷树胳膊上的一排香烟疤痕。他说，没有东西能激怒你，你的意志就像反复锻打过的钢铁，绝不会弯曲。他说，你就此成为一只凶猛的猎犬，要么闭嘴趴在地上晒太阳，要么张嘴咬开敌人的喉咙。

"我不知道。"

"好吧。这是你们自找的。"

他忽然撤掉手劲，冲身后两人使个眼色，拉过一把高脚椅坐下，说："我向来反对死刑，也不主张折磨人的肉体，那是野蛮人做的事情。你们既然执意不肯合作，那么我也不强迫。但是，人必须要为自己的信仰付出代价。"

浅野接过一个照相机大小的匣子，说："你们酒店里的时间之匣是个试验品，知道吗？我手里的东西才是成熟的产品，你可以叫它时间之匣2.0版，或者随便什么都行。"

那四个穿西装的，分别从墙边提过一个头蒙黑布的邀请人，就像提起塞满零食的购物袋。

四个邀请人跪在浅野面前，揪掉蒙住脸的黑布。

他们被封住嘴，汗水已经浸透上衣。

"你们这些人里，有知道的吗？"

他们浑身颤抖，发出呜咽和抽泣的声音。

"算了，谅你们也不够这种级别。"

浅野站起身，揪住第一个人的头发，扳动手里的按钮。

浅野之怒

那人软倒在地上，目光呆滞，好像断了线的木偶玩具。

接下来是第二个、第三个、第四个。

四具行尸，四摊烂泥。

两个特工按住我和阿曼达的肩膀，随时准备掰碎我们。另外两个拎起四摊烂泥，扔到酒店外。

所有直视时间之匣里面活物的人，都会失去自由意志。在不远的将来，这样的刑罚彻底替代死刑，浅野说。

不再有刑讯逼供，不再有肉体的折磨，甚至不再有暴力发生。

你想把人变温顺，只需要轻轻一按，咔嚓。

你想要永无后患，只需要轻轻一按，咔嚓。

就像被骗掉的驴，每天除了干活一无所知，浅野问，你们想要这样吗？

跪在墙边的邀请人们，有两个直接吓晕过去，扑通倒在地上。

阿曼达的手变得冰凉，她在轻轻颤抖。

他在哪里？时间之匣在哪里？

浅野说，你俩以为自己也能享受这样的待遇吗？所有你们在酒店得到的，都要成倍拿回来，这叫秩序和公平。他走到阿曼达面前，伸手触摸她的脸蛋，说，尤其是你这张脸。

我被紧紧箍住双臂。

把烂泥扔到酒店外的两个特工还没有回来。

浅野朝门外望去。造纸街上漆黑一片，寂静无人。没有特工，也没有四摊烂泥。

"看好他们俩。"

他脱掉西服外套，抽出一直藏在背后的两根短棍，缓缓迈步走出酒店。

这时候我注意到，留在大堂的两位特工，就是一直坐在轿车前排的两个，他们胸前佩戴着不同的徽章，一个是权杖，一个是铁拳。

"我猜，你俩既不是浅野的保镖，也不是他的下属。怎么称呼你们，代号总有吧？"

两人不说话，按住我肩膀的手没有加劲。

"你们的地位并不比他低，对不对？"

戴权杖的人说："浅野先生深得信任。"

阿曼达看了我一眼，说："如果是这样，就不用派你们二位来了吧？"

戴铁拳的人说："我们另有任务，要负责……"

"够了！"戴权杖的人打断他，"别和他们废话，我们……"

话音未落，酒店门外一声巨响，夹杂着玻璃破碎的声音。紧接着，大堂里的灯忽明忽暗。

两人相对一视。戴铁拳的人箍住我和阿曼达的脖颈，戴权杖的人向门口走去。

又是一声巨响，吊灯猛地砸落，大堂里一片漆黑。

戴铁拳的人咬牙切齿，怒吼道："什么人，滚出来！浅野先生！权杖！"

这疯子五指收紧，掐得我几乎窒息。

阿曼达攥紧我的手。

"有本事堂堂正正站出来，我与你决一死战！"

一道黑影卷起烈风，犹如一只大鹰猛地扑向他。这疯子怪叫着，轰隆一声，像是石头摔在地上，然后没了动静。我和阿曼达刚要打开应急灯，吧台的小灯忽然亮起。

雷树站在吧台里，正在往酒杯里倒伏特加。

他见我愣在原地，笑了笑说，小子，好久不见。

雷树穿着一件深棕色皮夹克，头发剃成圆寸，脸上的皱纹更多了。

吧台上摆着两根短棍，是浅野手里的东西。

阿曼达走到雷树面前，满脸怒容，伸手给他一耳光："你为什么不早点出现！尹陆是你领进酒店的，为什么一直瞒着我？还起这样古怪的名字，难听死了。"

她白了雷树一眼，转身要给跪在墙边的人松绑，却被他一把拽住。

"那些不一定都是我们的人。"

他说："先把这两位捆上，把外面那家伙抬过来。"

我们找来绳索，捆住两个戴徽章的特工，这两人的体重都超过两百斤，沉得像石头人。

浅野四仰八叉地躺在轿车前盖上，刚才就是他的脑袋撞碎了挡风玻璃。我把他拖进酒店，和两个大块头捆在一起。雷树摆弄着两根短棍，说，多亏他的电击棍，要不然权杖和铁拳可不好对付。

"你认识他们俩？"

"安全局两大煞星。看徽章，代号权杖和铁拳。可惜到了我的地盘。"

雷树攮起两根短棍，走到浅野面前，一巴掌扇醒他。

浅野的眼睛像是要喷出火焰："你死定了。我发过誓要将你碎尸万段。"

雷树说："歇了吧，那不是你的风格，两年前逮不到我，现在也一样。"

浅野说："两年前派了两个人，现在可不一样。"

雷树咧嘴笑了，一群猴子怎么逮住一头狮子。

浅野说："你以为我会把你交给安全局？就凭你扔下如意，我就要亲手把你扔进最大号的时间之匣，让里面的活物生吞活剥了你。"

雷树听到"如意"两字，眼里闪过一丝懊悔。

浅野轻蔑地笑了笑，冲我和阿曼达说："你俩问问他，如意的事是不是真的？你们愿意跟随这样无情无义的人吗？"

雷树在浅野对面坐下，胸口像是遭到一记重击。他说："我没办法带她走。"

"如意就是你的第一个受害者！她遭受到非人的折磨，就因为不愿意背叛你！"

"我想回去救她，但是无能为力。"

"如意怀了你的孩子！"

雷树沉默许久，说："她知道安全局要把时间之匣制成武器……"

"去他妈的安全局！"浅野怒吼，"我才不在乎安全局要做什么，我在乎如意！"

我让阿曼达把那些邀请人扶到货车里，先不要解开绳索。

雷树站起身，脱掉皮夹克："小子，把我的衣服还给我。"

我找出那件胸口有弹孔的飞行员夹克，递给他。

雷树穿上飞行员夹克，说："自从如意决心偷走那东西，她就已经料到自己的结局。折磨她的是安全局，害死她的也是安全局，你应该找他们算账。"

说罢，他将那件深棕色的皮夹克扔在浅野脸上，然后一拳挥出。

"这对电击棍不错，我收下了。"

他瞥了一眼阿曼达："东西拿好，我们走。"

我跟在雷树身后上车，等待阿曼达取出藏好的时间之匣。

我问他："如意的事你觉得愧疚吗？"

他轻叹："每天都会。"

浅野之怒

我问："那你后悔吗？"

雷树看看我，说："小子，别傻了。"

阿曼达手里拿着鞋盒大小的木匣，上车坐在我身边："我们去哪里？"

任何他们找不到的地方，等这玩意儿重启，雷树说。

他发动引擎，打开车灯。

强光灯照亮了漆黑的街道，我们顿时愣住。

造纸街的尽头站满了人。

自由意志

——他们恐惧酒店所代表的东西。而你，将与它合而为一。

103.

浅野站在我面前，俯视着我，简直就是君临天下的王者。

我跪在地上，手里捧着飞行员夹克，就像面对一堆血淋淋的生物样本、手术室血肉模糊的濒死者、焚尸炉前堆砌的稀巴烂的玩意儿。求生意志令我震惊。矢车菊蓝笼罩着我，抬头望去，夜空也被染成这样的蓝。

浅野说："你爱的人已死，你的家烧为灰烬，你遍体鳞伤，没人认得你，没人能救你，时间尽头的酒店已成废墟，我们夺走了你的一切。现在，看着你的导师是如何毁灭的吧。"

下一个就是你。

我望向远方耀眼的蓝。

自由意志是比生命更重要的东西。

这正是令他们恐惧的。

自由意志

你在牢房里待一段日子，就会模糊时间的概念，分不清白天黑夜。一个月前……或许就在两周前，我还没意识到这点。

他们押我到一处陌生的地方，反捆双手，掀掉蒙脸的黑布。漆黑空旷的房间里有一盏小灯，它直照着我的脸，晃得我几乎睁不开眼睛。一位特工坐在我面前，脸藏在阴影里，声音像是人工智能的机器。他问我，知道你为什么在这里吗？你被指控犯下叛国罪，处罚是剥夺自由意志。

那人说，你现在只有一次机会挽救自己，还有那女人。

那人说，你必须告诉我们，时间之匣在哪里。她手里的是一个空壳、一块木雕。时间之匣非常危险，禁止私人持有。如果根据你提供的信息，我们找到它，你将被立刻释放。

他说，你可以回到原来的生活，没有人再打扰你，除了没有时间尽头的酒店。

你只需要与我们合作。

一阵惨叫声穿透墙壁，有人在哀号，门外闪烁着幽绿的火光。特工说话的音量被调低了，恐惧顺着我的脊梁缓缓爬行。那人说，我们要烧掉每一封邀请函，惩罚每一位分发邀请函的人，你不会想要那样的结局吧。

无罪者遭受审讯，会变得越来越愤怒，因为遭到恶劣的待遇和冤屈，引发暴怒，而有罪会陷入平静与沉默，重复事先准备好的陈词。如果我愤怒，甚至咆哮，这些人会把施予我的手段发泄在阿曼达身上。必须让他们以为我知道那东西的下落。

我试图显得冷静从容，说，我不知道。

很好，那人说。然后起身走出房间。

有人突然揍了我一拳。椅子和我一起摔倒。血腻进喉咙，甜味儿涌进嘴里，身上又是一阵剧痛。房间里还有两人，因为光线的角度，我看不清他们的脸。这些人都是受过专业训练的怪物，面孔藏在阴影里，拳脚朝我身上砸落。我几乎失去知觉，然后我被拖进另一间黑屋。

他们说，这是热身运动，游戏还没开始。

声音回荡在漆黑中。

眼睛逐渐适应周围的环境，我竭力靠墙坐稳。房间角落有一个拇指粗细的透气孔。微弱的光线从那里探出，照亮飞舞的尘埃。有人在隔壁咳嗽，使劲吐出口痰。

不说话我都听得出是雷树。

他声音虚弱，喘着粗气说："小子，是你吗？"

我"嗯"了一声，每次呼吸都感到疼痛。

他问："你干吗回来？"

我说："你干吗惹不要命的猴子？"

104.

那天夜里，强光灯照亮街道，造纸街的尽头站满特工。

他们从头到脚一模一样，圆寸配黑西装，黑裤子黑鞋，满脸疲惫与漠然。

雷树凝视前方，低声咒骂着。他说："小子，玩过碰碰车吗？"

他让我撞过去，别停别回头。

雷树说："以你现在的力量，根本想象不到他们能制造什么样的噩梦。"

说罢，他拿起电击棍下车，昂首阔步走向那些特工。

自由意志

　　那些特工，就像是瞧见香蕉的猴子，潮水般涌向他。

　　我挪到驾驶座，握了握阿曼达的手，让她坐稳，然后猛踩油门。

　　货车像发疯的公牛横冲直撞，那些来不及闪躲的人让我想起蹿过高速公路的野狗和撞死在挡风玻璃上的飞虫。有人纵身攀车，被雷树甩出的短棍砸中脑袋，脑浆迸溅，粘在车窗上。

　　雷树攀住车尾，直到冲出造纸街。他突然回身一跃，挡在所有人面前。

　　后视镜里，我看见雷树的背影，像是悬崖边的雄狮。

　　那些特工此起彼伏地冲过去，完全不把自己的性命当回事。

　　这些不要命的猴子，争抢着要飞上太空。

　　造纸街离我们越来越远，雷树和那些猴子变成后视镜里无数的黑点。月光惨白，我想起与雷树穿越草原的那晚，夜色也是这样凄迷。安全带像精神病院的束身衣一样勒住我，将我的心脏活活撕裂，一块悬到喉咙，一块坠向深渊。似乎离造纸街越远，它就被撕扯得越厉害。

　　车里还坐着阿曼达，还有那些分发邀请函的人。

　　别停别回头。

　　别停别回头。

　　脑袋里有声音在低语。

　　"喂，尹陆。"

　　阿曼达在叫我，她很久没叫过我的名字了。

　　"掉头回造纸街。"

　　她嘴里叼着一根细长的簪子，将长发束起，像是古装片里的女侠。

　　时间之匣躺在她腿上，悄无声息，我几乎忘记那里面是某种活物。

"如果直接走掉，你会后悔一辈子。"

不能让她犯险，何况车里还有一帮分发邀请函的人。

"我们所有人，进入酒店那一刻就已经做出选择。每一位酒店员工都是普罗米修斯[1]、布鲁诺[2]和圣瓦伦丁[3]，他们知道自己要面对什么。"她说，"除非你还没想好，除非你没有勇气。"

平常美艳慵懒的女上司消失得无影无踪。

她说，除非我看错了你。

"如果雷树死了，酒店会怎么样？你想靠时间之匣逃避一辈子吗？"

就这样回去，必定是死路一条。

"我们有匣子，还有这玩意儿。"

她掏出一个A4纸大小的牛皮纸袋，用来装文件或档案的那种，里面装满信封。

是酒店的邀请函？

"不是邀请函。"阿曼达忽然笑了笑，"他没教过你吗？"

回到造纸街的时候，那些不要命的猴子已经倒下大半。血腥味弥

---

1 在希腊神话中，是最具智慧的神明之一，最早的泰坦巨神后代，名字有"先见之明"（Forethought）的意思。泰坦十二神伊阿佩托斯与名望女神克吕墨涅的儿子。普罗米修斯不仅创造了人类，给人类带来了火，还教会了他们许多知识和技能。

2 乔尔丹诺·布鲁诺（Giordano Bruno，1548—1600），文艺复兴时期意大利思想家、自然科学家、哲学家和文学家。作为思想自由的象征，他鼓励了16世纪欧洲的自由运动，成为西方思想史上重要人物之一。

3 公元270年2月14日基督教神父瓦伦丁（Valentine）被罗马帝国皇帝克劳狄乌斯（Claudius）处死，此日被后人定为"情人节"。

漫在空气中，雷树跪在地上，浑身都是血污。权杖和铁拳押住他的肩膀，将他的胳膊向后扳起。浅野站在他面前。

车灯吸引了所有人的视线，眼神好像在问我们，为什么要回来送死。

十二只猴子挡在我们前面，远远隔着浅野和雷树。

我和阿曼达下车，怀里抱着时间之匣和满满一袋邀请函。

浅野向前迈一步，笑道："你们跑回来，是要为他送葬吗？"

阿曼达说："我才不管这家伙的死活，这是时间之匣和剩余所有邀请函。你们必须放过酒店的员工，永远不要再打扰我们。"

雷树摇摇头说："这样行不通。"

阿曼达说："从此以后，再也没有时间尽头的酒店。"

雷树轻轻叹息："你们没准备好。"

我拿过时间之匣，冲浅野说："你想得到的都在这里了。"

浅野挥挥手，一只猴子接过时间之匣和牛皮纸袋，面朝我们退回原地。

阿曼达拽着我退到货车旁边。

浅野的脸仍然淌着血，他让那猴子拆开信封检验真伪，然后立即烧掉。

"货车里那些人可以走，你俩不行。罪魁祸首的追随者必须付出代价。"

他口气悠然，像是在朗诵诗歌。

"走吧。好好吃一顿早餐，沐浴在阳光下，亲热一番，享受人生最后的美好时光。再过两天，你们就能和他做伴。至于今晚，我要做的事都做完了。"

阿曼达和我对视一眼，躲在车门后面。

那只不要命的猴子拆开牛皮纸袋，掏出里面厚厚一沓信封。

你把浓度百分之九十八直冒烟的浓硝酸倒进三倍于它的硫酸中，就能得到硝化甘油，再混合棉花或者锯末，就能得到上等的胶质炸弹。将它做成薄饼形状，塞进信封里，就变成信件式暗杀炸弹。只要遇上轻微的冲击或摩擦，哪怕是抽出信纸，就能轰掉人的脑袋。这样的暗杀手段在冷战时代十分流行，就连毒枭和军火贩子都对它钟爱有加。

附赠一封真正的酒店邀请函。

雷树轻轻哼了一声。

信纸抽出的瞬间轰然爆炸。响声划破夜空，幽绿的火焰腾空而起，气浪险些将货车掀翻。

离得最近的几只猴子顷刻被炸上天，变成一堆尸块，其余的躺在地上哀号。

我们坐进货车，发动引擎，碾过猴子们的尸体，直撞向浅野。

浅野一转身，躲在雷树身后。权杖和铁拳岿然不动，全神贯注地盯着雷树，毫无破绽。

他们赌我不会撞上去。

这些该死的特工，他们知道我在盘算什么。

货车急刹。浅野甩出短棍，撞碎挡风玻璃，疾步上前跃进驾驶室，掐住我和阿曼达的脖子。

我忘记这家伙是军方出身，这样的动作恐怕他已经练过成千上万遍。

他们都是经过训练的怪物。

四只猴子爬起来，端过破碎的木匣，摆在浅野面前。

"浅野先生，匣子是假的。"

　　浅野捡起短棍，猛地挥向我的脑袋。

　　造纸街的夜晚，月光惨白星影依稀，尸体的焦臭盖过了血腥味，火焰升起袅袅烟雾。碎玻璃片扎进我的脸和胸口。浅野在微笑。

　　"现在你们想走也不可能了。"

　　我听见阿曼达在哭泣，她将我的头抱在怀里，泪水啪嗒啪嗒落在我脸上。

　　幽绿的火焰张牙舞爪，仿佛永远都不会熄灭。

　　雷树发出低沉的叹息。

　　我感觉脑袋黏糊糊的，温热的液体滑过额头，很快，眼前漆黑一片。

105.

　　两天后，有人将我拖到审讯室。

　　浅野在那里等着我。他皱着眉，显得有些不耐烦。

　　浅野盯着我，长出一口气，说："你必须告诉我时间之匣在哪里，不然他们真的会动手。"

　　我不明白他的意思，这是白脸黑脸的游戏吗？

　　"这两天没人理你，因为我们一直在争论，到底该把你们怎么样。"浅野说，"你们让安全局损失惨重，权杖和铁拳不会放过你们。"

　　对此我表示很高兴。

　　"我根本没想把你们卷进来。"

　　说得好听。他也没打算放过我们。

　　"按我的脾气，直接把你们投进时间之匣。但是权杖和铁拳有他们的想法。他们现在得听我的，如果反过来会发生什么？你绝对想象不到，他们能制造什么样的噩梦。"

同样的话，雷树也说过。

"如果得不到时间之匣，你就没有现在的地位了吧？"

他脸色铁青，站起身准备离开。

"我的话到此为止。现在轮到他们了。"

浅野走后，权杖领着两只猴子进入审讯室。

两只猴子将手里的东西摆上桌面：一只铁皮罐子，一瓶白醋，一瓶水。

"我听见你对浅野说的话了，很有骨气。"

两只猴子使我手心朝上，按住我的手腕。

权杖拧开瓶盖，将水缓缓倒在我的手指上。

他很小心，不让水流得过多，只是浸湿我的指尖，然后撬开罐子的铁盖。

"希望接下来，你也能一样有骨气。"

权杖倾斜铁罐，白色粉末洒满我的指尖。

两只猴子牢牢按住我。

"这是工业碱。造成的化学灼伤比你经历过的所有灼伤都痛，大概是烟头烫伤的一百倍。"

指尖像是有十座原子反应堆，不断轰击裂变。

"碱遇水后能达到两百度的高温，一般用来疏通堵塞的下水道。"

碱粒撕咬皮肉，直往骨头里钻，像是滚烫的刀子在切开黄油。

"一小团碱糊遇水能烧穿一只铝锅。"

灼痛穿过神经，踏过漫无尽头的恶途。全身的细胞响起警报，我闭上眼睛，试图分散注意力，不去想那些滚烫的字眼，似乎这样就能减缓痛楚。

自由意志

"如果你不睁开眼睛，我就把这瓶水和整罐碱倒在你脸上。"

他像是在谈论流水线上的产品，或某家餐厅的质量。

"现在告诉我，时间之匣在哪里？"

"我不知道！"

"你也可以选择调换，铁拳就在隔壁。"

"我不知道……"

"看着你的手指，再说一遍。"

"我不知道。"

"好吧，三天后我们继续。"

他拧开白醋瓶，将液体洒在我手上。

指尖的火熄灭，汗水浸透我的脸和衣服。

"我必须告诉你，这不是故意让你痛苦，而是烧掉你的指纹。"

两只猴子松开我颤抖的手腕，把我像玩具一样架起，扔回牢房里。

雷树听到响动，在隔壁问，是权杖还是铁拳。

我奄奄一息地回答他，权杖。

雷树说："用碱液烧你了吧？"

我不担心自己的痛苦，唯独害怕他们对阿曼达动手。

雷树说："你更应该担心自己，她的意志比你坚强，至少她明白，为什么要这样做。"

我问他："铁拳对付的是你吗？"

雷树沉默不语。

果然被我猜中，刚才在隔壁的是阿曼达，铁拳对付的是她。

脑海中出现的画面使我极度狂躁。

雷树说："现在除了等待，我们什么也做不了。"

等什么？我冲他怒吼，等着所有人被折磨死？

我甚至有点后悔，那天晚上没有逃离造纸街。

"可别忘了，"雷树说，"是你重启了时间之匣，是你让里面的活物苏醒，使安全局找到这里，找到时间尽头的酒店。"

"是你两年前给我那件夹克和邀请函，把我引到酒店，是你偷走时间之匣，抛弃如意，造出时间旅行这玩意儿。这一切只是为了满足你的英雄情结和虚荣心！"

隔壁沉默许久。

"你果然不懂其中的意义。"

三天后，我又被拖到审讯室。

权杖正等着我，看见我进屋，他微微一笑。

审讯室的桌上有台平板电脑。

"今天我们要观赏三段视频。"权杖说，"你必须把它们看完，但是可以选择顺序。"

"告诉我，"他眼睛里闪露出狂喜，"你最害怕失去的是什么？"

"我真不知道时间之匣在哪里。"

"阿曼达也不知道。"

"你们在浪费时间。"

"你急什么？"权杖笑道，"咱们先看视频。"

第一段视频是新闻。北京某小区住宅发生爆炸，造成一人死亡。据法医鉴定死者姓尹，是房屋唯一居住者。目前已经找到爆炸源，警方怀疑有人蓄意纵火，如有知情者请立刻与我们联系。

这些猴子把我家烧得精光，还找来一具尸体冒充我。

即使事情过去，我也变成无家可归的流浪者。

自由意志

"所有证明你身份的证件，我们特意烧干净了。"

没有人认得你是谁。

你只能证明，你长得比较像他而已。

权杖笑了笑："用超市里的东西制造炸弹，这些童子军的玩意儿，你以为只有你们会玩？"

第二段视频是现场录制。镜头在造纸街徘徊，最终落在16号——时间尽头的酒店。四只不要命的猴子走出酒店，和录视频的人一起站得远远的。

镜头中央出现一个遥控器，有人在倒数：三、二、一。

握着遥控器的手按下按钮。

我的心脏拧成一团，似乎被打了结。

随着震天巨响，整座酒店轰然倒塌。

镜头晃了晃，尘土飞扬。

时间尽头的酒店瞬间被夷为平地。

"再过两天，新闻估计就能看到了。"

权杖说："不光是酒店，整条街都被我们夷平了。"

"接下来是最精彩的。"

愤怒与恐惧像是一根尖木桩，旋转着扎进我嘴里，一直捅到胸腔。

"不要慌，你必须看完。"

第三段视频是监控录像。阿曼达被绑在椅子上，审讯室里空空荡荡。片刻后，铁拳领着两只猴子走进房间，手里拿着某样机器。我曾经见过那东西，它能把人活活电死。

我站起身怒吼："你们有种冲我来。"

旁边的猴子一拳砸在我腹部。

视频里，两只猴子解开阿曼达的衣扣，将电极探进她衣服里。

铁拳蹲在那机器旁边，扳动开关。

阿曼达浑身抽搐，身体不受控制，脑袋后仰，两脚悬空，没过多久就口吐白沫。

浑身的血逆流着，像是有冰锥在凿你的五脏六腑，脑袋里的声音变得沉重混浊。

"你坐在这里，什么也做不了。"

权杖看着我，轻轻关掉视频。

"浅野不允许我们动她，这女人让他想起过去的事。多亏你不肯合作，他现在不受信任了，这里我说了算。其实我们也不想搞得乱七八糟，但是铁拳和我都坚信，她知道时间之匣的下落，所以不得不动用一些手段。此情此景，真是让人怀念哪。"

他胸前的徽章反射出刺眼的光芒。

"告诉你一个秘密，浅野的女人，就是那位叫如意的姑娘，逮到她以后，就是我和铁拳负责审问的。仔细想想，她俩还真有点相似，尤其是触电的时候，哈哈，不知道下一步会不会也很像？现在，你想说什么吗？任何信息都可以。"

我猛地扑向权杖，掐住他的脖子，却被身后的猴子扯到地上，一顿拳打脚踢。

权杖一脚踩住我胸口。

"你以为你是谁，你隔壁那家伙吗？我和铁拳两人才能治住他，你呢？随便一位特工都能像踩臭虫一样踩死你。你不过是被他挑中的跟班，被洗脑的蠢货，屁颠屁颠跟在他身后的宠物。你这样的，我见得太多了。跟着叛逆英雄玩大人的游戏？你就是个小屁孩，懦弱胆小的垃圾。连自己都保护不了，还想保护别人？省省吧。"

他整理衣服，伸手擦拭胸口的徽章，示意身旁的猴子把我拖走。

"叫浅野来见我。"

106.

每天他们都拷问我，每天都要夺走我一些东西。而雷树对此毫不在意，他好像根本不担心我们的处境。每当午夜降临，穿过透气孔的微光完全消失，他就开始喋喋不休，讲述自己那些暴烈而野蛮的故事，似乎知道自己大限将至，急于将这些事情一股脑儿塞给我，生怕遗漏任何细节。而我心不在焉，有时候应声附和两句，有时候默不作声，只想知道阿曼达现在怎么样了。

盗走时间之匣后，雷树回到群雄割据、天下大乱的民国。那并非他自己的选择，是匣子里的活物做出的决定。是命运。当他想再次启动，发现它们已经沉睡。于是，他把匣子埋在一处隐蔽之地，自己混迹人群中，等待里面的活物苏醒。

"乱世出雄才，有人一眼就看出我的身份。"

那时候，他人在上海，在码头、火车站这样的地方卖力气，偶尔也做拉车的生意。没过多久，他遇见一位患病的军官，三言两语对方就看出他绝非寻常百姓，于是留他在身边，时而出谋划策，时而讲武谈兵。雷树说，那些人管他叫松坡将军。

"我没法告诉他时间之匣的事情，但是敬佩他的为人，不愿意欺骗他。于是两人心照不宣。后来他死在日本，我就在那里待了几年。"

在日本那几年是雷树一生最平静的时光。他跟着渔夫一起出海捕鱼，跟着猎人在山里狩猎，直到海里尽是挂着太阳旗的军舰，山里时常能听见飞机的轰鸣。他察觉局势不对，毅然动身回国。

"那时候我已经有了酒店的概念，但是它决不能出现在乱世，无论是中国还是日本。"

雷树找到时间之匣，发现里面的活物已然苏醒，想找机会离开乱世。然而他不甘心，尽管早就知道战争的结局，还是想凭借时间之匣的力量改写历史。他说，松坡将军临终前曾嘱托，如果能尽早还天下太平，为四万万人争人格，请勉力为之。

"可惜当时没有多少人懂得什么是人格。"

雷树携带时间之匣四处奔波，以松坡将军追随者的名义求见各路枭雄，然而收效甚微。没人相信他，没人在乎死掉的英雄说过什么，他们只是把英雄当成墙壁上的画像和演讲时的引言。这些人把雷树当成疯子或别有用心的间谍，根本不相信他能把战争掐死在摇篮里。还有人打着自由的旗号排除异己，实现野心，时间之匣自然不能交给他们。

"那不是讲道理的时代，只有力量能让人听你说话。"

雷树心灰意冷，却始终难忘松坡将军的嘱托，与其这样四处游说，不如身体力行。他受人引荐加入美国的志愿军，在缅甸立下赫赫战功，与那位有印第安血统的战士结成生死之交。那位战士牺牲后，他身负愧疚和懊恼前往六十年代，申请加入那家摩托俱乐部，以非人的待遇折磨自己，直到身负强绝的意志，酒店的概念完全成熟，他才离开俱乐部回到国内，找到一条荒无人烟的街道。

再后来的事，我大概都知道了。

107.

有人在深夜叫醒我。是浅野。自从我被烧掉指纹，他就再也没出现过。

浅野站在阴影里，声音冰冷："她想见你一面。"

他旁边没有那些不要命的猴子，一只也没有。

这些天，我已经懒得抹掉血污了。权杖在我的伤口上撒碱粒，再用烧得通红的刀片熄灭火焰。结痂的伤口不断开裂，反抗的念头随着青烟缓缓飘散。

我经过他身边时，他拽住我的手臂，说："劝她说出时间之匣的下落，不要让自己后悔一辈子。"

这话像是他对自己说的。

隔壁传来哈欠声，雷树笑了笑："浅野，她让你想起如意了吧。"

浅野深吸一口气。

"我不许你叫她的名字，你不配。"

"你不会让铁拳杀她，你害怕过去重现。"

浅野还要说话，被我一把拦住。这两人令我厌恶的程度不分高低。

这是我第一次没被遮住眼睛走出牢房。狭长的走廊两侧排列着房间，每一扇铁门前都有编号，从天花板到墙面都是灰色的混凝土，白炽灯忽明忽暗，一切都显得异常安静。这地方像是一座巨大的仓库，或六十年代建成的地下防空洞。

浅野在一扇铁门前停住。

"你只有这一次机会。"

我问他，那些分发邀请函的人怎么样了？

"我不在乎他们的生死，你可以问问权杖和铁拳。按他们的风格，应该是批量处理了。"

批量处理。像是在说超市里卖不掉的罐头。

浅野看着我说，你有五分钟。然后打开铁门，把我推进去。

我摔倒在一片黑暗中，铁门砰的一声摔上了。

房间的角落里有微光，阿曼达就靠在那里。我走到她面前，她叫了我一声。

"小陆，是你吗？"

这帮该死的弄瞎了她的眼睛，把她折磨得不成样子。

她穿着一件麻布做成的衣服，下身空空荡荡，裸露的大腿上满是鞭痕、割伤和瘀青。

她伸手捧住我的脸，指尖和指甲里尽是黑色的血污。

我脑海里不断映出她美丽动人的模样，还有我们共同度过的美好时光。阿曼达可能是这两年最接近我身边的人，也可能是最重要的人。复杂的情感连成一条线，自胸口飙升，炙热而酸楚，贯穿鼻腔和眼眶，泪水止不住地涌出。

"不要哭，认真听我说，你要坚持住。恐惧的是他们，不该是我们。这些酷刑只能表现他们的懦弱、挫败和恐慌，你不能让他们得逞。"

"告诉我时间之匣在哪里，只管给他们，我们走好不好？"

阿曼达甩了我一耳光。

"听我说，你要记住，不惜一切代价，也要守护时间尽头的酒店。"

"酒店已经夷为平地了。"

"他们毁掉的是一栋建筑，不是酒店所代表的东西。"

她的语气无比坚定："如果你投降，给他们时间之匣，时间尽头的酒店才真正终结了。"

我不明白她说这些有什么意义，活着，不是比什么都好吗？

"听我说，这世界比你想象得复杂得多。有人会救你出去……"

她在我手心里写下一个名字。

"……之前我也像你一样绝望，直到浅野送你过来，我才知道我们一定能战胜他们。"

她在我手心里写下另一个名字。

"她很关键。"

这时候，浅野突然推开铁门说："你必须得走了。"

阿曼达搂住我的脖子，干裂的嘴唇贴在我耳边。

"不要再逃避了。"

浅野拽过我的胳膊，将我摔在地上，拉出门外。

铁门砰的一声关上。

他揪住我的衣领，把我按在墙上："时间之匣在哪里？"

"你最好赶快送我回去。"

"听着，哪怕一丁点儿信息也可以，至少能让你和她好受些。你想成为牺牲品吗？"

"堂堂浅野先生，也学会哀求了。"

他气急败坏，一拳砸在我脸上。

我呕出血，从嘴里吐出一颗牙。

"你们到底为什么要追随那混蛋，不惜为他而死，这样值得吗？看着自己爱的人遭到这样的折磨，值得吗？"

"没有人追随任何人。"

浅野疑惑不解，刚要说话，门里响起沉闷的撞击声。

他打开铁门，表情透着惊慌。走廊里的光线探进房间，我看见阿曼达的脸染成血红，躺在地板上，冰冷的墙面胶着了一片血污。我冲过去，将她搂在怀里，不停叫着她的名字，但是没有回应。

"现在告诉我，值得吗？"

浅野的声音无限降低，他站在我面前，人无限缩小，探进房间的光芒变得一团漆黑。

整个世界天旋地转。

我听见遥远的地方有脚步声响。

我听见遥远的地方有人在说话。

是权杖。他说："浅野先生，现在我们得谈谈了。"

有人把我拖起，分开我和阿曼达。我看见她慢慢变小，最终离开我的视线。

他们将我扔回牢房，脑袋摔在地上，感觉不到疼痛。

我就那样躺在地上，和整个房间一起沉入死寂。

108.

整整三天，我躺在那里，没吃任何食物，没喝一滴水。雷树在隔壁说话，我也没有任何反应。这三天浅野没出现，权杖也没出现。有人直接走进牢房，拷问我时间之匣在哪里，还有阿曼达对我说过什么。我告诉他们，我宁愿死。

雷树问我："她最后说了什么。"

"这很重要吗？人已经死了。告诉我，这很重要吗？"

"你选择阿曼达，就是因为她像如意，难道不是吗？"

雷树就坐在透气孔旁边，说："没错，她很像如意。"

他哼了一声，说："小子，别让女人彻底占据你的人生。"

我真想亲手掐死他。

"十年前我遇见她，"雷树说，"她正跟一位摇滚乐手混在一起，那家伙声称想获得自由，却完全不懂得自由的意义，就像迷宫里乱窜的老鼠。我不忍心见她跟着那家伙瞎胡闹，就给她一份邀请函。她去哪里了，你知道吗？"

"古希腊时代。"阿曼达曾经对我说过。

"没错，古希腊。"雷树说，"你以为她的时间旅行很美好？她差点死在那里。回来以后，她告诉我，想待在时间尽头的酒店。那时候我也在酒店里，和她一起，就像你一样。时候一久，我发现她越来越像如意，无论是说话的语气还是做事的风格，甚至喜欢的食物都和如意相似。我看着她的背影，就好像看见如意本人。你知道，那是我永远的悔恨，是时间对我的折磨。"

"我并不觉得你悔恨，你是冷血动物。如意和阿曼达，还有那些分发邀请函的人，都是你的牺牲品，是你成就自我的炮灰。"

雷树说："我知道你永远不会原谅我，也无法理解我的痛苦。得知如意的死讯以后，我每天都活在噩梦里，每天都恨自己有多残忍，每天在镜子里看见的都是怪物。身边的人死去，这样的感觉就像坠入深渊。"

他说得一点没错，我如同在深渊中沉睡。

"但是如意不肯投降，她也不肯。"雷树说，"她们并不是为我。"

"但是这一切的始作俑者是你！我恨你，恨浅野，恨他们所有人。"

"没错，那时候我心里也充满仇恨，"雷树说，"它伴随着我，成为我活下去的唯一理由，我以为自己终生都要与它相伴，然而那并不是真的。松坡将军、燃烧彩虹和摩托俱乐部里刀口舔血的地狱天使，让我感受到另外一些东西，我耗费多年才有所领悟，而你，再过不久就能领悟到了。"

我什么都感受不到，就像是浸在一潭死水里。

雷树说："不要逃避，你一直都在逃避，欺骗自己，以为躲在时间尽头的酒店就可以不去面对生活，不必肩负任何责任，直到他们夺走你的生活，夺走你的一切。"

走廊里有脚步声响，雷树的语速加快了。

"听着，"他说，"更多的话我留在一封信里，时候到了你自然会看到。你必须面对自己的人生，不再欺骗自己，不再为恐惧所控制，而最关键的一步，就是杀了我。"

"什么？你说什么？"

隔壁的铁门被打开，浅野的声音传来，他说："走吧，时候到了。"

这边的门也被打开，权杖矗立在门口，他说："你必须亲眼看看。"

109.

那是我唯一一次看见时间之匣里面的活物。

关押我们的地方，果然是曾经的防空要塞。

要塞的大门开启，耀眼的蓝光吸引了所有人的视线，就连乌云密布的夜空也被染成蓝色。

我听见滚滚雷鸣，蒙蒙细雨自天空飘落。

它就像是一座巨大的水族箱，足有两人那么高，向四面八方绽放出矢车菊的蓝色，里面隐隐有东西在游弋，时而云聚，时而分散。一道闪电划亮夜空，我看见那活物的形状，瞬间瞪大眼睛，惊恐得说不出话来。

那是时间的原貌，可能也是恐惧本身。

浅野说，"水族箱一样的东西是保护壳，能干扰里面的光，不然我们都会立刻疯掉。"

"而你呢，"他冲雷树说，"这就是你的结局。"

雷树抬眼看看天空，然后斜睨着他，完全不在意眼前活生生的奇迹。

还有最后一件事，他说："我想把这件衣服送给尹陆。"

浅野和权杖、铁拳相对一视，闹不清楚雷树在想什么。

一件衣服而已。权杖点点头，冲铁拳和那四只猴子使个眼色，意思是盯紧他。

铁拳站在雷树身后，手里攥着浅野的电击棍，随时准备动手。

雷树脱下飞行员夹克，递给我，说："记住我们的话，不要犹豫。"

浅野忍不住讥讽道："反正过不了两天，他的结局和将你一样。"

雷树看着他，忽然仰天大笑："你永远不懂如意心里想要什么。"

浅野的脸色变得很难看。

雷树说："你拥有的越多，害怕的也就越多，这就是你赢不了的原因。"

我双手捧着那件皱巴巴的飞行员夹克，眼看着雷树走向耀眼的蓝光。

他离我越来越远，背影显得无比巨大。水族箱里的活物将他的轮廓勾勒出一层淡蓝，似乎那蓝色的光芒不断牵引他，时间朝他低声耳语，整个人变得虚幻了。他昂首阔步，动作从容平静，既不流露英雄末路的悲壮，也没有丝毫畏惧的表现，就像是每天下班后，踏上那条归家的路。

我仿佛出现幻觉，雷树的背影里有无数人：松坡将军、燃烧彩虹、刀口舔血的地狱天使、分发酒店邀请函的人……还有阿曼达。一种离奇的感觉在胸口翻涌，撕裂深渊，搅乱那潭浸透我的死水。冲动驱使着我，几乎要跟随在他身后，与耀眼的蓝光融为一体。

雷树可能早就准备好面对这一时刻了。

天空中不断响彻炸雷，似乎有另外一种活物在咆哮。

铁拳和四只猴子捆住雷树，将他倒吊在水族箱正上方。

雷树面露微笑，神色安详，头部周围隐现出淡蓝光环。

他望着我，似乎在说："小子，没关系的。"

我似乎在哪里见过这样的画面，却始终想不起出处。

浅野站在我面前，俯视着我，简直就是君临天下的王者。

我跪在地上，手里捧着飞行员夹克，就像面对一堆血淋淋的生物样本、手术室血肉模糊的濒死者、焚尸炉前堆砌的稀巴烂的玩意儿。求生意志令我震惊。

雨点落在我身上，矢车菊蓝笼罩着我。

浅野说："你爱的人已死，你的家烧为灰烬，你遍体鳞伤，没人认得你，没人能救你，时间尽头的酒店已成废墟，我们夺走了你的一切。现在，看着你的导师是如何毁灭的吧。"

说罢，他扣动扳手。水族箱上方裂开一条锯齿，刺耳的嗡嗡声令人不寒而栗。

一道闪电划亮夜空。雷树瞬间坠入这座巨大的时间之匣。

锯齿咬合割断绳索。水族箱里的矢车菊蓝立刻变混浊了。

雨越下越大，狂风呼啸，伴随着雷鸣和愈发频繁的闪电。

铁拳看看天空，大喊道："好像有点不大对劲！"

风刮得人睁不开眼睛，雨滴砸在身上，犹如刺骨的冰锥。匣子里的活物也受到暴风雨的惊吓，盘旋游弋，忽明忽暗，渐渐化为一座旋涡。

"快走！"铁拳喊道，"快回地下！"

"不行，不能把这东西留在荒野上。"浅野说。

"那你说怎么办？"权杖怒不可遏，"是你非要这样做的！"

"把它抬到里面！"浅野喊道，"抬进去！"

他和铁拳并肩走向水族箱，铁拳一招手，四只猴子跑到前面。

恍然间，我看见有白色的东西从齿轮咬合的地方飘向天空，随风飞舞。

是信纸。一封、两封……无数信纸被狂风卷起，飞向雷雨云，架起一座通天高塔。紫色的闪电轰然坠落，天空霎时亮如白昼。高塔成为引雷针，将毁灭一切的力量导向那座时间之匣。瞬间，闪电击穿水族箱般的保护壳，矢车菊蓝亮得炫目，里面的活物疯狂乱撞，发出刺耳的惨叫声，大型时间之匣骤然爆炸。

所有信纸被点燃，幽绿的火焰像陨石一样坠向大地。

距离较近的四只猴子通通变成火人，哀号着在地上打滚，铁拳也捂住脸，痛苦地咆哮。

这一切发生在几秒钟内。

那些信纸是酒店的邀请函，是雷树最后的杀手锏。

我似乎在哪里见过这样的画面，却始终想不起出处。

就在这时，一辆老式野马冲出火光，撞飞两只烧着的猴子，朝我和权杖的方向疾驰。挡在半路的浅野闪身避让，狼狈滚向一旁。车里的女人一头红发，衣服上绣着青龙和海浪。除了我，所有人都睁大眼睛。他们看到那女人下车，一挥手，虎背熊腰的铁拳犹如一张纸片飞出老远，重重地摔在地上。

她走向我，看也不看权杖，问："阿曼达呢？"

阿曼达在我手心里写下的第一个名字：安妮。

权杖突然转身，跃进防空要塞，紧锁大门。这家伙阴险得很，绝不会和安妮硬拼。

安妮走到我面前，晃了晃我的肩膀。

狂风吹起她的衣角，像是一面大旗，青龙和海浪栩栩如生。

"我问你，阿曼达呢？"

我摇头，沉默不语。

安妮咬了咬牙，说："我们走，时间之匣在我那里。"

她扶着我走向汽车。浅野挡住我们，怒目而视："原来你们和女巫还有瓜葛。"

浅野那身黑色西装被烧得不成样子，头发乱蓬蓬的，脸上尽是灰烬。我不禁想起第一次见到他的情景。他指着安妮说："只要我还活着，就一定要夺回时间之匣，至于你们这些女巫……"

话还没说完，他忽然张大嘴，像是有什么东西卡在喉咙里，表情惊恐而愤怒。

安妮神色冷漠。她说："我最恨你们这些该死的卫道士，你们烧死我的同胞，嘲笑我们，把我们关进精神病院和实验室，像牲畜一样对待我们……"

我看见她右手食指戴着一颗宝石戒指，不知是玛瑙还是黑玉，总之，是那种吸进一切光亮却不反射的宝石。

我拦住安妮，说："这是我该完成的事。"

我们绕过浅野。他气喘吁吁地坐在地上，一直瞪着我。

我似乎该对他说几句，甚至我觉得，他在隐隐期待着我说什么。但我只是瞥了他一眼，上了车。

暴雨浇灭大火。水族箱里的活物无影无踪，只剩下支离破碎的外壳和烂泥般瘫在地上的雷树。他睁着眼睛，目光呆滞，像是被吸干灵魂的躯壳。我费尽全力将他塞进车后座，与安妮扬长而去。

110.

暴雨渐歇，黎明将至。

周围是一望无际的草原，安妮在一处高地停车。

她说："休息一下吧，他们不敢追过来。"

我问："阿曼达早就把时间之匣交给你了吧？"

安妮拿过一包纸巾，帮我擦净脸上的血污。她边擦边说："阿曼达早就想到有这一天，时间之匣重启后，她立刻联系我，让我取走那东西，那时候她就已经做好准备了。"

"你们一起瞒着我。整件事唯独我蒙在鼓里。"

安妮说："阿曼达觉得你还没做好准备。"

"准备随时赴死吗？"

"不惜一切代价，守护时间尽头的酒店。"

她吐出每一个字的感觉，都像极了阿曼达。

安妮递给我一瓶水，瞥了瞥车后座："这就是酒店的创始人？"

雷树躺在那里，张着嘴，脑袋耷拉着，眼神空洞无物。他上半身几乎赤裸，只剩一件残破不堪的背心。透过烧焦的破洞，我看见无数伤痕纵横交错，织成恐怖的画面，甚至有一两根骨头隐约露出皮肤，就像撕裂过多次的人偶，被硬生生地缝在一起。

我忽然想起，他说有一封信。

拆开飞行员夹克的内衬，取出那份酒店的邀请函，我看见背面写满了字。

安妮说："我下车去呼吸一点新鲜空气。"

小子。

你看到这封信，说明我已经成了废物。

腐烂的皮囊。行尸走肉。

你从没跟我说过你的家庭。我想，你是被女人养大的。

我是野生动物。你是情种。

但这并不妨碍你找到自我。发现真相。

他们夺走你的一切。他们告诉你，你只剩下自己的性命。

如果你逼迫自己，回想那种感觉，会发现那纯粹是胡扯。

他们威胁你，告诉你不合作就死，我听见你说你宁愿死。

现在回想那一刻。

那一刻，你面对死亡。

那一刻，你沉着、平静、无所畏惧。

试着体会那种感觉。

试着感受恐惧离你而去。

试着找到失去一切才能获得的东西。

你会发现那东西比生命更重要。

你会有所领悟。

我知道这很难。

我知道你会喘不过气。

我就是你最后的顾虑。

别让我这样留着一条命。

别让我流着口水，像白痴一样活着。

自由意志

别逃避。别退缩。

这是你一生中最伟大的时刻。

这是你获得自由的唯一途径。

恐惧和自由，只能任选其一。

你的人生，此前是一个故事，此后将是另一个故事。

只要你迈出这一步，他们就无法战胜你。

他们拥有的比你更多。

他们恐惧酒店所代表的东西。

而你，将与它合而为一。

现在，扔掉这封信，掐死我。

雷树的皮囊在挣扎。那张脸憋得发紫，两腿乱蹬。

我的指关节攥得发白。

有东西从深渊最黑暗的地方觉醒。

有东西撞碎心脏的外壳孵化出来。

我使出全力，看见手臂上的青筋。我想流眼泪。我竭力逼着自己流泪。但是，一滴泪水也没有。淌在雷树身上的，只有伤口迸裂溅出的血。我在他瞳孔的倒影里看见自己，看见阿曼达，看见松坡将军、燃烧彩虹，所有刀口舔血的地狱天使和酒店的邀请人，看见如意。他们无限放大，离我越来越近，好像被吸入我的眼睛，助我一臂之力，直到雷树的瞳孔里一个人影也没有。

我似乎在哪里见过这样的画面，却始终想不起出处。

推开车门，我颤抖着倒在地上，头昏脑涨两腿发软，感觉自己无比脆弱。安妮跑过来，将我拥入怀里。我感受到她的温度，感受到她的鼻息在脸上轻抚，再也无法抗拒，终于放声大哭。

阳光刺穿云层。晨露在草丛中泛出微光。周围的一切都无比安静。

安妮将飞行员夹克披在我身上。

"你做好准备了吗？"

她在我额头上轻轻一吻。

我穿上飞行员夹克，冲她点点头。

安妮露出微笑。

"我们先吃点东西吧。"

111.

我在安妮的住处待了三天。她住在远郊的一间小木屋，周围是青山。

安妮想和我一起了结这事，我告诉她，这不是她的战争。无论结果如何都必须由酒店的人完成。她拿出那只陈旧的木匣，里面的活物仍然在沉睡。我问她："你能听懂它们的话吗？"

安妮扑哧一笑："你拿我当什么了。"

她将车钥匙递给我，说，这是阿曼达的车，出事以前，她就是开着它将时间之匣送到我手里的，真是搞不懂她，姑娘家家的，干吗要开辆野马。

我苦笑，说了声"谢谢"，然后与她告别。

安妮站在木屋门口，叫了我一声，说："其实你可以不去的，和我待在一起，那些人找不到你。"

我说："不用他们找我，这一次我主动找他们。"

她看着我坐进车里。我摇下车窗，问她是不是一直住在这里。

自由意志

她摇摇头，撩起鬓角的红发，说："我是女人，想去哪里不行呢？"

"那我怎么找到你？"

她笑笑说："车里有一副我的塔罗牌。"

我发动引擎，朝她挥挥手。安妮越来越小，没过多久，后视镜里只剩下茫茫的青山。

子夜时分，我在一栋居民楼前缓缓停下，顺着排水管爬上三楼。

浑身伤口在隐隐作痛，我暗自侥幸，童年爬树的技巧竟然在这时候派上用场。

我敲敲窗子。屋里亮起灯光，窗帘拉开，八岁的女孩站在窗前，嘟着嘴揉了揉眼睛。

阿曼达在我手心里写下的第二个名字：如意。

我两手抱着排水管，脸上露出痛苦的表情，朝她挥挥手，打声招呼。

小如意把窗户打开一条缝隙，问我是什么人。

我说："如意，哥哥有一件天大的事情求你帮忙，让我进去好不好？"

告诉安妮的时候，她撇着嘴说："这主意烂透了。"我说："我知道，如果是我小时候，有成年人深夜趴在窗户外面，我一定抄起棍子像捅马蜂窝一样把他捅下去。"安妮摇摇头说："不是这个原因，如果她不肯跟你走怎么办？跟你走了，父母一定会报警，到时候你就成了亡命徒。"我哼了一声，朝她伸出烧光指纹的十指，说："我早就是亡命徒了。"

小如意问我怎么知道她的名字。

我告诉她，我们本来就认识，只是现在她还不知道而已。

"既然你说你认识我，"小如意眼珠一转，"那说说关于我的事。"

我说："从你小时候，妈妈就每晚给你讲童话故事，再过几年，爸爸会给你讲《远大前程》和《了不起的盖茨比》。等到十六七岁，你会喜欢上一位叫凯鲁亚克的作家，然后是亨利·米勒和威廉·巴勒斯。你在数学方面有过人的天赋，所有人都信任你、喜欢你，愿意为你付出。"

所有这些都是浅野告诉我的。

小如意的眼神立刻变亮了："哇，你连未来的事都知道。"

我说："你可以这样理解。"

她打开窗子，为我搬过一把小椅子，拍拍我的肩膀说："说吧，有什么可以帮你。"

我说："如意，我现在需要你的帮助，需要你跟我去郊游，最多三天，但是必须得瞒着你父母。"

她问我为什么要瞒着父母。

我说："因为这是一场冒险，一次旅行，也是属于我们的小秘密。它有点惊险和刺激，但是我保证三天后，你将平平安安回家。这样的冒险，这辈子可能不会再有第二次。"

"我还不知道你的名字呢？"

"我叫尹陆。"

那天夜里，我带着如意上路了。小家伙坐在副驾驶座上熟睡，怀里抱着玩具熊。车后座上躺着时间之匣、如意的书包，还有一堆我早就买好的零食。我无论如何也没有想到，这场战争的关键最终竟落在一个八岁的小女孩身上。等到明天一早，如意的父母走进她的房间，会看到一张由我和她一起写下的字条。

自由意志

离开城区后，空气终于变得清新。老式野马在高速公路上驰骋，随后拐入一条偏僻的小路。繁星点缀在夜空中。我记得雷树曾经说过，那里面谱写着诸神的荣耀、祖先的伟业和英雄的史诗。前些天的暴雨使路面泥泞不堪，强光灯也无法刺穿山间的迷雾。我猛踩油门，仿佛在鞭答这匹桀骜不驯的野马。

发动机的嘶吼咆哮吵醒了熟睡的小如意。她有点不高兴，非要我讲故事给她听。我说了两个小时候听过的故事，都被她打断了。她嘟着嘴说："你不是知道未来的事吗？我要听未来的故事，很久很久以前的事我都听腻啦。"我沉默片刻，开口说：

"很久以后，一个男孩遇见一个女孩，两人彼此相爱。女孩从恶龙手里盗走一件宝物，交给男孩，让他赶快逃走，恶龙要追来了。男孩拿着宝物逃走了。恶龙逮住女孩，要她说出男孩和宝物的下落。女孩坚决不肯出卖爱人，于是吃了很多苦。直到最后，男孩也没能从恶龙手里救出女孩。他常常梦见女孩，把那件宝物当成女孩唯一的遗物。就这样，他守着这件宝物，度过悔恨的一生。"

"如意，你觉得那女孩会原谅男孩吗？"

小如意眨了眨眼睛，说："她会的。她才是故事里的英雄。"

"但是她吃了很多苦，而且最后男孩也没能救出她。"

"那样的故事太老套了。为什么要等着男孩打败恶龙救出她呢？女孩又不是游戏通关后的奖励。"

我惊讶得说不出话来。

小如意露出微笑，说："我喜欢这故事。女孩是英雄，不是奖励。"

英雄啊……我喃喃着。

"尹陆，你也是为了一个女孩，对不对？"

我看着她的小脸儿苦笑，心想，可能吧。

我把车停在防空要塞前，让如意待在车里。她伸出两只小手，紧紧抱住时间之匣。之前我告诉她，要好好守护这件宝物。她点点头，偷偷地看我，隔了半天还是忍不住问为什么。我说："因为这是从恶龙手里夺来的，很久以后，你也会这样守护它。"

小如意握住匣子两端，轻轻念出那四个字：时间之匣。

我捡起一把石子，靠在车前盖上，一颗一颗扔向防空要塞的大门。没过多久，那三人走出要塞。铁拳的脸烧得露出白骨，面目狰狞，恶狠狠地瞪着我。权杖的眼神中闪烁着狂喜。浅野刚迈出两步，就看见野马车里的小如意，顿时目瞪口呆。

我笑了笑，说："你们三个大男人一直待在这里？真够无聊的。"

权杖上下打量着我，直到与我对视，眼神立刻变了。

铁拳咬牙切齿，要冲过来，却被浅野拼命拦住。他一把推开浅野，怒道："你拦我做什么，没看见时间之匣就在车里吗？"

权杖按住铁拳的肩膀，低声说："小心有诈，他好像和以前不太一样。"

我忍不住笑道："安全局的人都这么没自信？"

浅野两眼通红："你怎么敢绑架如意？"

听到这话，权杖和铁拳顿时一愣，扭头瞪着浅野。

"是。我就是绑架了她。你看见了吗？她怀里抱着的就是时间之匣，只不过那玩意儿一旦离开她，整辆车都会炸上天。"

这话恐怕瞒不过权杖，但是足够唬住浅野，这家伙只要提起如意，就会失去理智。

浅野愤怒至极，手伸到腰后，随时准备掏出武器。他站在原地，问我想干什么。

"我想告诉你,雷树已经死了。是我亲手杀的。"

三人你看看我,我看看你。

"害死如意的人,还剩下两个——就是你身边的两位。"

"住口!"权杖连忙解释,"浅野,他在虚张声势。"

"这可是你亲口告诉我的。如意被逮捕以后,就是你和铁拳负责审问的。所有对我和阿曼达动用过的刑罚,都在如意身上招呼过。"我故意瞥了一眼车里的小如意,说,"你说,阿曼达和她非常像,尤其是触电的时候……"

我看见浅野攥紧了拳头,浑身都在颤抖。

话音未落,一把明晃晃的匕首插进权杖的喉咙。他睁大眼睛,咳了一声,血从脖子里喷出来。

我站到车门前,挡住小如意的视线。

铁拳大吼一声,伸手掐住浅野的脖子,怒道:"你怎么能听他的话?权杖说过,你是个理想主义者,不值得信任,我早该杀了你……"

匕首插进铁拳的腹部。他没倒下,反而扭断浅野的手腕,拔出匕首扔进防空要塞。

浅野一脚踹在他的伤口上,挣脱控制,转身用胳膊勒住他的脖子,左拳砸在他脸上。铁拳的脸上白骨凹陷,露出大窟窿。两人厮打在一起。我听见拳头击打在骨头上发出清脆的啸叫,看见两人的肌肉和血管在猛烈跳动。

铁拳力大无穷,简直就像宙斯手下不可制服的花岗岩巨人。眼看浅野不敌,我示意小如意遮住眼睛,然后猛地扑向铁拳。他正将浅野按在地下,背后露出破绽。我从背后勒住他脖颈,拳头直接伸进他脸上的窟窿。

铁拳放开浅野，手肘向后猛击。我眼前一阵发黑，血呕出来，感觉断了几根肋骨。就在这时，浅野一记勾拳挥出，直打在他鼻尖。鼻梁骨瞬间刺入大脑，铁拳虎目圆睁，两眼迸血，倒在地上。

浅野喘息着，一把掐住我的喉咙，怒吼道："把炸弹拆掉！"

我还没来得及说话，一粒石子丢在他身上。小如意不知何时下了车，捡起石子朝他扔过去，边扔边叫："放开他！放开尹陆！"

浅野看看如意，又看看我，全明白了。他放开我，坐在那两人的尸体旁，面如死灰。

小如意跑过来，紧紧搂住我。

此时此刻，我感觉自己是全世界最安全的人。

"你想从如意手里夺走时间之匣，我没有意见。"

浅野看着如意，眼神中充满了迷惘。事到如今，他还回得去吗？安全局的两大煞星都死在他手里，拿回时间之匣，还有意义吗？

"雷树已经死了，我不会再用时间之匣做任何事情。"

"我看得出来，你已经继承了他的意志，难道酒店……"

"酒店是他赠予这世界的礼物，不是我的。我继承的是酒店所代表的东西。"

"一个人手握这么危险的武器……"

"是你们先要把它做成武器的。"

浅野看着小如意，沉默不语。

"时间尽头的酒店将永远不复存在——"

当我决定在深夜拐走小如意，这件事就已经无可改变了。

"直到有一天，你们的人再来找麻烦，那时候我还会为它而战。"

"它是什么？"

自由意志

"是你失去一切才能获得的东西。是酒店所代表的东西，是比生命更重要的东西。"

我领着小如意回到车前，拿出她的小书包、玩具熊和那一袋子零食："让浅野叔叔送你回家吧，他不会伤害你的，我保证。"

浅野站在远处，听到这话浑身一震。

小如意抱着我，说，"但是我喜欢尹陆。"

我冲她笑了笑："你以后会喜欢一个很像我的人。"

她瞪着小眼看我，说："你要拿着宝物逃走吗？"

我苦笑。真是不能小瞧这孩子。

"对啊。因为你才是故事里的英雄。"

小如意露出笑容，颠颠地跑过去拉住浅野的手。

——浅野这家伙，眼泪在眼眶里打转，差点没哭出来。

我钻进老式野马。浅野问我要去哪里，我晃了晃手里的塔罗牌。

"不知道呢。别忘了，我是理想主义者，和你一样。"

尾声

多年以后，造纸街变成繁华的商业街。爆炸的新闻吸引了人们的眼球，为所有商家打响了第一个广告。这里正式融入艺术区，成为供人们消遣的地方。酒吧、咖啡馆、店铺和画廊林立。曾经的时间旅行者们作为第一拨客人，乐此不疲地讲述着酒店的传说。

时间尽头的酒店演变为都市怪谈，随着时光流逝，被人淡忘。

时间之匣重启那年，如意八岁，浅野和雷树大概十来岁。我曾经想过去看看他们满脸青春痘的样子，后来想想还是算了吧，青春期的男孩子太讨厌了。

我和安妮一起安葬了阿曼达。直到死的时候，她仍然保持着二十岁的容颜，这让安妮羡慕不已。我问安妮，有没有这样的魔法存在。她笑着说，你看看古代的君王，哪位不想长生不老。我有点难过，原来即使是魅力无边的女巫，也做不到青春永驻。

我把时间之匣放置在雷树的墓里，石板合上的时候，里面的活物仍在安眠。

给雷树下葬的时候，我在他鞋里发现了第二封遗书，是一张字条，上面写着：

    小子，别把我葬在墓园里，那样逊毙了，给我找门礼花炮，把骨灰打上天空。

    我扑哧一笑。

    上哪儿给你找礼炮去啊？你当这是什么时代。

    哈，这家伙真烦人。